LA SAUVEGARDE DU SOURIRE

DES MÊMES AUTEURS
traduit en français

La Femme du dimanche, Le Seuil, 1973 ;
Collection « Points roman », 1984
La Nuit du grand boss, Grasset, 1980
Je te trouve un peu pâle, Le Seuil, 1982
Place de Sienne, côté ombre, Le Seuil, 1985 ;
Collection « Points roman », 1987
L'Amant sans domicile fixe, Le Seuil, 1988
La Signification de l'existence, Arléa, 1988
La Prédominance du crétin, Arléa, 1988
La Chose en soi, Arléa, 1989
La Couleur du destin, à paraître, au Seuil, 1990

DE FRANCO LUCENTINI

Ruines avec figures, Le Seuil, 1975

Carlo FRUTTERO & Franco LUCENTINI

LA SAUVEGARDE DU SOURIRE

Traduit de l'italien
par Jean-Claude Zancarini
et Laure Raffaelli-Fournel

arléa

ISBN 2-86959-062-8

Titre original : *La Manutenzione del sorriso*

SOMMAIRE

AU LECTEUR

« Mais ne t'irrite donc pas comme ça, il faut savoir prendre la vie du bon côté, essaie donc de voir l'aspect comique des choses, suis mon conseil, au fond il suffit d'en rire... »

Seul un coup de feu, et pas nécessairement métaphorique, est digne d'interrompre ce genre d'exhortations, qui n'ont pour résultat que d'ajouter, dans l'esprit du destinataire, la fureur homicide à la pulsion suicidaire. Ah, le regard serein, débonnaire, pacifique de celui qui a fait, et veut vous faire faire la paix avec le monde et ses aiguillons empoisonnés ! L'effacer méchamment, l'arracher immédiatement des orbites de ce maudit bonhomme au cœur content, de cet insupportable rieur !

Dont les sages paroles, par ailleurs, vous écrasent sous la plus frustrante, la plus humiliante des accusations, puisqu'elles sous-entendent qu'il existe, par rapport à la vie, une attitude équilibrée, séraphique, « juste », une façon, une technique, une gymnastique existentielle que vous n'avez pas apprise, ni comprise, ni même vue, bien qu'elle soit d'un usage on ne peut plus simple et tout le temps là, à portée de vos yeux aveugles, de votre main malhabile...

Le présent ouvrage ne veut exhorter à rien, il ne suggère aucune sérénité supérieure, n'implique aucunement que cette voie vers un détachement olympien ait été, ne disons même pas empruntée, mais simplement entrevue de loin par les auteurs. Qui ont tout au plus avec le sourire un rapport analogue à celui de deux mécanos haletants aux prises avec un moteur qui a besoin de soins incessants, de lubrifications, enregistrements, révisions, soudures, mises au point continuelles ; un moteur extrêmement délicat, tragiquement fatigué, toujours sur le point de s'enrayer et de s'éteindre dans un râle effrayant.

Comme le précédent, La Prédominance du crétin, *ce livre consiste en un choix d'articles parus (de 1985 à 1988) dans diverses publications mais en général dans les pages du quotidien turinois* La Stampa. *Il est divisé en quatre sections, et plus qu'un manuel on peut le considérer comme un* journal *de sauvegarde du sourire dans des situations critiques bien connues du simple citoyen italien : les bévues absurdes ou criminelles de la bureaucratie, l'indignité des services publics, les concentrations désespérantes de la vie estivale, la bêtise arrogante de certains spectacles théâtraux et cinématographiques, et ainsi de suite, de virage en virage, le long des parcours tortueux et meurtriers de l'actualité.*

Les pages où le sourire accuse nettement le coup et tend à devenir une grimace moitié amère, moitié mélancolique, ne manquent malheureusement pas ; et nous prions le lecteur de nous excuser pour ces collapsus soudains, sporadiques. Quant à la présence nourrie des classiques (d'Aristophane à Manzoni) elle ne reflète pas tant quelque désir ingénu de s'évader vers des époques plus réconfortantes, que la certitude que ces géants nous offrent des outils fort efficaces pour la sauvegarde du sourire. La confirmation, de source digne de foi, que nos ancêtres n'avaient pas tellement non plus de quoi sourire, a au moins le pouvoir d'enlever aux afflictions du présent cette morgue juvénile, fondée sur l'illusion de leur nouveauté et modernité, qui, à y réfléchir, est peut-être la cause première de nos colères et de nos indignations, de nos répugnances et de nos effarements.

Par ailleurs, ne sont pas absentes les occasions de pur divertisse-

ment, lorsque le sourire tourne vraiment comme il devrait et que son chant résonne, léger et insouciant, dans la ligne droite où, miracle, il n'y a pas de nids-de-poule, de semi-remorques, ni de travaux.

Moments bien rares qui sont toutefois les seuls à justifier et, en définitive, à encourager dans leur travail de sauvegarde, sous la voûte de l'usine bruyante, hostile, incompréhensible, les mécanos de bonne volonté.

Carlo Fruttero & Franco Lucentini

PREMIÈRE PARTIE

AINSI VA LA VIE

I

PROBLÉMATIQUE DU TRAIN

Le train en Toscane, poésie pleine d'âme

« Le train en Toscane / poésie pleine d'âme / pour arriver / il dévore la plaine / traverse les montagnes / franchit les collines / longe la mer / et tu peux lui demander / bien d'autres preuves / parce qu'il... t'aime. / Le train t'aime. »

Que les bras du lecteur ne lui en tombent pas, que ses cheveux ne se dressent pas sur sa tête. Le texte ci-dessus rapporté appartient à la noble catégorie des « messages » (nous en sommes tous réduits à n'être que de purs et simples « destinataires de messages »), et c'est en tant que tel que nous nous efforcerons de l'analyser, bien qu'il soit toujours plus difficile de s'y retrouver, entre bouffonnerie intentionnelle et involontaire, entre le sérieux et la parodie du sérieux, entre l'idiotie à l'état brut et son ironique apparence. Mais sans être des philologues professionnels, nous ferons de notre mieux en commentant à la bonne franquette, et sans préjugés, cette intéressante composition ferroviaire qui est parvenue sous nos yeux dans des circonstances que nous révélerons plus tard.

Il s'agit, à l'évidence, d'une poésie provenant de l'aire toscane et dans le vers introductif on peut percevoir, outre un écho des rythmes alertes utilisés par Brunetto Latini dans son *Tesoretto,* l'orgueilleux égocentrisme d'une terre qui, ne l'oublions pas, a été le berceau de la langue italienne. C'est l'affirmation réitérée d'une primauté ; au Piémont, dans les Pouilles, en Lombardie, dans les Marches, le train se contente de remplir sa fonction de transport en une prose sèche, négligée, bien souvent grammaticalement approximative. L'usager, en Ligurie ou dans le Latium, en Calabre ou en Ombrie, fait sombrement ses mots croisés dans son coin, en cherchant à ne pas écouter les discours hospitalo-sportifs de ses peu engageants compagnons.

Mais voici déjà qu'à Sarzana, déjà à Acquapendente, déjà à Montalto di Castro on commence à respirer un tout autre air. Le fracas monotone des roues se fait poignante mélodie, les sièges sont plus moelleux, la dernière poire du self-service devient presque mangeable, la contrôleuse revêche entonne une ballade du XIIIe siècle, les couloirs semblent jonchés, non plus de boîtes de bière et de papiers gras, mais de pétales de roses. Les voyageurs sourient, ils se regardent, l'œil extatiquement perplexe. Que se passe-t-il ? Mais, pardi, nous entrons en Toscane, là où le train est poésie pleine d'âme !

Non que la poésie lui fasse perdre de vue son but ultime, qui est d'« arriver ». Il faut préciser ici que le texte s'enrichit d'un allègre matériau imagier, en ayant recours à des modules délicieusement ingénus, mais d'une grande efficacité narrative, dans lesquels brillèrent tant de maîtres du XIVe siècle.

« Il dévore la plaine » : et l'on voit en effet une plaine (la Maremme ?) avec un train lancé, à vue de nez, à cent quarante kilomètres à l'heure.

« Il traverse les montagnes » : et – faut-il le dire ? – on voit des montagnes giottesques d'où, grâce à un fort opportun tunnel, débouche triomphalement un convoi.

« Il franchit les collines » : et l'on voit des collines (siennoises ?) terrassées, humiliées par une locomotive qui a l'allure de Guidoriccio de Fogliano.

« Il longe la mer » : et l'on voit un tronçon de la côte (entre Viareggio et Forte dei Marmi ?) effleuré par un train impavide qui ne craint ni mistral ni sirocco.

La proposition suivante laisse ouvertes, dans son indétermination stimulante, toutes les portes, et peut-être même un interstice mystique.

« Et tu peux demander d'autres preuves. »

Lesquelles, grand Dieu ? La preuve par la ponctualité, par exemple ? Par la rapidité ? Par la commodité ? Ce sont là des instances qui paraissent un peu mesquines, dans un contexte qui suggère de regarder bien plus haut, vers le polyptique (des Offices) où Pietro Lorenzetti illustra les déplacements de la Bienheureuse Humilité : le train qui, comme la sainte femme, se met tout à coup à lire bien qu'il soit analphabète ; qui guérit, le temps d'un amen, le pied d'un voyageur et lui évite ainsi l'amputation ; qui transforme, en plein mois d'août, bière tiède et limonade brûlante en boissons miraculeusement glacées. Oui, on peut sans doute demander des miracles au train en Toscane, parce qu'il... nous aime.

Cette ultime révélation est de celles qui prennent à la gorge. Un amour secret, évidemment, et certainement pas réciproque, certainement pas du genre « Qui n'a nul aimé ne pardonne d'aimer. » Jamais, dans nos fréquents rapports avec le train, nous n'avions soupçonné un semblable sentiment. Il nous semblait plutôt qu'il en avait après nous, le maudit ; que bien souvent il faisait tout ce qu'il pouvait pour nous faire souffrir, nous inciter au juron, ou même aux voies de fait. Dans son attitude habituelle nous ne voyions qu'indifférence, nonchalance, désintérêt, mépris à peine caché. Et voilà qu'au contraire...

D'où peut donc bien venir, voudra savoir le lecteur, une composition de ce genre ? A qui est-elle destinée ? Quand a-t-elle été écrite et par qui ?

Nous voudrions pouvoir lui répondre qu'elle remonte aux temps des premières voies ferrées du Grand-Duché, quand le monstre d'acier effrayait les bouseux et terrorisait femmes et enfants ; que nous l'avons tiré du *Roman en vapeur* (1856), livre plein d'humour et introuvable de Carlo Collodi ; ou qu'il fait partie des aimables souvenirs de jeunesse que Ferdinando Martini publia sous le titre *Florence grand-ducale*. Nous aimerions pouvoir l'attribuer à la période la plus burlesquement futuriste de Palazzeschi, ou à la plume de Federigo Tozzi, qui raconta avec une ironie amère ses expériences d'agent des chemins de fer dans son roman *Souvenirs d'un employé*.

Malheureusement l'origine de cette comptine est moins noble, sa datation plus alarmante. Il s'agit d'un solide panneau, bien visible (et non d'une affiche que l'on peut arracher, d'un poster périssable) accroché dans la salle d'attente de la gare de Grosseto où, voilà quelques jours, nous attendions un train qui avait un (amoureux) retard de quarante minutes.

Aussitôt nous avons deviné ce qui se cachait là-dessous : l'Entreprise qui devient autonome et se préoccupe avant tout de rattraper l'industrie privée dans ce qui lui semble le secteur le plus important. « Faisons voir que nous aussi nous avons une politique de l'image ! » Sitôt dit, sitôt fait, ils s'asseoient à quatre, à huit, à seize autour d'une table. Profondes discussions entre « grosses têtes », proposition en roue libre de « créatifs ». Et allons-y pour le message ! A la fin, et voilà ! le chef-d'œuvre est approuvé, fabriqué, distribué et accroché dans toutes les gares de la région, avec au bas, comme il se doit, le tampon des *Ferrovie dello Stato.*

Combien a pu coûter ce *tour de force* de la finesse d'esprit bureaucratique ? Pour combien contribuera-t-il à l'épouvantable déficit des chemins de fer ? C'est ce que se demandent les usagers, Toscans ou pas, après le premier moment de stupeur incrédule.

Bien sûr, ce n'est là qu'une goutte dans l'océan du gaspillage national ; une étoile petite, petite, petite, dans le firmament de l'imbécillité publique. Mais ce sont pourtant bien ses sous (pense le contribuable que ses mains démangent fortement) qui ont contribué à la « création » de ce panneau ridicule, de ces vers de mirliton indignes d'un manuel pour l'école élémentaire, de cette ribambelle de petits dessins et de slogans benêts, inefficaces, inopérants, qui semblent conçus par un *team* de débiles pour un public de débiles.

Serait-ce la nouvelle gestion du service, la nouvelle professionnalité ? Est-ce de gens d'un tel acabit que nous devons attendre modernisation et efficacité, restructurations et prévenances ?

Les grévistes ferroviaires ne nous ont jamais comptés parmi leurs fans les plus forcenés ; mais il est sûr que, par rapport aux stilnovistes syndicalisés de la poésie pleine d'âme et du train amoureux, ces machinistes qui, là-haut, dans leur étroit habitacle, le guident matériellement, ce train, par montagnes, plaines, collines, et qui, tant bien que mal, le font arriver en gare, et pas seulement en Toscane, eh bien, franchement, ces travailleurs prosaïques, disions-nous, mériteraient bien, selon nous, quelques lires de plus. « Comités de base qui avez intelligence d'amour... » comme le chantait Dante lui-même.

Mais le train, quand même...

Autant partir d'une image ferroviaire, toujours très belle : ces enchevêtrements complexes, ces éventails de voies qui sont le prélude des grandes gares, confluant pour composer triangles, losanges, trapèzes, demicercles, s'écartant pour de mystérieuses tangentes, s'évanouissant parmi broussailles jaunissantes, masures, palissades délabrées. C'est, peut-être, un jour de nuages bas et lourds et la pluie fait ressortir l'impeccable précision de l'acier sur le fond noirâtre du ballast et des traverses, tandis qu'au loin de petits hommes encapuchonnés se meuvent avec aisance dans ce labyrinthe étincelant.

C'est une carte d'intersections et de coïncidences, de rigidités préétablies que, toutefois, le déclenchement d'un aiguillage peut faire dévier vers de tout autres horizons et destins ; c'est une allégorie du Hasard et de la Nécessité ; c'est la schématisation d'un roman. N'importe quelle histoire peut commencer là, n'importe quelle digression.

Par exemple celle-ci : aujourd'hui déjà, par des moyens programmés électroniquement, il serait peut-être possible de calculer de combien d'autres images, scènes, vers, lignes, les écrivains sont endettés envers le train. Et aussitôt un aiguillage nous amène à considérer qu'il manque une étude spécifique sur la place que tient, dans la littérature, le « mouvement » en général. Il y a des volumes et des volumes sur l'amour, la guerre, l'or, Dieu, la campagne, la ville, l'engagement politique, le snobisme, le jeu, etc. Mais il ne nous semble pas qu'un érudit et ses élèves se soient penchés, si ce n'est accessoirement, sur la façon dont poètes et écrivains ont traité les moyens de transport dans leurs compositions, du tapis volant au dragon ailé, du petit nuage mystique à l'échine du dauphin ou du pigeon de Pinocchio.

Des millénaires de déplacements fantastiques, surnaturels, sans horaire. Baleines bibliques et balais de sorcières, ascenseurs angéliques et souffles diaboliques... Territoires illimités et arbitraires, où notre « ligne » se perd dans une anthologie de l'infiniment possible.

Mieux vaut revenir à la gare de départ, en observant qu'il n'y eut au début que deux seuls « moyens » réellement utilisables : le cheval et la voile ; avec bien entendu toutes les variantes possibles, coche, char, traîneau, mulet, éléphant, chameau, etc. ; et canoë, radeau, pirogue, barque à rames, etc. Homère, le plus grand ingénieur de prototypes, les plaça sur un piédestal épique, et ceux qui vinrent après lui furent contraints de tenir compte de ce halo primitif. Noblesse, héroïsme, danger, aventure escortèrent toujours, comme des bagages accompagnés, les personnages littéraires en mouvement, d'Enée à Tristan, de Roland à Don Quichotte, même si les deux derniers bifurquent désormais vers le sourire (et si, sur une voie abandonnée, nous entrevoyons de galantes chaises à porteurs du XVIIIe siècle, d'humbles vélocipèdes).

Même les diligences, pourtant nettement embourgeoisées, maintenaient ce lien antique, à la fois technique (ne s'agissait-il pas, toujours, de roues et de chevaux ?) et risqué, imprévisible (n'étaient-elles pas, toujours, exposées aux fleuves en crue, avalanches, enlisements, guets-apens ?). Nous voulons en rappeler deux, admirables ancêtres du compartiment de chemin de fer : celle, chez Maupassant, qui transporte Boule de Suif et ses odieux compagnons, et celle, dans un récit de Bret Harte, que John Ford rendit célèbre avec *La Chevauchée fantastique*.

Ce fut cette très longue tradition, cette iconographie cimentée dans les siècles, que le train dut affronter. Une fois passé l'émerveillement pour cette imposante invention et épuisées les similitudes, tirées de la mythologie et des fables, que faisaient naître le monstre noir, fougueux et fumant, il sembla qu'un chef de gare à casquette ne puisse rivaliser, d'un point de vue esthétique, avec un postillon emmitouflé dans son manteau, le fouet au poing, le cor en bandoulière. Ce nouveau moyen de transport paraissait limité, limitatif et prosaïque, de même que, sur les océans, le bateau à vapeur, en s'arrachant aux grandioses incertitudes des vents, sembla ouvrir une période de sordide régularité.

Mais la littérature est une implacable impérialiste. Elle procède par débordements successifs, englobe peu à peu les zones les plus arides, les contrées les moins attrayantes, elle les défriche, les irrigue, les rend fertiles, les annexe définitivement, à tel point qu'ensuite on ne réussit plus à les voir, à les concevoir en dehors de cette colonisation.

Même le voyageur le plus exaspéré, qui profère des imprécations contre le retard de cent vingt minutes, l'inexplicable disparition du chariot de la restauration ambulante, les papiers gras dans le couloir et l'absence d'eau dans les toilettes, même celui-ci ne réussit pas complètement à considérer les chemins de fer comme un simple service public, une entreprise quelconque qui fonctionne plus ou moins bien.

Pourquoi diable l'express est-il immobile en rase campagne depuis dix minutes ? Nous baissons, non sans effort, la vitre à demi bloquée : dehors il fait nuit, on ne voit que l'œil rouge d'un signal cent mètres plus loin et une file de rectangles jaunes que les vitres illuminées laissent tomber sur le ballast. Un peu plus loin on distingue une haie de ronces, puis une petite route non goudronnée, blanche dans l'obscurité. Peu à peu émergent des cultures compactes, des étendues de maïs ou de colza ; un arbre contre un ciel à peine moins sombre ; au loin, une ligne de collines ; des vers luisants, immobiles, indiquent la présence de granges isolées et ce cube pâle, sur la gauche, n'est rien d'autre qu'une maison cantonnière abandonnée.

C'est une façon de regarder le monde qui a toujours un rapport à l'espionnage, une tension latente, inquiétante. Ce paysage nocturne saisi par surprise amorce des réminiscences romanesques, l'assaut du train, le troupeau de bisons sur les voies, le désespéré qui s'est jeté sous les roues, la fuite à travers champs de l'assassin de la voiture 5, le transbordement d'un émissaire secret dont dépendent les destins de l'Amérique, de la Russie.

Malgré les dix mille romans, les cent mille films et téléfilms qui les concernent, l'automobile et l'avion ne nous semblent pas posséder une aussi riche stratification, une force d'évocation aussi intense. Littérairement (nous voudrions dire : sémantiquement) ils offrent, à notre avis, beaucoup moins. L'auto a eu de « grands » moments et a même été prise pour une moderne réincarnation du cheval. Face au collectivisme rigoureux et forcé du train, ce nouveau moyen de transport remettait le mouvement entre les mains de l'individu : je suis libre de tourner le volant à droite ou à gauche, je vais où bon me semble, je m'arrête selon mon bon plaisir, vive l'imprévu, l'inconnu, l'aventure.

Mais c'étaient des illusions, un lyrisme illégitime. Dans la littérature la voiture a désormais pour fonction principale d'éliminer, de la façon la plus commode et la plus plausible, les parents, femmes, sœurs, amis et tous les personnages qui encombreraient désagréablement l'intrigue. « Il avait perdu père et mère dans un accident d'automobile », et tout est dit. Et l'on peut tirer bien peu du conducteur solitaire enfermé dans sa petite boîte de série : monologues, dialogues ou disputes avec l'épouse, au mieux une scène de séduction qui ne peut sérieusement entrer en compétition avec son équivalent ferroviaire. Et les valeurs somptueuses, liées à certains modèles de luxe, chauffeur avec livrée inclus, ont été désastreusement dégradées par la publicité.

Il reste la moto, également nommée cheval d'acier, dont la renommée polémique et libertaire se réduit, en pratique, à la possibilité de mieux se faufiler dans la circulation ; le reste n'est qu'exagération rhétorique et non épaisseur poétique véritable, car aucune maxi-cylindrée, aucun blouson clouté ne pourra jamais abolir cette ironique contradiction originelle : le désir d'échapper à la civilisation technologique grâce à un instrument fourni par cette même civilisation.

C'est d'une contradiction analogue que souffre l'avion, le moins naturel, le plus fabuleux des moyens de transport, qui est devenu, paradoxalement, le plus évident, le plus banal, le plus ennuyeux. Ici la passivité du voyageur est absolue, son champ de vision est réduit à une portion de hublot, son statut semblable à celui d'un paquet numéroté, tamponné, trié par une hôtesse, croisement singulier d'employée des Postes et de maîtresse d'école maternelle. Mets ta ceinture, enlève ta ceinture, admire le Mont Blanc, contemple la Sicile. Et aux deux extrémités de ce temps annulé, de cette parenthèse vide, les abstractions bureaucratiques des aéroports. Flambant neufs, rationnels, suréquipés, rutilants... pourtant un siège détérioré, une tache sur le mur suffisent à les plonger dans l'abomination de la désolation. Vides, ils prennent le menaçant aspect d'un hôpital. Bondés de cent races différentes, ils évoquent de lugubres problèmes tiers mondistes, le spectre de l'explosion démographique qui demain bouleversera la planète.

Jamais autant que dans un aéroport on n'éprouve ce sentiment du rétrécissement du monde, de sa fantastique paupérisation. Noms enchanteurs, capitales magiques, îles et plages chargées de mystères apparaissent à tour de rôle – blanc sur noir – sur le panneau plastifié, Macao à neuf heures, Tahiti à onze, et voici Bagdad, porte 7, le Népal et la Patagonie, porte 12. Le vol pour Singapour est annulé ? Mais tout n'est qu'annulation, de voiliers, de caravanes, de minarets, de gués, de danseuses parées de bracelets que la voix des haut-parleurs fait froidement disparaître en trois ou quatre langues.

Le train n'annule pas. Un reste de poésie, un pourcentage d'émotion, de distance, de rêve, persistent encore, attachés à ces plaques accrochées aux wagons qui, sur un fond blanc sale, parmi des traînées comme de larmes, énumèrent les noms de villes encore merveilleusement lointaines, Hambourg, Bâle, Salamanque, Copenhague, Fuentes de Oñoro.

Le lent ferraillement d'un train de marchandises devant un passage à niveau n'a rien perdu de son pouvoir évocateur, et pas davantage la cadence de l'express qui tente de récupérer son retard ou le sifflement plaintif que répercute la surface brumeuse du lac. Et on n'a pas encore inventé un lieu qui, pour les rencontres, les embrassades, les adieux, vaillent une gare de chemin de fer, petite ou grande.

Le banc, la pelouse, la dernière cigarette, l'omnibus qui part discrètement vers des arrêts minuscules qui, bien mieux que le plus exotique des dépliants touristiques, font vibrer l'*invitation au voyage,* Roccamurata, Stimigliano, Tarcento, Alberese, Acquanegra...

C'est sous l'une de ces marquises, encore soutenues par des colonnes de fonte, qu'il nous plaît de terminer notre voyage. Nous ne savons pas quel nom la surmonte, ni où elle se trouve, en Irlande, en Angleterre ou en France, car c'est un personnage de Samuel Beckett qui l'évoque, un de ces héros au présent de misère qui fouille sans cesse dans un passé énorme et lancinant : « Que reste-t-il de toute cette douleur ? Une jeune fille dans un fruste manteau vert, sur la banquette d'une gare... »

Qui d'entre nous ne possède, quelque part, une telle image, qui d'entre nous n'a jamais salué ainsi une jeune fille au manteau vert, rouge, à carreaux, marron ?

II

PROBLÉMATIQUE DU BUS

Ainsi va la SITA

Nous tentons en vain de voir notre pays avec les yeux de Dennis, un vieil ami anglais qui connaît peu l'Italie ; pendant des années il s'en est délibérément tenu à l'écart car il ne se sentait pas prêt à affronter ses beautés excessives, de même qu'on peut craindre la rencontre d'une ensorceleuse légendaire de peur de regretter ensuite de ne pas lui avoir dédié toute sa vie.

Sur notre conseil, Dennis s'est enfin décidé à commencer par les joyaux « mineurs », toute proportion gardée, que sont Bergame et Mantoue, Vérone et Pavie, en des saisons touristiquement mortes, mais en laissant de côté Venise ; cette année, en laissant de côté Florence et en profitant d'amis motorisés, il est passé par Lucques et Sienne, s'est arrêté pour boire un café dans les murs de Monteriggioni et s'est fait déposer ici, avec son sac *Army & Navy* et son crâne dégarni qui, à l'instar d'une langouste, mériterait bien, déjà, une décoration de tranches de citron.

C'est un voyageur à la Ceronetti, il se déplace en train, en autocar, parfois à pied, en taxi, mais sans se sentir en guerre avec son temps. Il lui semble tout à fait naturel que tout le monde ait une voiture mais, pour sa part, il préfère éviter les ennuis liés à ce moyen de transport. Une telle disposition flegmatique, outre sa partialité de personne cultivée envers l'Italie, le rend indulgent envers les choses de chez nous, dont il parvient toujours à percevoir le « bon » côté, qui, hélas, nous est proscrit par l'habitude et l'exaspération.

Avec le désir de nous laisser persuader par la fraîcheur de son approche, nous lui demandons ce qui l'a marqué le plus, sur la terre des citronniers. Il répond sans hésiter : le hasard, l'imprévisible. Les musées, dont on ignore toujours s'ils seront ouverts ou fermés, à demi ouverts ou à demi fermés, tenus comme un navire de S.M. Britannique ou comme une jonque de Hong Kong ; les trains qui arrivent tantôt pile à l'heure, tantôt avec des retards insensés, qui tirent parfois des voitures flambant neuves transformées en poubelles tandis que d'autres, décrépites, sont parfaitement propres ; les variations incompréhensibles de prix entre restaurants identiques, marchands de glaces semblables ; toutes les petites interdictions que l'on fait respecter avec rudesse ici alors que là on les ignore impunément. Et ainsi de suite.

Nous l'informons avec une certaine vivacité que c'est là la millième partie de ce que nous devons supporter tout au long de l'année ; s'il voyait les Postes, s'il connaissait l'assistance médicale, s'il imaginait le fisc, l'immobilier, la justice, les retraites...

Dennis nous laisse nous défouler sans broncher. Il admet que son point de vue est privilégié, tout à fait partiel, qu'il y a dans le désordre d'autrui un élément superficiel d'« exotisme » que l'étranger curieux peut observer avec intérêt et amusement, en acceptant comme une expérience insolite une grève des ferry-boats à Gênes, par exemple, tandis qu'à Douvres une grève identique lui ferait venir l'écume à la bouche ; et *vice versa.* Mais au-delà de ce pourcentage de folklore, le chaos italien lui semble cependant une forme instinctive de résistance aux tendances orwelliennes du monde moderne.

« Au lieu de vous lamenter, vous devriez la considérer comme la garantie qu'un véritable État totalitaire ne pourra jamais fonctionner chez vous. Le fascisme s'y est essayé et, sauf erreur de ma part, il a échoué misérablement. »

Mais, répliquons-nous, il a mis vingt ans à échouer. Et les trains étaient vraiment à l'heure, à la grande satisfaction du peuple italien : tant pour la chose en soi que, surtout, pour sa valeur symbolique, qui donnait aux citoyens l'illusion d'être gouvernés avec efficacité et sérieux. L'anarchie, chez nous, est pratiquée, exploitée mais elle n'est pas aimée. Il y a toujours eu une sorte de nostalgie nationale pour la compétence, l'organisation, la rigueur, l'ordre, et c'est à ce « besoin », strictement verbal et sentimental, que le fascisme a donné une réponse parfaite : les habits de fête, au sens strict également.

D'ailleurs tous ceux qui y ont vécu disent la même chose de l'URSS. Un peu de parades, de médailles, de discours solennels sur les plans quinquennaux et les batailles du blé, et tous les moutons marchent sans faire d'histoires dans le chaos des jours ouvrables. Ils voient, savent, touchent du doigt, rouspètent du matin au soir, mais ne pensent même pas à se libérer d'un régime qui, dans les petites choses, leur permet de continuer à s'arranger selon leur nature anarchique.

C'est désormais prouvé : un État totalitaire peut fort bien se combiner à la confusion, l'approximation, l'impéritie, l'incompétence. Il suffit, de temps à autre, de tonner contre le « chacun pour soi » et le « j'm'en foutisme », et les gens se persuadent facilement que, dans l'ensemble, la situation est contrôlée, que « là-haut » quelqu'un voit et agit.

Vous voulez dire l'OVRA, le KGB, ou, quel que soit son nom précis, la police politique, nous rappelle Dennis avec un léger sourire.

Nous répliquons qu'au début la terreur est indispensable, mais qu'ensuite il suffit de son écho, d'un souvenir même atténué et d'un « exemple » de temps en temps. Alors que le sentiment d'impunité générale qui prévaut de nos jours en Italie offense davantage, brûle davantage, écœure et alarme davantage les citoyens, et crée un climat favorable à l'autoritarisme.

Dennis n'est pas convaincu. Notre système lui paraît être une forme ingénieuse de *democrazia dell'arte,* où chacun est en substance complice du désordre et joue tour à tour le rôle du voleur et du volé, de l'exclus et du privilégié, du violent et de sa victime, du malin et de l'ingénu. Chacun se promène en traînant derrière lui une queue de paille plus ou moins longue et il en résulte un spectacle joyeux et animé, plein de vitalité, de fantaisie, d'indestructible inspiration libertaire.

Irrités, nous répondons qu'il s'agit d'un vieux cliché, désormais inapplicable à une situation de délabrement galopante et capillaire.

Angélique, il réplique qu'il le sait fort bien, qu'il comprend notre irritation, mais qu'il n'y peut rien si les Italiens correspondent encore, toutes proportions gardées, à ceux que décrivaient les voyageurs étrangers des XVIIIe et XIXe siècles. Débonnaire, il nous reproche de ne pas vouloir accepter, par *intellectual snobbery,* ce qui nous semble une banalité ; mais peut-être sommes-nous simplement trop impliqués ; il nous manque la distance nécessaire pour discerner les « constantes » classiques du caractère italien.

Nous le traitons âprement de lettré, d'esthète qui s'est fait, dans les livres, une certaine idée de l'Italie et qui la superpose à une réalité à laquelle il ne comprend rien.

Il trouve notre fougue on ne peut plus italienne.

Demain il doit repartir, il a rendez-vous à Padoue avec une mystérieuse dame, nous l'accompagnons au guichet de la SITA, la compagnie publique qui gère la ligne Castiglione della Pescaia-Sienne-Florence. Il y a un autocar idéal à 9 h 30.

Le guichet n'a plus de billets mais on peut en trouver dans certains bars et bureaux de tabac locaux. Nous faisons la tournée : rien à faire, tous ont épuisé leurs billets depuis longtemps et n'ont pas la moindre idée du moment où on leur en fournira : il faudra des jours, des semaines, qui sait ? Nous revenons au guichet. Ne serait-il pas possible, exceptionnellement, de prendre son billet à bord ? Rien à faire, la SITA n'a pas prévu ce cas. Elle a supprimé la billetterie dans les véhicules et le chauffeur ne peut, syndicalement, accomplir les deux tâches ; sans compter que les syndicats ont voulu le soulager de la responsabilité de recueillir l'argent des trajets du fait de la possibilité d'erreurs, vols, pertes, histoires, guets-apens, vols à main armée, etc.

Mais alors comment Dennis pourra-t-il partir ? Arrive un chauffeur. La seule solution – explique-t-il – c'est que Dennis monte sans billet, ce ne sera pas lui qui le laissera sur le bord de la route ; mais, bien entendu, il voyagera à ses risques et périls. Quels risques ? Quels périls ? Un contrôleur, une amende de quatre-vingt mille lires ; mais s'il a de la chance il voyagera gratis. Mais c'est honteux, c'est scandaleux, c'est complètement fou ! Bien sûr que c'est fou, mais ainsi va la SITA, ainsi va l'Italie. Sur cette ligne, d'ailleurs largement en déficit, le manque de billets est chronique ; l'année dernière, il s'arrêtait de son propre chef devant une boutique qui, pour des raisons non éclaircies, en avait toujours une bonne provision ; les usagers descendaient, achetaient leur billet à partir de cet arrêt perdu, remontaient et on repartait ; mais comme on arrivait presque toujours à Sienne avec du retard, la SITA finit par s'en préoccuper et on dut abandonner ce système.

Nous nous tournons vers Dennis avec un sourire triomphant. Mais il en a un lui aussi, de sourire triomphant ; et il le garde jusqu'au lendemain matin, quand il monte dans l'autocar avec son crâne en boule de billard mais sans billet. Comment cela finira-t-il ? Le contrôleur le lui fera-t-il disparaître des lèvres ou bien ne se fera-t-il pas pincer et verra-t-il uniquement le bon côté de la SITA ? A condition, bien sûr, que le long de la route n'intervienne pas cette autre romantique « constante » italique que sont les gentilshommes au tromblon. Aujourd'hui, au vrai, ils empoignent des mitraillettes, mais un esthète comme Dennis saura quand même apprécier la chose, le veinard !

Le poteau maudit

L'article précédent provoqua un démenti énergique de la part de la SITA et, de notre part, une note justificative. Les voici tous deux. Quant à ce poteau équivoque, nous ne savons pas s'il est toujours là.

Dans *La Stampa* du 19 août, en troisième page, nous avons lu l'« Agenda de F. & L. » intitulé « Ainsi va la SITA ». Le contenu de cet article ne concerne pas notre société et porte fortement atteinte à la renommée de sérieux et d'efficacité de notre maison qui est la plus grande entreprise privée nationale qui opère dans ce secteur. Nous tenons donc à exprimer notre très grande contrariété d'avoir été présentés emblématiquement comme une preuve de l'inefficacité nationale.

Cela dit, nous vous précisons que :

1. – Nous ne sommes pas une société publique ;

2. – Nous ne gérons pas la ligne Castiglione della Pescaia-Sienne-Florence mais la ligne directe Florence-Marina di Grosseto-Castiglione della Pescaia qui fonctionne uniquement le samedi et le dimanche du 1-7 au 31-8 ;

3. – A Castiglione della Pescaia nous ne disposons d'aucun guichet de vente de billets car nous nous en

remettons uniquement à l'agence de voyages Maremma Tour – via Vittorio Veneto 20 ;

4. – Nos chauffeurs en service sur la ligne sont tous munis de billets pour régulariser les rares voyageurs qui accéderaient éventuellement au véhicule sans s'être munis de billet auprès de la susdite agence ;

5 – Les voyageurs dépourvus de billets sur le tronçon Florence-Castiglione della Pescaia sont pénalisés d'une amende de cent vingt mille lires, soit un montant dix fois supérieur au prix du billet aller simple ;

6 – La chronicité présumée du manque de billets sur le tronçon Castiglione della Pescaia-Sienne ne concerne pas notre société qui a transféré à une compagnie publique, depuis le 1-7-1982, tous les services lui revenant dans cette zone.

Dino D'Amico
Directeur de la SITA (Florence)

Grand est notre soulagement d'apprendre que la SITA, bien loin de dilapider l'argent public, est gérée avec les égards dus à ses usagers et ses propriétaires ; immense est notre honte pour nous être calomnieusement moqués d'elle. Nous nous excusons pour cet horrible quiproquo, nous couvrons nos têtes de cendres ; mais pas à pleines mains.

Nous avons en effet une circonstance atténuante d'un beau jaune vif, haute d'environ trois mètres. En retournant, humiliés, vérifier d'où avait bien pu naître notre erreur, nous nous sommes retrouvés près du terrain de sport de Castiglione della Pescaia d'où partent les autocars de la ligne Sienne-Florence. Et là, sans équivoque possible, se dresse un poteau – que l'on peut aisément photographier – portant l'inscription officielle « Arrêt SITA 1 ». En dessous, il est vrai, on a collé un feuillet jauni à l'en-tête de la vraie coupable, l'ACT, à laquelle, présumons-nous, la SITA a cédé la ligne fatale. Mais il est difficile de le remarquer, impossible de lui accorder le moindre poids, surtout si on ne mène pas une enquête sur les transports routiers en Toscane, mais qu'on est simplement venu accompagner un ami sur le départ. Pour sauvegarder sa propre « image », il serait peut-être opportun que la SITA, avec son efficacité privée désormais indiscutable, envoie quelqu'un abattre, scier, déraciner, ce poteau trompeur.

F. & L.

III

ENTRE MINI-CHRONIQUE ET MICRO-HISTOIRE

Voyages gratuits contre l'isolement

Cagliari : 10.2.86 – D'après une « petite loi » approuvée à l'unanimité par l'assemblée de la région Sardaigne, les conseillers ou ex-conseillers de la susdite assemblée pourront effectuer douze voyages par an (avion, bateau ou train, peu importe) sur le territoire national aux frais de l'administration régionale. Quatre de ces voyages pourront être utilisés, à la place des bénéficiaires, par des membres de leur famille. « Cette décision, ont expliqué certains des intéressés, a été prise par analogie avec ce qui se passe déjà dans d'autres assemblées parlementaires. » (ANSA)

Une loi unanimement votée, par les intéressés eux-mêmes, de tous les partis, dispose donc que des impôts contribuent à faire voyager gratis non seulement les conseillers de la région Sardaigne et leurs proches, mais aussi les ex-conseillers de la région Sardaigne avec leurs (ex ?) proches. C'est une de ces nouvelles qui égayent une journée, surtout pour qui, comme c'est notre cas, ne connaît pas la Sardaigne. Il était temps !

Cette île fière, si négligée, si déprimée, devait bien faire quelque chose pour rompre son isolement, et cet envoi sur le continent de représentants qualifiés ouvre d'intéressantes perspectives de connaissance mutuelle. Que viendront-ils faire, parmi nous ? Qui voudront-ils voir ?

On entend sonner, on va à l'interphone :

– Qui est-ce ?

– Je suis l'ex-grand-tante par alliance d'un ex-conseiller régional de Sardaigne.

– Montez, montez, Madame. C'est un honneur pour nous ! Troisième étage à droite !

La gentille petite vieille voudra probablement savoir comment vont les choses dans la péninsule et nous, avec un esprit d'échange culturel des plus féconds, nous lui ferons faire la visite touristique complète des privilèges, des rabais, des facilités, concessions, gratifications, fermetures d'yeux en usage dans nos régions avancées, du Val d'Aoste à la Calabre, des Pouilles à la Lombardie. Puis nous lui ferons visiter l'administration étatique et para-étatique, avec ses petites lois, petites clauses, annulations, déductions, indulgences, régularisation, remises de peine, amnisties et déficits.

– En somme, conclura admirative la perspicace ex, rafle qui peut.

La Sardaigne a encore beaucoup à apprendre, beaucoup à faire pour se mettre au diapason des régions du continent. Mais ses gouvernants sont sur la bonne voie, le rachat de l'île est certain. Un jour, proche peut-être, ils auront quelque chose à nous apprendre.

Indemnité d'humiliation

Nous souhaitons que le futur compilateur du *Grand dictionnaire de la bureaucratie italienne* soit non pas tant lexicologue, sémiologue, sociologue que poète. Seul un poète, en effet, sera en mesure de mettre suffisamment en relief certaines envolées follement audacieuses de l'imagination, certaines contorsions fantasmagoriques, certaines obscurités exquises, le lyrisme hermétique des allusions et des renvois, l'alliance presque sensuelle de la grisaille et du délire, de la lourdeur de plomb et de l'aérienne vacuité, dont notre littérature bureaucratique nationale a donné tant de lumineux exemples.

Et elle continue à en donner, s'il est vrai que les croques-morts de Trente, qui se sentent marginalisés, regardés de travers, méprisés, raillés à cause de leur triste métier, demandent à être bureaucratiquement dédommagés moyennant une « indemnité d'humiliation ».

Mais cette formule de génie ne doit pas nous faire oublier que le malaise de cette lugubre corporation est fondé, qu'il est réel. Notre civilisation a peu à peu réussi, plus encore qu'à oublier ou à ignorer la mort, à lui faire littéralement perdre la face. Qu'a-t-elle à voir désormais, notre squelettique Faucheuse en manteau noir, avec les statistiques sur le cancer, sur le sida, sur la drogue, avec les massacres du week-end, les congrès sur l'hypertension et la dénutrition, et même avec la terreur de l'extermination nucléaire ? Qui est encore capable d'avoir avec elle ce rapport solennel et familier, tremblant et crâne, et parfois même plaisant, espiègle, qui, voilà quelques générations encore, faisait naturellement partie de notre tradition ? La mort, aujourd'hui, n'a ni visage, ni identité, ni prestige et ses plus humbles serviteurs – les croques-morts, justement – sont des personnages anachroniques comme les maréchaux-ferrants ou les écrivains publics.

Avec cette différence que l'on a toujours et continuellement besoin d'eux. Que suggérer alors ? Peut-être une campagne « d'image », confiée à quelque agence de publicité réputée qui insérerait brillamment le cercueil parmi les ingrédients indispensables de notre vie, couches, shampooings, crèmes à épiler, lessives, etc. Ou alors un saut technologique qui permette une sépulture entièrement déshumanisée, télécommandée depuis une cabine invisible pleine de boutons et de moniteurs, comme cela se passe pour la mise en boîte des petits pois, des bonbons. Ou peut-être suffirait-il de ne pas les laisser seuls, ces pauvre croques-morts, de leur faire comprendre que nous sommes proches d'eux, que nous nous sentons solidaires, égaux ; que nous aussi nous voudrions, pour toutes nos corporations dolentes, une « indemnité d'humiliation » dans cette vallée de larmes.

Mister caporale

Le *latinorum* dont on accusait autrefois prêtres, avocats et charlatans de se servir tortueusement pour blouser les pauvres diables, semble avoir trouvé, chez nous, un ersatz fort efficace dans l'anglais ; langue, plus que toute autre, pratique, concrète, pragmatique que seul le génie italique pouvait avoir l'idée de mettre à sac à des fins diamétralement opposées, densément fumigènes.

En ce sens la dernière invention qui nous vient du port de Gênes est magistrale. Ici, après des mois de durs accrochages entre la nouvelle direction, qui voulait abolir sur les quais, les chefs d'équipes (traditionnellement appelés *caporali* « caporaux ») et l'antique association des dockers, qui insistait pour les conserver, on est enfin arrivé à un accord : les « caporaux » resteront, sauf que dorénavant on les appellera *team-leaders.* Tous les intéressés – corporation médiévale, nouveau *management,* syndicat, commune, région – se déclarent enthousiasmés par cette trouvaille à laquelle n'est peut-être pas étrangère la millénaire ductilité (*casuistry* en anglais) de l'Église (qui était présente lors des négociations en la personne du cardinal archevêque de la ville).

Le bruit court que l'accord contiendrait des clauses

secrètes. L'une concernerait le problème du personnel en surnombre, résolu, semble-t-il, en substituant au terme lamentable de « licenciement » celui, plus souple, plus moderne, de *sack*. Une autre devrait rendre beaucoup plus rapide l'organisation du chargement et du déchargement des navires : on dira, à la britannique, *hurry up, Baciccia*[1] ou bien *slow down, Baciccia*. Une autre encore contribuera à atténuer d'éventuelles tensions entre les parties en présence, car elle prévoit également, dit-on, l'anglicisation des insultes. Ainsi le cru « Va t'faire... » devra céder la place au compassé *fuck off* et le dialectal *belinon* se transformera en la noble formule *bloody prick*. Ce sera un vrai plaisir *(a pleasure)* de se promener le long des quais du port de Gênes, parmi tous ces *gentlemen* à l'accent de Belgravia ou, pour le moins, d'Oxford.

1. Surnom donné aux Gênois (du prénom Battista avec superposition de *ciccia* « graisse »).

Le robot paraétatique arrive

Turin, 18.5.86 – Comme les travailleurs, les « camarades robots » introduits par l'automatisation devraient payer une cotisation à la caisse de retraite. C'est une idée que la CGIL[1] a l'intention de mettre à l'étude et elle est contenue dans le rapport que le secrétaire confédéral Alfonso Torsello, responsable de la politique sociale, présentera à l'exécutif du syndicat la semaine prochaine.

Voici ce que nous apprend le chroniqueur syndical et qui fait nos plus chères délices. Déjà dans le passé, en particulier avec l'inoubliable théorie du salaire comme « variable indépendante », la CGIL nous avait procuré de belles satisfactions dans la lignée, que nous aimons énormément, de la littérature fantastico-paradoxale. Mais nous craignions, après les alternances notoires au sommet, que ce syndicat plein de fantaisie n'ait quelque peu perdu son sens de l'irréel, ses liens avec la Reine Rouge et le Chapelier Fou. Une ère prosaïque, pragmatique, semblait en vue.

Au lieu de cela, par bonheur, l'inspiration est restée celle de toujours, même s'il y a eu un tournant idéolo-

1. Confédération générale italienne du travail, proche du PCI.

gique, un saut qualitatif de Lewis Carroll à Isaac Asimov. Imaginons les réactions des entrepreneurs qui ont automatisé, robotisé leurs installations ; dans cette initiative de la CGIL ils ne verront rien d'autre qu'une tentative pour taxer subrepticement les nouvelles technologies, punir novations et restructurations, gratifier les pleutres, les paresseux, les parasites.

Mais, à notre avis, c'est là une interprétation myope. D'abord, il faut applaudir sans réserve l'intention d'« humaniser » les robots, de les arracher au ghetto étrange et menaçant où ils vivent. Un robot qui, aujourd'hui, paie des cotisations à la caisse de retraite pourra, demain, verser des contributions complémentaires et exceptionnelles, être assujetti à prélèvements et retenues de toutes sortes, et rien ne crée autant de sentiments de chaude solidarité qu'une commune rancœur vis-à-vis du fisc.

Et tant mieux si, par la suite, le robot vexé, maltraité décide un jour d'aller s'inscrire sans ambages à la CGIL, contribuant ainsi à apporter un sang neuf aux troupes clairsemées de cette organisation, à créer le syndicat « fort » que tous appellent de leurs vœux. Que ne donnerait-on pas pour voir ces adhérents électroniques défiler en cortège le 1er mai sur leurs roulettes, en grinçant *Bandiera rossa* et en chuintant *L'Internationale !*

Mais il n'y a aucune raison que la chose s'arrête là. Nous pourrons avoir des robots retraités et pré-retraités, robots au chômage, robots handicapés, robots invalides – et faux-invalides – du travail (avec un micro-circuit autour du cou, un relais en bois). Inévitablement, tous s'adresseront à la caisse de retraite pour faire valoir leurs droits, l'énorme contentieux qui freine déjà cette alerte institution croîtra au-delà de toute limite, les dossiers en souffrance atteindront, couche après couche, des hauteurs inaccessibles et pour sortir de cette paralysie il faudra forcément embaucher d'autres robots.

Ainsi naîtront les robots étatiques et paraétatiques. Alors il n'y aura vraiment plus rien à faire pour aucun d'entre nous.

Tu ne m'écoutes pas, je ne joue pas

Turin, 15.12.84 – Un fait sans précédent a empêché hier la représentation de *Maria d'Alessandria*, l'opéra de F.M. Ghedini programmé dans la nouvelle saison lyrique du Regio. Après une longue attente, en effet, le public a refusé d'écouter un communiqué syndical qui devait précéder le début du spectacle et l'orchestre a réagi en abandonnant la salle (ANSA).

Tandis qu'à Milan, pour le début de la saison de la Scala, on n'a rien su faire de mieux que répéter sans conviction le sketch défraîchi des œufs pourris sur les manteaux de fourrure, Turin a donné une fois de plus, en pleine saison du Regio, un exemple lumineux de sa supérieure, de sa mystérieuse originalité. Ville fatale des *premières fois,* laboratoire inconscient d'innovations, maturations, présages, elle peut désormais ajouter à son livre d'or cette grève d'un orchestre contre son public, nœuds papillons blancs contre nœuds papillons noirs. L'épisode, moins paradoxal qu'il n'y paraît, ne fait que clarifier ce qui se préparait depuis longtemps, transpose simplement en termes actuels le cher et antique *cri de douleur qui monte de toute région d'Italie* (et qui fut recueilli, comme par hasard, à quelques dizaines de mètres à vol d'oiseau du théâtre Regio).

Instrument désespéré et limpide du XIXe siècle pour ne pas mourir de faim, la grève a perdu depuis des années, dans un pays où la faim n'est plus, heureusement, qu'un souvenir marginal, toute sa force univoque, ses motivations simples et pressantes que l'on pouvait éventuellement partager. Quand il y a grève, plus personne désormais ne songe à se demander : pourquoi donc font-ils grève ? Les raisons sont toujours plus compliquées, toujours plus absconses ; la *lutte* – terme glorieux – est toujours accompagnées d'abstractions et métaphores impénétrables : indemnité de vie chère, points d'indice, maxima, indexation, renouvellement de contrat, avancement, SMIC, *fiscal drag,* échelle mobile, SIVP, allocations chômage. Ce sont aussi, sans doute, des étendards, mais ils ne flottent que pour les intéressés directs, et peut-être même pas pour eux. Dans les mots croisés grévistes, chaque classe et sous-classe, chaque couche, groupe, groupuscule, sous-catégorie entre en compétition rageuse avec tous les autres, dignes en tout point de l'amer monologue de Timon d'Athènes : *Quelle bête pourrais-tu être qui ne soit sujette d'une autre bête ?*

D'ailleurs, la Constitution le permet, la loi qui devait réglementer la grève n'a jamais été faite et tout le monde est content ; en ce sens que le lion s'est résigné à un arrêt de trois heures quand l'agneau occupe en masse les voies ferrées, le renard à perdre une grosse affaire quand l'âne déserte l'aéroport, le loup à jeûner quand l'ours ferme boutique, l'ours à rester sans essence quand la licorne interdit l'accès aux pompes, la licorne à rester sans argent quand le cheval abandonne la banque, le cheval à s'en retourner chez lui quand le léopard bloque les bureaux de la douane et le léopard à perdre son procès quand le lion ne se présente pas au tribunal.

Alors, pourquoi ce scandale au Regio ? Ce parterre furieux mettait-il donc en question ce vaste compromis si bien enraciné dans le royaume italique des animaux ? Nous ne le croyons pas. Les nœuds papillons noirs n'ont jamais eu l'intention de refuser aux nœuds papillons blancs le droit sacré de croiser bras et archets, de faire attendre le public, de lui gâcher sa fête, sa soirée, de mettre ses nerfs à rude épreuve. L'erreur des lutteurs de l'orchestre a consisté à vouloir lire leur communiqué, à prétendre exposer leur doléances, sans doute fondées, mais certainement compliquées, à d'autres lutteurs qui ont déjà les leurs à faire valoir, tout aussi fondées, tout aussi compliquées. Et c'est là que le compromis s'est écroulé ; c'est là le sens du cri (ou plutôt du hurlement) de douleur qui s'est levé du Regio.

Encore une fois, Turin a fait exploser ce que le pays tout entier pensait depuis des années : que chacun fasse grève comme il l'entend, mais qu'il ne vienne pas invoquer l'accolade fraternelle, la sympathie, le soutien moral, la compréhension des victimes. Que l'agneau ne demande pas la solidarité du lion, que l'âne ne pleure pas sur l'épaule du renard... Ce sont là des choses du XIXe siècle, quand les hommes étaient des hommes, les femmes, des femmes et les grèves, des grèves.

Promissory notes

Dieu sait pourquoi nous sommes fascinés par l'aventure de cet avocat calabrais arrêté tandis qu'il essayait de passer en Suisse avec trente-deux milliards. La scène, en soi, n'a rien de dramatique : les deux complices qui s'avancent en voiture, lui qui reste à l'écart pour surveiller sans se faire remarquer, les douaniers qui conçoivent des soupçons et les arrêtent tous les trois. On dirait un épisode, et pas des plus hilarants, tiré de ces films comiques consacrés aux faits et gestes de criminels à la manque. Et cette première impression d'inconséquence burlesque est renforcée par l'identité des deux estafettes, un plombier et un retraité de Turin. Mais on apprend que le troisième homme, le troisième petit malin, l'avocat, est compromis avec la mafia de Calabre ; puis on découvre les *promissory notes* émises par le gouvernement indonésien. Aussitôt on pense à une intrigue internationale de haut niveau : armes, drogue, milieu, Asie, Moyen Orient, Suisse, une histoire énorme, ténébreuse, mais de celles qu'en fin de compte, comme dans les romans, on arrive à éclaircir, à démonter, à comprendre.

Au lieu de ça, les jours passent et on n'y comprend de moins en moins rien. Sont-elles vraies, ces fameuses *notes,* ou sont-elles fausses ? Tout le monde dément tout le monde, tandis que la géographie romanesque s'étend du Nigéria à Trieste, d'Avenza à Ravenna, et que l'on découvre des chargements imaginaires de coton et de café, des livraisons jamais effectuées de bateaux de pêche, tracteurs, camions. On pense alors, pendant un instant, à une gigantesque supercherie internationale, à un cerveau (mais lequel ?) qui aurait tout prévu, tout calculé, dans les moindres détails, y compris peut-être cette première scène à la frontière, elle aussi voulue, jouée, fausse.

Nous nous sentirions rassurés si les juges de Côme arrivaient à une conclusion rationnelle de ce genre ou d'un autre. Car le doute inquiétant qui plane sur ces trente-deux milliards est qu'ils ne soient, en réalité, à personne, ne correspondent à rien, n'existent pas ; qu'ils représentent seulement, symboliquement, le monde vertigineux et abstrait de la finance où nous nous perdons tous, pauvres profanes que nous sommes, parmi déficits monstrueux et crédits hallucinants, hausses titaniques et fusions insaisissables, émissions, annexions, cessions, etc. ; mais avec un soupçon croissant : que les experts, les manœuvriers, les grands capitaines eux-mêmes ne s'y retrouvent plus, ne sachent plus où ils en sont, combien ils perdent et combien ils gagnent, ce qu'ils font et pourquoi. Comme les trois petits malins de Ponte Chiasso, avec leur valise remplie (peut-être) de papier froissé.

Dans l'entonnoir

Une confluence d'horreurs, un engorgement obscène, un entonnoir repoussant où se précipitent en tournoyant, toutes ensembles, les vérités que nous préférons ne pas voir, ainsi nous apparaît, en perspective, le cas des trois assassins présumés des petites filles de Ponticelli.

Le crime est épouvantable et d'autant plus monstrueux s'il a été commis non par quelque psychopathe monstrueux, égaré et bavant, mais par trois jeunes gens quelconques du village. Mais, dès cet instant, on entrevoit déjà des enchaînements effrayants, misère, détresse, chômage, marginalité ainsi que les immenses vols, tromperies, gâchis d'argent et de mots liés à quarante ans de *politique du Mezzogiorno*.

Et puis voilà les enquêtes, les soupçons, l'arrestation, la prison. Mais la prison est une jungle effrayante, aux mains des droits communs qui menacent à tout instant d'exécuter émotivement et sommairement les trois abjects assassins ; et ici aussi c'est tout un dégorgement d'adjudications, empêchements, concours, atermoiements, de vastes projets ratés, de grandioses promesses jamais tenues.

Les mois passent, les retards s'accumulent, la justice se

perd dans les méandres des maxi-procès, des maxi-congrès, des dissensions internes, des grèves, dérapages, défaillances, carences, affreux pastis bureaucratiques. On en vient au dépassement des délais. Démentiel, s'ils sont coupables. Mais s'ils ne le sont pas ? Ils auront eu droit, quoi qu'il en soit, à un an et demi de détention préventive.

On en vient à la caution. Quinze millions, cela semble trop pour ces familles de pauvres gens. Et puis ils s'arrangent pour les trouver. Fallait-il alors leur en demander cent cinquante et résoudre le problème ainsi ? On en vient à la mise en liberté, au choix de trois communes tranquilles pour l'assignation à résidence. Et immédiatement la population locale repousse les trois monstres, elle ne veut pas en entendre parler. Attitude inhumaine et injuste qui les condamne avant le procès. Mais par ailleurs, quelle jeune fille, quels parents ou proches d'une jeune fille pourraient se sentir en sûreté dans un village où un massacreur circule le samedi et tous les autres jours de la semaine ? Présumé, dites-vous. Oui, mais en attendant...

Ce qui effraye, plus que tout, c'est de constater que tous, dans cette affaire sombrement exemplaire, ont un peu raison ; que tous sont, dans une certaine mesure, des victimes impuissantes, entraînées sans rémission dans cet entonnoir chaotique que semble être devenu notre pays.

Ce qui attriste, plus que tout, c'est de penser que cet entonnoir-là, pièce par pièce, année après année, nous l'avons fait de nos mains.

Non, monsieur, vous n'aurez pas mon cœur

Un maître taoïste enseignait : « Si on vient te demander ne serait-ce qu'un seul poil de ta barbe pour sauver l'humanité, ne le donne pas. » Précepte que le sot jugera farouchement égoïste, mais par lequel le sage invitait avant tout à se méfier de tout appel, de tout chantage fondé sur des « bons sentiments obligatoires », de toute incitation à s'impliquer dans des histoires trop vastes pour ne pas être équivoques, vagues, incontrôlables par l'individu.

« Eh oui, réfléchissions-nous au milieu des discussions ferventes sur les transplantations, mais si on venait te demander un rein, ton cœur pour sauver tel individu bien identifié de Marseille, de Tarente ? »

Ce fut alors que nous vint à l'esprit une de nos relations, un individu odieux. C'est un homme que nous rencontrons par hasard de temps à autre et qui n'a commis aucune faute envers nous si ce n'est d'être lui-même. Taille moyenne, visage plat, yeux porcins, grosse tête ronde, cheveux rares étendus sur la peau blanche du crâne comme de noires tagliatelles. Nous en savons bien peu sur son compte, mais sa répugnante jovialité, le mot obscène placé avec délectation parmi les continuelles références aux slogans publicitaires, un ton toujours inexplicablement allusif, presque complice, une arrogance tout aussi inexplicable, l'odeur violente de son après-rasage, ses habits, sa démarche satisfaite, suffisent à faire de lui, à nos yeux, l'incarnation de la plus épouvantable vulgarité.

« Pourquoi donc un tel personnage devrait-il vivre encore cinq, encore dix ans grâce à mon foie, à ma rate ? » nous dîmes-nous, dans un cri de révolte.

Et aussitôt se présentèrent à notre imagination des douzaines, des centaines de personnes, de catégories entières de personnes à la survivance desquelles nous n'aurions aucune envie de contribuer avec nos organes. Des trafiquants de drogue aux hommes qui frappent leurs femmes et leurs enfants, des fanatiques de toute espèce, faction, religion aux employés, huissiers, standardistes, gardiens de parking qui vous traitent comme un ver de terre gênant. Et nous nous figurâmes des hôpitaux pleins de chauffards présomptueux et de boutiquiers voleurs, des salles bourrées de députés, sénateurs, conseillers municipaux, acolytes divers : tous pâles, hérissés de tubes, en train d'attendre anxieusement l'hélicoptère amenant un de nos yeux, peut-être même cent cinquante grammes de notre cerveau. Ah que non, mes chers amis !

En réalité la loi devrait se préoccuper de mettre le donateur (ou son légataire) en condition de savoir, de choisir. Chaque citoyen devrait aller muni d'une sorte de certificat de sympathie, avec des témoignages et des attestations de sa famille, de ses amis, de ses collègues de travail. « Il est gentil, affectueux, tolérant, peut-être un peu ennuyeux, pas très intelligent, mais il est féru de l'Arioste. » Ou bien : « Elle veut toujours avoir raison, elle ne laisse parler personne, elle est agressive et avare ; mais d'autre part c'est une femme de confiance, elle est courageuse et elle a dû faire face à de terribles difficultés et à un mari impossible. » Ou encore : « Il dit du mal de tout le monde, c'est un profiteur répugnant dans les petites comme dans les grandes choses et, dès qu'il peut, il te fait une saloperie, comme ça, sans rien y gagner, par pure malveillance. »

En disposant d'un tel système de discrimination, quelqu'un (ou son légataire) pourrait aller jusqu'à s'écarter du précepte taoïste, il pourrait même décider de concéder sa barbe tout entière. Car le problème ne réside pas tant dans le respect physiologique du poil sacré que dans la sauvegarde des goûts, des idées, de la personnalité, du sens de la vie, de l'âme même du propriétaire du poil. Qui a quand même le droit, nous semble-t-il, de refuser d'avoir affaire avec certaines gens même après sa mort.

IV

ARCHÉOLOGIE DU FUTUR

Réhabilitation de la queue

Ferrailles interminablement agglutinées, multitudes pitoyablement avilies par une loi biblique : « Tu te reposeras à la sueur de ton front. »

Voici ce que dit, pense de la « queue » le moraliste, répétitif lui aussi, irrémédiablement à la traîne de l'objet même de ses sentences. Mais quand tout le monde donne des coups de pieds à un phénomène de masse repoussant, il vient spontanément à l'esprit de réagir avec un minimum de compassion intellectuelle, de *fair play.* On peut essayer de la personnaliser, cette pauvre queue, de l'imaginer, par exemple, comme une immonde multi-blatte, détestée, abhorrée, crainte, évitée par tout un chacun ou, au mieux, étudiée avec lassitude par un entomologiste. La voici donc, inexorable, le vendredi soir et, à nouveau, plus loin, le samedi matin et encore, là-bas, le dimanche soir, au retour de la mer, au départ pour la montagne, serrée entre deux lacs, postée sur le viaduc, rampant dans un tunnel, aux aguets aux portes de la ville ! Quel dégoût ! Quelle horreur ! Quelle sale bête !

Oui, il vient naturellement à l'esprit de lui offrir sa chance, à ce pitoyable et monstrueux cafard. En imaginant par exemple un petit enfant – un des cent mille, des sept cent mille – soumis à cette torture brûlante, à cette prison acrylique sur le siège arrière, quand on a épuisé toutes les possibilités de contorsions de tête, genoux, coudes, omoplates, vertèbres, et que la langue insiste en vain pour chercher sur le menton l'ultime bave au chocolat ; que les questions, lamentations, caprices, grattements, bâillements retombent, inertes, et que la vitre encadre toujours la même petite colline qui flotte dans la chaleur étouffante, les mêmes broussailles le long du fossé, la même bande blanche sur l'asphalte ramolli. Année après année, été après été, ces expériences déposent en cet enfant un limon en apparence stérile, une désolation qui semble n'avoir d'autre but que de lui soustraire de grands fragments de temps, de vie. En pure perte.

Mais non, quelque chose bouge dans ces couches arides ! Des alchimies mystérieuses sont à l'œuvre, contaminations, contacts, influx, mélanges, osmoses d'une complexité prodigieuse se produisent à son insu, jusqu'au moment où, de ce petit enfant (devenu entre-temps, de queue en queue, jeune homme puis adulte), jaillissent, irrépressibles, un *Soir de fête au péage de Melegnano,* un *Chant nocturne du conducteur bloqué sur le périphérique.* Quelques vers d'un nouveau Leopardi suffiraient à justifier toutes les queues du monde, pour l'éternité.

Mais si une semblable hypothèse paraît trop généreuse, trop rose, si l'on considère que la queue (d'ailleurs implicitement prévue par Giacomo Leopardi) est le produit des mêmes forces qui, de leur autre main, étouffent dans l'œuf le poète potentiel, essayons alors de nous transporter, en imagination, quelques millénaires plus tard, après que seront survenus catastrophes inouïes, cataclysmes et bouleversements tels qu'ils auront effacé le souvenir même de notre civilisation.

Et voilà que des viscères stabilisées émerge, sous les coups aléatoires d'un néo-marteau piqueur, un fantastique vestige ; une queue longue de vingt-six kilomètres entre Naples et Salerne, grise, pétrifiée, intacte. Petites familles fossiles, fiancés fossiles, adultères fossiles, gamins fossiles, retraités fossiles, tous cloués à leurs places, dans leurs automobiles fossiles, par Dieu sait quel ciment cosmique à prise rapide.

Une aussi stupéfiante et pathétique calcification serrera le cœur du touriste moyen, fera s'exalter l'esthète, enflammera de solennelles méditations l'âme du penseur, posera à l'érudit de fascinantes énigmes. Où allaient donc ces vingt-six kilomètres de momies tassées l'une sur l'autre ? S'agissait-il de quelque rite religieux, d'un pèlerinage sacré vers d'inimaginables sanctuaires ? Ou bien, au contraire, fuyaient-ils une menace terrible, des ennemis sanguinaires ? De théories opposées en discussions méticuleuses, personne ne réussira à discerner nos éreintantes frivolités et cette mystérieuse colonne sur trois files acquerra la force de suggestion, la noblesse, la grandeur tragique, la brillance métaphysique que, peut-être, nous ne pouvons, ne voulons ni ne savons lui accorder aujourd'hui.

Momie avec télécommande

Bogota, 23.11.85 – Le Nevado del Ruiz semble s'être assoupi, mais au parlement, à Bogota, la bataille vient de commencer : les députés de la zone dévastée accusent le président Betancour et le gouvernement d'avoir ignoré prévisions et avertissements : en bref, de n'avoir rien fait pour éviter la catastrophe.

Le bilan est terrifiant : vingt-cinq mille morts, quatorze agglomérations ensevelies sous la boue, cinq mille habitations détruites, six mille blessés, plusieurs dizaines de milliers de sans-abri (ANSA).

Les tragédies comme celle du volcan Nevado del Ruiz ne sont pas des tragédies seulement parce qu'il est journalistiquement commode de les définir ainsi, ni par le nombre des cadavres, mais parce que, pour un instant (qui durera quelques jours, quelques semaines) elles présentent solennellement à notre sensibilité distraite les éléments essentiels de la tragédie classique. Petitesse de notre stature, précarité de notre existence, insignifiance de nos décisions, impuissance face à des forces impénétrables et incomparablement plus grandes que nous. Rien ne se prête mieux à ce rappel à l'ordre qu'un volcan, avec son flamboiement spectaculaire et tonnant, surtout si le monstre ancestral se réveille après un sommeil de plusieurs siècles.

Aussitôt commencée, la recherche des *responsabilités,* en amont de la montagne de feu, amoindrit l'événement et ses victimes : les experts qui l'avaient prévu, le directeur général qui avait été informé, le chef de division qui gardait le dossier sur son bureau, le préfet qui savait, et ainsi de suite. Entre toutes, cette nouvelle qui émerge de la boue grise qui a coulé dans la vallée : la télévision a repoussé l'alarme d'une heure ou deux pour ne pas troubler les millions de téléspectateurs occupés à contempler une palpitante rencontre de football.

Il est facile, sur l'instant, de s'indigner de semblables détails, d'en tirer de sarcastiques considérations sur notre époque. Mais si l'on veut soutenir jusqu'au bout l'évidente comparaison avec Pompei, il faut mesurer la disparition d'Armero sur une plus longue durée, imaginer que le souvenir de la catastrophe s'estompe peu à peu, qu'après des guerres épouvantables et des cataclysmes inconcevables il n'en reste, dans deux millénaires, que de faibles traces, évocations imprécises, légendes, rien peut-être.

Et voici que les archéologues de l'an 4000 après Jésus-Christ localisent la mystérieuse cité ensevelie, fouillent parmi ces pauvres murs, ramènent au jour ces milliers de corps, presque tous, maison après maison, rassemblés en demi-cercle devant... quoi donc ?

Un foyer, tandis qu'ils se préparaient à manger ? Ou pour un hommage rituel à quelque divinité oubliée ? D'énigmatiques fragments de métal et de plastique permettront les hypothèses les plus extravagantes, les polémiques entre érudits feront rage. Mais si la vérité est établie, la télécommande serrée dans la main de la momie colombienne apparaîtra, en fin de compte, non moins émouvante, non moins tragique que le quignon de pain ou l'ampoule de verre sur lesquels le Vésuve répandit ses cendres voilà deux mille ans.

V

LE COIN DU MORALISTE

Tirer dans le dos

Une date, une exposition, une lettre et un livre nous inspirent de molles divagations en un après-midi déjà chaud, précocement voué aux glaces et aux sandales. C'est le Premier Mai, fête naguère revendicative, combative, et aujourd'hui débonnairement propice aux ponts, aux grands exodes de prolétaires en Lacoste, vraies ou fausses, qui, sur leurs chars vrombissants, obstruent les péages des autoroutes. Turin est à demi désert, mais pas l'exposition *Soldats et peintres du Risorgimento italien* qui se tient dans les salles du cercle des officiers.

Chants, fanfares, musiques d'époque accompagnent, en fond sonore, les visiteurs le long du parcours surveillé par de jeunes militaires qui portent sur la poitrine, à la place des médailles, un badge plastifié avec nom et prénom. Tout se déroule avec une efficacité gentille, familiale, en parfaite harmonie avec le *target,* comme disent les publicitaires avec un terme qui, en fin de compte, est volé au lexique des bersagliers. Car la *cible* – le public – est justement composée de petites familles, de couples jeunes ou grisonnants, petits groupes, dames et messieurs d'un certain âge, en majorité d'allure et d'accent bourgeois, piémontais, venus en foule voir quelque chose qui, pour une fois, ne les prendra pas à contre-pied, ne les intimidera pas, ne les contraindra pas à feindre d'être à la mode, *modernes,* ni à s'indigner futilement contre le futile et l'incompréhensible.

C'est le doux analgésique de l'amie de Grand-Mère Espérance qui l'emporte, dans la mesure où, ici non plus, évidemment, personne n'a de souvenirs directs des exploits encadrés : ce sont des souvenirs de souvenirs de souvenirs, bien des générations ont dû se succéder pour que l'écho des passions du Risorgimento puisse arriver corso Vinzaglio épuré des excroissances de la rhétorique et de l'antirhétorique.

L'exposition, montée par Maurizio Corgnati, est en elle-même très belle et bien conçue, à la juste mesure, sans excès : cent neuf œuvres, autant dire une collection privée amoureusement réunie, avec discernement, et qui s'arrête un pas avant de tomber dans la monotonie célébrative. Pas de David parmi les peintres de ces événements historiques, mais pas davantage de ces déprimants pompiers de la révolution d'Octobre. De nombreux et splendides campements et chevau-légers de Fattori, d'estimables Induno, Mancini, Palizzi, Cabianca, Telemaco Signorini ; et bien d'autres, inconnus au profane et, précisément pour cette raison, comme il advient pour les poètes mineurs dans les anthologies, avantagés par leur entourage.

Charges au galop, combats à l'arme blanche, éclairs des coups de fusil et de canon, actes de bravoure, morts, moribonds et blessés épars entre murets, cyprès, ravins, clochers. Le matériel est le même que celui de la guerre civile américaine que le cinéma, puis la TV des USA exploitent *ad nauseam,* alors que, au bout du compte, le Risorgimento n'a jamais été, même sous le fascisme, ce grand réservoir de spectacles qu'il aurait pu être.

Est-ce la faute de nos metteurs en scène qui n'aiment pas l'épopée ? nous demandons-nous. Ou bien, au contraire, le Risorgimento, comme toute chose dans la vieille Italie, sur le vieux continent, est-il trop riche de ténébreux enchevêtrements, de ramifications et d'arrière-fonds politiques ? La foule qui défile devant ces toiles sanglantes, parfois cruelles, semble paradoxalement n'en retirer qu'un souffle de consolation, de paix. Comme tout, alors, était plus simple ! Courage, sacrifice, dévouement, fidélité, le Roi, Garibaldi et l'idéal cristallin de la patrie unie. Et, à la maison, les mères et les épouses cousant des chemises rouges en lisant les lettres des prisonniers tombés aux mains des Autrichiens.

Par association des contraires, il nous vient à l'esprit une *Lettre de prison* de quelques jours auparavant : « Ce qui nous intéresse c'est de renforcer un espace culturel et politique à l'intérieur duquel, dans le respect fondamental des différences, chacun *à sa façon* agisse des initiatives ayant pour fonction de consolider la perspective d'un débouché politique pour les années 70 sur la base de critères objectifs. »

Si, au lieu de la *Bela Gigogin,* les haut-parleurs se mettaient à transmettre cet extrait, il est certain qu'aucune des personnes présentes n'en comprendrait un seul mot. Pourtant, c'est aussi une lettre de prisonniers. Elle aussi est, *à sa façon,* rouge : avec leurs clichés contournés et irréductibles et en révolutionnant l'usage intransitif du verbe *agir,* Curcio et trois autres *Brigadistes* demandent à être accueillis dans l'histoire nationale, à titre au moins *objectif.* Et on ne peut exclure qu'entre les plis de leur rhétorique hallucinée il n'y ait une aspiration secrète à l'oléographie, à la peinture de genre. Ne se proclamaient-ils pas, ne se proclament-ils pas encore *militaristes,* avec *campagnes d'hiver* et autres *groupes d'assaut,* etc. ?

C'est un détail stylistique qui nous a toujours stupéfiés : s'approprier dans le moindre détail le langage martial mais en laissant à l'extérieur le mot clé, l'honneur, considéré sans doute par les terroristes comme une *valeur* bourgeoise, réactionnaire, totalement abstraite et négligeable, alors que son *emprise* sur les fameuses masses est, d'Homère à nos jours, très forte et, parfois, décisive, du moins en Occident. L'un quelconque des gamins, experts en guerre des étoiles, qui déambulent dans ces salles, saurait le définir : on ne tire pas dans le dos, on n'utilise pas son désintégrateur contre un adversaire sans armes. Celui qui enfreint cette loi fait peur sur le moment, mais se rend odieux, répugnant, il se perdra dans le néant de la poussière cosmique.

Nous cherchons un lien entre les fusillés et les pendus à l'huile et à la détrempe et Carlo Casalegno, homme désarmé, assassiné à mille mètres d'ici, l'avocat Croce, autre homme désarmé, fauché à cent mètres de ce palais. Des martyrs, eux aussi, abattus non par de nettes tuniques autrichiennes mais par de jeunes ombres italiennes sans visages, en passe-montagnes, mêlées au vaste prolétariat qui engorge les autoroutes en désertant le Premier Mai.

Nous cherchons un lien entre ces tireurs dans le dos et les fantassins, les carabiniers, les chasseurs alpins, les dragons du régiment de cavalerie de Gênes qui se lancent à l'assaut des positions ennemies. Comme tout était plus simple ?

Mais non, nous susurre un portrait un peu à part de Felice Orsini, patriote, mazzinien, révolutionnaire, terroriste, organisateur maladroit d'attentats à son compte et, enfin, guillotiné à Paris sous Napoléon III. Non, ce n'était pas si simple, nous raconte Isaiah Berlin, dans ses fascinants essais sur le dix-neuvième siècle en Russie, rassemblés en volume sous le titre *Le Hérisson et le renard* (publié par Adelphi). L'année 1848 qui, à Turin, signifia Pastrengo et Goito, Curtatone et Montanara, fut, dans le reste de l'Europe, une explosion bien plus violente, bien plus trouble. Tout commença lorsque les *libéraux* qui firent dangereusement vaciller les trônes despotiques furent vaincus.

Berlin est un historien des idées plus que des batailles ; subtil, élégant, enthousiasmant, il se consacre, comme tous les grands essayistes, à établir des liens. En passant par Tolstoï, Herzen, Bakounine, Belinsky, Dostoïevski et Tourguéniev, il suit la fécondation de ces années comme un enchaînement fatal de cellules : le tsar Nicolas Ier envoie des troupes aux frontières, *ferme* l'Occident, qu'il considérait comme un modèle supérieur, aux jeunes intellectuels de chez lui et ces derniers se mettent alors à *regarder* la Russie pour la première fois, à l'examiner concrètement, à élaborer, en partant des conditions inhumaines de vie des paysans, une trame théorique extrêmement verbeuse de rachat et de libération messianique. Le tsar leur refuse leurs visas pour aller étudier à Paris, qui a nourri tous les rêves révolutionnaires : qu'ils aillent plutôt *chez les Prussiens*[1], des gens solides avec la tête sur les épaules, qu'ils aillent à l'université de Berlin.

Mais c'est justement à Berlin que s'est déplacé, entre-temps, le cœur subversif de l'Europe, à Berlin, où Hegel a fait école, passionnément, à droite comme à gauche. Et quand ils quittent amphithéâtres et tavernes à bière pour rentrer en Russie, ils n'ont pas du tout la tête sur les épaules mais dans les nuages les plus menaçants, les plus orageux, avec une seule idée enfoncée dedans : La Révolution, totale, définitive, palingénésique ; on peut la faire, on la fera. Sur les façons et les moyens personne n'est d'accord, mais c'est de ces discussions bouillonnantes, de ces fantaisies, utopies, délations, rétractations, scissions, renonciations, de ce sombre et instable fatras de visions et délires que se formera et se creusera peu à peu le delta ramifié du communisme tel que nous l'avons ensuite connu de Lénine à Curcio.

Aurait-il suffi, nous demandons-nous, devant une fenêtre, de faire circuler au bon moment dans les universités italiennes les essais de Berlin, au lieu de tous ces textes simplistes para et post-marxistes ? Aurait-il pu avoir une influence, ce libéral lucide, ce conteur magistral d'idéologies, de déchirures et de désespoirs, sur ceux qui s'apprêtaient à retomber dans des erreurs déjà commises, à mettre en scène des tragédies déjà représentées, à se perdre dans des galeries que l'on savait déjà sans issue ?

1. En français dans le texte.

Roi et bouffon

Au *Procès du lundi,* émission de télévision consacrée (si quelqu'un l'ignorait) à l'exégèse des matchs de football du dimanche, un journaliste désireux de faire le malin émet quelques observations plaisantes en marge de la *crise* actuelle de la Juventus. Un vieux champion de l'équipe pâlit de rage et le reprend sèchement. Il s'ensuit un échange de plus en plus acide, allusif et menaçant, de ceux qui, dans les westerns, précèdent l'extraction simultanée des colts. Les gens présents s'efforcent d'apaiser les choses et, au terme de précisions complexes, on découvre que les duellistes voulaient en réalité dire la même chose, à savoir que la Juventus n'est pas en crise, que son entraîneur est un trésor, que l'orgueil blanc et noir ne saurait manquer de, etc.

Alors, on ne peut plus plaisanter ? A peine une société est-elle un peu évoluée que plaisanter devient une chose très délicate, très risquée, on ne peut plus ambiguë. La plaisanterie, encore plus que l'amour, est un authentique langage qui exigerait, comme pour les langues étrangères, manuels, grammaires, cassettes, longs apprentissages oraux et écrits. Les hommes publics désireux de le pratiquer feraient bien de suivre des cours spécialisés, ou, mieux encore, d'être toujours accompagnés d'un traducteur-interprète capable d'intervenir au moment opportun. « Ce n'était qu'un bon mot de la part de monsieur l'ingénieur », éclaircirait-il avec un sourire désarmant. « Ici, monsieur le ministre ne parlait pas sérieusement. »

Nous verrons peut-être sortir du haut-de-forme prolifique du Tertiaire Avancé la profession d'*humour-assistant* et qui sait si le parlement ne se résoudra pas à voter, après la loi sur les secrétaires, une loi sur les amuseurs, un par député, à deux millions net par mois. Y gagneraient sinon les caisses de l'État, du moins la fameuse clarté et la célèbre *gouvernabilité*.

D'ailleurs, entre personnes privées qui ne se connaissent pas très bien aussi, celui qui se hasarde à *faire de l'esprit* se heurte souvent à de graves malentendus, provoque sans le vouloir crispements belliqueux de mâchoires, veines gonflées, coups de poing sur la table. Dans une cantine d'entreprise, une réunion de copropriété, une assemblée quelconque de retraités, de divorcés, d'étudiants, il est arrivé à chacun d'entre nous d'assister à des disputes aussi furibondes qu'absurdes dues à une phrase, à un mot jeté là avec une insouciance imprudente.

L'agent de la circulation, qui ne parle pas la même langue, fronce les sourcils, soupçonneux. La reine Victoria laisse s'échapper son glacial *We are not amused* (cela ne nous amuse pas). Les fonctionnaires du parti communiste tchécoslovaque expédient au fond d'une mine le camarade qui a écrit une bêtise paradoxale sur une carte postale (c'est le point de départ de *La Plaisanterie* de Kundera). Pas un seul petit rire ne s'élève de l'assemblée de boy-scouts quand quelqu'un cite la maxime du milliardaire américain Mellon : « Une bonne action ne reste jamais impunie. »

Pour plaisanter à coup sûr, il semble que soit nécessaire un degré élevé d'homogénéité sociale, une éducation commune. Le légendaire *humour* britannique pouvait compter sur des bases de classe extrêmement solides ; et il en va de même pour ce que l'on nomme la *comédie sophistiquée* américaine. Il est difficile de se mal comprendre entre gens provenant des mêmes universités, inscrits dans les mêmes clubs. D'où l'enviable possibilité de varier, enrichir, nuancer, raffiner à l'infini le langage de la plaisanterie à l'intérieur de ce cercle favorisé.

Sans aller pour autant chercher les textes de la sociologie marxiste, il suffira de prendre comme exemple le chapitre initial des *Aventures de M. Pickwick* de Dickens où le héros du livre prononce devant les membres réunis de son club un discours ampoulé sur ses propres *recherches,* plus ou moins scientifiques. Un autre membre du cercle, Mr. Blotton, d'Aldgate, le traite de *charlatan* et il en naît une altercation enflammée. On demande au coupable de retirer son injure, Mr. Blotton refuse. Le président lui demande alors s'il a utilisé ce terme dans le sens qu'on lui attribue généralement :

« Mr. Blotton répondit qu'il n'hésitait nullement à dire qu'il avait utilisé ce mot dans son sens pickwickien... Il se sentait tenu de déclarer qu'il éprouvait, personnellement, le plus grand respect et la plus haute estime pour cet honorable monsieur ; il l'avait considéré comme un charlatan d'un point de vue purement pickwickien. » Et la paix et les sourires reviennent chez ces délicieux gentilshommes.

Mais c'est précisément ce *sens pickwickien* qui a disparu de notre société babelienne, et que les différentes émissions de télévision tentent désespérément de reconstruire. Nous voici donc entre amis, en train de bavarder et de rire en liberté, entre nous, de *Fantastique,* de *Grand prix,* de *Dimanche in,* de *Drive in,* de *L'autre dimanche ;* nous nous comprendrons à demi-mot, nous sommes une grande famille, un club sympathique.

En vérité, c'est une contradiction dans les termes, rien n'était plus différent d'un club fermé du XIXe siècle qu'un moderne studio de télévision, ouvert par définition à toutes les variétés et susceptibilités infinies du vaste monde. Il faut donc d'abord considérer les meneurs de jeu comme des *polyglottes* admirables, miraculeux et on doit s'étonner non pas tant des incidents qu'ils causent parfois que de ceux qu'ils savent éviter à tout instant.

Cependant ils ne peuvent faire que leur vivacité bon enfant n'apparaisse par moments comme un peu forcée, un peu grinçante ; comme s'ils étaient conscients de travailler toujours avec des fusils et des mitraillettes braqués sur eux. Ils ne peuvent pas non plus éviter que le niveau des facéties qu'ils débitent ou gèrent n'atteigne que rarement des hauteurs himalayennes. On oublie en effet que la plaisanterie facile, vulgaire, mal dégrossie, représente en certaines circonstances un choix obligé, qu'elle correspond à une langue rudimentaire, basique, sans pièges, traquenards ni double fond. Le bon mot le plus lourd est aussi le plus immédiatement et universellement compréhensible et donc le plus inoffensif.

C'est à cette convention qu'obéit toute joyeuse compagnie, toute assemblée joviale quand elle délègue à un unique *boute-en-train* le droit de railler et de tourner en dérision. Il sera le seul, lui, l'impayable *ragionier* Morbiducci, à pouvoir se permettre les terrifiantes allusions à la calvitie de celui-ci et aux cornes de celui-là, à l'avarice de l'un et à la surdité de l'autre, en obtenant à chaque fois de grands éclats de rire. Car ce genre d'humour élémentaire se fonde, de Plaute à nos jours, sur le cliché. On ne s'attend pas à ce qu'il invente mais à ce qu'il répète. Ainsi, le *dottor* Portapenne sera *toujours* un peloteur de secrétaires ; madame Tiragelsi sera *toujours* une séductrice minaudante ; Fanfani sera *toujours* un nain et Spadolini *toujours* un goinfre ; les *socialistes* seront toujours des voleurs, Khomeini et Kadhafi *toujours* des fous fanatiques et ainsi de suite.

C'est le rôle sacré du *bouffon,* qui comporte excès burlesques, vulgarités, tours de mauvais goût et une impunité totale. Bien entendu, plus personne n'accepte ouvertement un tel qualificatif qui, depuis l'époque de Yorick, est même devenu une insulte ; mais ce sont en gros les privilèges traditionnels du bouffon qui sont revendiqués à mi-voix contre les censures et les menaces des offensés.

Le problème, c'est que ces derniers, tout en ayant une arrogance et des pouvoirs royaux, ne sont pas des rois, mais eux-mêmes des bouffons déguisés en rois. Dans un sens purement pickwickien, cela va de soi.

Dernier espoir : l'affairiste vert

Elles ne sont ni rares, ni agréables, les choses auxquelles spontanément on associe le comportement des Italiens vis-à-vis de la nature. Voici le noyau familial, protagoniste de toute statistique, qui, ayant laissé sa voiture à l'orée du bois, s'engage dans les sentiers, repère avec de petits cris une verte clairière, s'installe pour le pique-nique. Heures tranquilles sur l'herbe, photographies, cabrioles et les petites laines que l'on sort quand le soleil se couche. Mais, au moment de s'en aller, personne ne songe à ramasser plastiques et papiers gras, ces bourgeois démocrates se sont transformés en monarques arrogants : après moi le déluge (ou, dans un des nombreux dialectes de la péninsule : « Qu'est-ce qu'on en a à foutre, on nettoie bien assez à la maison ! »).

Le même noyau au bord de la mer : heures tranquilles sur la plage, plongeons, crèmes solaires et châteaux de sable. Ils repartent, abasourdis, laissant, derrière leurs dos brûlés, flacons vides, boîtes en fer blanc, un ballon éclaté, peut-être le supplément hebdomadaire de *Panorama.* En surimpression, apparaît l'image du macho de l'époque de Starace[1] : la promenade à la mer c'est la

1. Secrétaire général du parti fasciste.

visite au bordel, bruyante, pleine de vitalité, affectueuse même ; mais une fois *utilisée,* la fille (la nature) ne sert plus, ne mérite plus la moindre attention, elle est à tous et à personne.

Circonstance atténuantes ? Il y en a un certain nombre et elles sont au moins d'ordre général. La prédominance de l'industrie sur l'agriculture est extrêmement récente en Italie. Voilà deux ou trois décennies encore, la nature était perçue par la majorité des Italiens comme synonyme d'effort, sacrifice, insécurité ; si bien que, derrière les actuels piétineurs de petites fleurs, arracheurs de jeunes pousses, pollueurs de fleuves et torrents, il n'est pas impossible d'entrevoir le mobile inconscient de la vengeance contre une ennemie millénaire.

Et puis le fait est que ce prétendu *sens de la nature* a besoin pour se développer d'espace et de silence. Mais, à part quelques zones de montagnes, l'Italie, si on la considère à vol d'oiseau (si tant est que l'oiseau ne soit pas criblé de plomb), apparaît désormais transformée en banlieue homogène. Comment la fibre naturiste peut-elle s'exalter devant un horizon de magasins de meubles, immeubles de huit étages, toitures aux ambitions canado-helvético-sarrasines ? Les quelques belles choses qui restent, il faut aller les chercher parmi les constructions abusives, parmi les remises de peine, les remises de remises de peine. Une demi-heure d'auto pour admirer quatre cents mètres de trèfles. Deux heures d'avion pour contempler une hêtraie intacte, une vallée non contaminée.

Tout à coup, sans le moindre entraînement zen, l'Italien est amené à regarder la nature avec l'œil miniaturisant du Japonais : une concentration infinie, passionnée, sur trois brindilles, deux petits cailloux. Mais, pour en arriver là, l'éducation *civique* ne sert à rien ; il faut une préparation *esthétique*. Le pic-vert doit être protégé *parce qu'il est beau*. L'eau du lac rester limpide *parce qu'elle est belle*.

Mais il se trouve que le *beau* et le *laid*, catégories élusives, ont disparu de notre culture, criblées de balles par les catégories du *social*, du *fonctionnel*, de l'*écologique*, de l'*humanitaire*. Et les exemples qui viennent des *autorités* sont désastreux.

Un conseil municipal, un ministère, un organisme d'État sont bien plus riches qu'un pape ou qu'un prince de la Renaissance, mais ils n'en ont ni le goût ni le style. Ils choisissent infailliblement la cravate la plus atroce. Ou plutôt, ils ne la choisissent pas, ils se la font offrir par leur sœur ou leur secrétaire. On n'aperçoit rien qu'une indifférence satisfaite dans le tracé d'une route à grande vitesse, dans la disposition d'un quartier, la façon de traiter une place, un monument.

Pardi, dites-vous, ces gens-là ne s'intéressent en rien à la nature, au beau ; ils ne pensent qu'aux pots-de-vin ! Mais pourquoi fermer son cœur à l'espoir ? Avec une œuvre de persuasion patiente, capillaire, même un affairiste pourrait être amené à s'émouvoir pour le pic-vert et la falaise, le chardon et la libellule. Au fond, c'est une personne comme nous, avec une sensibilité, un lyrisme latent qu'il s'agit de stimuler, de faire éclore. Qu'il vole donc à son gré, mais sans brutalités inutiles. Qu'il s'en mette plein les poches, mais qu'il sauve amoureusement telle colline, telle petite pinède, même s'il en tire quelque avantage personnel. Quelle grande, quelle précieuse leçon ce serait pour l'obtuse majorité des Italiens honnêtes !

Gastronomie rétro

Il nous arrive parfois d'être invités, sans que nous en soyons dignes, à des dîners de gastronomes ; cérémonies plus solennelles que conviviales où le profane, intimidé, s'attend presque à être introduit par deux carabiniers en uniforme d'apparat, tandis qu'il cherche du coin de l'œil sur les murs l'inscription *La loi est la même pour tous.*

Les accusés (les plats) se succèdent dans la grande salle du restaurant, présentés un à un, goûtés, analysés, commentés, discutés et enfin jugés avec une gravité qui humilie notre incompétente mastication. Les visages sont tendus, les expressions absorbées. Un regard indulgent se pose de temps à autre sur nous, comme sur deux hôtes de marque, excusés, pardonnés, mais irrémédiablement étrangers à cette religion élitiste. C'est sans doute ainsi que se sentaient les pères jésuites qui, au XVIIe siècle, fréquentaient la cour des affables et lointains empereurs de Chine.

Il y a toujours très peu de femmes. Non pas, croyons-nous, par machisme palatal mais parce que leur présence pourrait engendrer des galanteries, vantardises, appétits ou exhibitionnismes incompatibles avec la concentration gourmande. A ce niveau-là d'académisme, manger signifie faire passer le devoir avant le plaisir.

Mais justement, où est donc le plaisir ? Aucun de ces commensaux compassés n'a le visage ou les manières du gourmand traditionnel. On n'entend ni clappement ni murmure de gourmandise. Les louanges, comme les perplexités et les désapprobations, sont exprimées avec mesure, sans enthousiasme ni sarcasmes. Tout paraît introverti, intériorisé. Et peut-être doit-il en être ainsi, nous disons-nous en repoussant nos grossières réminiscences trimalcyonesques, rabelaisiennes, brueghe-liennes. Peut-être est-ce vraiment ainsi, en excluant drastiquement les autres sens, que l'odorat et le goût peuvent et doivent l'emporter.

Quelqu'un, près de nous, parle d'une autre truite, pêchée dans un autre torrent, cuisinée avec d'autres herbes. Et voici une autre intervention, à propos de certaines *quenelles* de quelque localité française. Un troisième convive s'en mêle et mentionne un crabe exotique. Peu à peu les comparaisons se font plus drues, s'étendent dans l'espace et dans le temps, et nous nous sentons de plus en plus exclus, extérieurs à ces paramètres de haute précision, à ce réseau de références hypersophistiquées et multinationales. C'est comme si nous participions, avec un boulier dans la poche, à une assemblée d'ingénieurs électroniciens. C'est donc une science, nous disons-nous, ébahis.

Mais autour de la table – remarquons-nous – les yeux des scientifiques prennent une expression rêveuse, les voix se sont graduellement adoucies, des adjectifs emphatiques commencent à émerger. Ah, cet extraordinaire chef de l'hôtel de la Poste ! Ah, cette anguille sublime ! Ah, cette timbale inégalable ! Ah, ce gigot fabuleux !

Une tonalité nouvelle, que nous ne reconnaissons pas d'emblée, s'est insinuée dans la conversation comme une couleuvre. Les vins, les sauces, les mets raffinés auraient-ils ému à ce point nos experts austères ? D'où vient une telle discursivité, cette moelleuse atmosphère d'abandon ?

Et puis, soudain, tout est clair. Ces voix qui évoquent de merveilleuses expériences culinaires, mirotons mémorables, petits plats succulents, harmonies paradisiaques, ont le même timbre que celle de Villon se remémorant les belles dames du passé, *Les Neiges d'antan*. Comme Proust nous l'enseigne avec sa madeleine, le goût est un moyen prodigieux de réanimer le passé et, autour de nous – nous le voyons enfin –, se déroule un banquet dont le but véritable n'est pas la brève volupté gastronomique mais celle, interminable, de la nostalgie. Ce n'est que dans six mois, dans deux ans, dans cinq ans que ce dîner diffusera ses somptueuses saveurs. Ce n'est que dans le souvenir qu'il sera vraiment dégusté, qu'il deviendra vraiment inoubliable.

A chacun sa madeleine, évidemment, à chacun sa saveur pour retrouver le temps perdu. Quant à nous, nous fûmes invités, l'année dernière, par un couple de jeunes amis, tous deux voués aux arts figuratifs, tous deux décidés à combattre avec ferveur sur tous les fronts le grand ennemi de notre temps : l'inauthenticité. Donc : pas de compromis avec les marchands, la publicité, les éditions illustrées ; aucune recherche de commandes d'État, communales ou, plus généralement, politiques ; mépris pour la sponsorisation ; horreur pour les écoles, les cliques, les mouvements mis sur pied par des collègues avides et peu sûrs ; pas de télévision ; pas un seul jeans, pas un seul T-shirt de marque ; une vieille camionnette Fiat sans le moindre *charme* et, bien entendu, une extrême attention à la provenance de ce que l'on mange. Une guerre inutile, déjà déclarée perdue par Leopardi voilà près de deux siècles. Nous ne croyons plus dans cet absolu-là, ni dans les autres ; au vrai, nous n'y avons jamais cru. Mais la rigueur, quand on la poursuit ingénument et allègrement, comme une sorte de défi sans fanatisme, éveille la sympathie. C'est, après tout, comme une aventure de survie dans une ambiance hostile, il y a là un léger rapport avec un des romans qui nous est le plus cher (et l'un des plus *authentiques*), le *Robinson* de Defoe.

A la vaste table de la vaste cuisine, on nous annonça un plat de pâtes qui avait requis des attentions particulières et qui offrait tous les ingrédients de la plus pure, mais rude, authenticité : des *bigoli* de farine complète assaisonnés à l'anchois. La vue en était appétissante. La saveur nous frappa avec une vertigineuse violence.

Tandis que les deux jeunes gens travaillaient de la fourchette avec gourmandise, nous échangeâmes un coup d'œil tragique, bondé d'images à nouveau parfaitement nettes, lancinantes : immeubles éventrés, trams renversés, colonnes de soldats vert-de-gris, fumée, flammes, wagons à bestiaux, mitraillages aériens, barrages de police, abris souterrains glacés, chaussures aux semelles en liège, tissus fragiles, et les coupons des cartes de rationnement, ces pauvres petits carrés de papier qui donnaient droit à quelques grammes de pâtes brunes, amères, immangeables, maudites. Exactement les mêmes pâtes que nos amis dévorent comme une friandise conquise à prix d'or :

– Encore un peu de *bigoli ?*

– Non, merci, sans façon.

– C'est bon, n'est-ce pas ? Vous n'en aviez jamais goûté ?

– Non, c'est la première fois. Mais c'est vraiment excellent, quelle bonne surprise !

Comment pouvions-nous dire la vérité à ces adorables disciples de la pureté ? Et d'ailleurs, mentir n'est pas un bien grand effort pour deux vieux hypocrites comme nous.

Problématique du vacarme

Un des principes de gouvernement de Napoléon, qu'il énonçait lui-même avec franchise, était qu'« il faut offrir à la foule des fêtes bruyantes, car les imbéciles aiment le bruit et la foule est faite d'imbéciles ». Mais c'était un principe incomplet. Les anthropologues et les conseillers municipaux ont fini par découvrir que si l'idiot – le *minus habens* –, il est vrai, aime le bruit et apprécie le vacarme, sa satisfaction n'est pas complète s'il manque *l'effet d'implication,* c'est-à-dire si ses décibels joyeux ne fracassent pas les tympans et les pieds des autres aussi.

« Les sifflets et les trompettes du carnaval, assure un sociologue de l'école de Francfort, ne résonnent jamais aussi bien qu'aux oreilles du passant réticent. » Et les pétards du jour de l'an – ajouterons-nous pour ce qui nous concerne – présupposent des gens qu'on veut empêcher de dormir ; les cortèges nuptiaux, enrubannés de blanc, qui klaxonnent dans les rues des villes, se taisent dès qu'ils sortent des agglomérations ; et les sarabandes des victorieux du ballon rond, avec leurs efficaces accompagnements sonores, n'auraient aucun sens en rase campagne.

D'où la prolifération des fêtes dans les centres historiques des villes, à grand renfort de haut-parleurs dans les rues et les places où la population est dense mais qui sont aisées à transformer nominalement (en y interdisant la circulation et en y installant quelques arbustes, quelques buissons en pot) en *zones piétonnières,* ce qui coupe l'herbe sous le pied de toute protestation des habitants. La zone piétonnière est taboue, la zone piétonnière est à tous. Que, pour les habitants, l'*implication* soit fiscale et pas seulement acoustique ne fait qu'ajouter du piquant à la chose. Le vacarme, les bruits inutiles, sont un service public auquel chacun est appelé à contribuer comme il peut.

Pour les gens qui y sont hostiles, le vacarme et le bruit ont toujours provoqué, en plus du reste, des scrupules de conscience épineux, soulevé des problèmes moraux complexes et parfois insolubles. Prenons par exemple le cas de Kant et des prisonniers qui chantaient.

Le célèbre philosophe habitait juste en face de la prison de Königsberg, dont les hôtes, en particulier l'été, les fenêtres grandes ouvertes, s'égosillaient du matin au soir en chants et chœurs triviaux. Comment réfléchir, comment se concentrer, comment penser dans ces conditions ? Pour quelqu'un qui comptait sur l'été, quand l'université était fermée, pour approfondir plus que jamais ses recherches sur la Raison, il y avait là de quoi la perdre plutôt que la trouver.

Quant à changer de maison, il semble qu'à cette époque-là, à Königsberg, ça n'était pas plus facile que de nos jours à Milan ou à Rome. Et puis, dans son rigorisme éthique (d'après certains ; dans son *Einseitigkeit,* dans son légalisme de classe), Kant dut estimer qu'une telle torture, à la longue, était aussi immorale à subir qu'à infliger. Toujours est-il qu'il se rendit chez le directeur de la prison et lui demanda que les détenus cessent de chanter ou, du moins, qu'ils ferment les fenêtres.

Pouvons-nous lui donner raison ? Devons-nous lui donner tort ? Contre le piétisme pénitentiaire le plus bruyant et superficiel, il nous semble que le philosophe avait raison de revendiquer le silence et tort de suggérer la fermeture des fenêtres. Qui peut nous dire en effet si, parmi « les pauvres prisonniers qui cherchaient à compenser par le chant leur mise à l'écart », il n'y en avait pas de tout aussi pauvres, de tout aussi mis à l'écart, qui étaient tout aussi tourmentés que Kant par ce bestial vacarme ? D'ailleurs, aurait dû se dire Kant, il y en avait sûrement ; et son devoir aurait été de faire valoir ses droits en même temps que les leurs et non de faire, en plus du reste, mourir de chaud ces malheureux.

Ce qui complique tout dans ces cas-là, c'est l'inutilité du principe de réciprocité, l'impossibilité d'appliquer la loi du talion. Lorsque quelqu'un vient faire du vacarme devant chez toi – qu'il s'agisse de noces, de victoire sportive, concert rock, festival du nougat, ballet de Tchaïkovski ou fête de la majorette du Val d'Aoste – tu ne peux dire : « Je viendrai faire la même chose chez toi. » La force de dissuasion de l'*œil pour œil* ne vaut rien dans le cas de l'oreille.

« Quiconque, écrit Schopenhauer, a en tête quelque chose qui ressemble à une pensée, est naturellement hostile à toute interruption et notamment au vacarme qui non seulement interrompt les pensées mais les brise, les assomme. En revanche, pour les têtes où il n'y a rien à interrompre si ce n'est le sommeil, le vacarme ne procure pas de gêne particulière. »

Et encore, dans un bref chapitre des *Parerga* intitulé précisément *Du vacarme et du bruit :* « Faut-il donc que les individus pensants, alors que tout le monde prend soin de son corps et de ses satisfactions, soient les seuls auxquels on n'accorde jamais le moindre regard, jamais la moindre protection, pour ne pas parler de respect ? »

Bien qu'il fonde sa morale sur la compassion pour tous, Schopenhauer aussi, à ce que l'on raconte, perdit le contrôle de lui-même au point de se laisser aller à des voies de fait contre une colocataire. Cette dernière, une retraitée qui habitait au même étage que lui, avait à sa disposition un confortable appartement, mais elle préférait rester toute la journée sur le palier pour intercepter ses voisines et les retenir en d'interminables bavardages suraigus. Une situation, en somme, fort semblable à celle de Kant, mais que rendait plus grave l'absence d'une autorité à qui s'adresser (l'administrateur, un tiède, un Pilate comme tous les administrateurs, après une ou deux lettres recommandées avait décidé de s'en laver les mains). Pour finir, le philosophe, un matin, déboucha furieux de son logis et se précipita sur la pertubatrice, la poussa violemment et l'envoya rouler dans l'escalier où elle se fractura une jambe.

Dans ce cas aussi, donner tort ou raison est délicat. Impossible de critiquer le juge qui condamna Schopenhauer à une grosse amende, sans compter le paiement ultérieur d'une pension à la plaignante. Difficile de nier, d'autre part, que cette dernière l'avait bien cherché. Mais comment approuver le dîner que le philosophe – nous sommes désolés de devoir rapporter ce fait – offrit à ses amis quand la vieille dame à la double pension mourut ?

Le chapitre susdit des *Parerga* (qui se tait sur cet épisode) ne conseille pas aux victimes du vacarme de se faire justice elles-mêmes ; mais, évidemment, il n'encourage pas davantage à espérer en la justice divine ou en de futurs progrès de l'humanité. Pour Schopenhauer, comme pour Macbeth, la vie restera toujours « une histoire insensée racontée par un idiot, pleine de bruit et de fureur ». Le seul réconfort que nous procurent ces pages, avec leur description vivante et réaliste du vacarme d'une ville allemande vers la moitié du XIXe siècle, est de savoir que les bruits d'autrefois n'avaient rien à envier à ceux d'aujourd'hui.

Et ce n'est pas un réconfort à rejeter. Schopenhauer lui-même ne recommandait-il pas, comme lecture consolatrice, le poème *Des bruits* de notre Bronzino, peintre et poète, qui décrivit en des tercets pleins de vie le vacarme d'une ville italienne vers la moitié du XVIe siècle ?

Doutes sur la comète

A la différence du train rapide pour Bari, la comète périodique de Haley arrive à grande vitesse et parfaitement à l'heure sur ses rails célestes : dans quelques mois elle sera là. Mais personne ne s'en préoccupe plus tellement. La ponctualité même du service nous protège désormais de la panique superstitieuse, des terreurs surnaturelles que l'événement déchaîna jusqu'en 1682, lorsqu'il inspira au philosophe Bayle ses célèbres *Pensées diverses sur la Comète.*

Il n'en reste pas moins – comme nous l'avons lu dans une piquante *opinion du samedi,* il y a quelques samedis de cela – qu'une comète ne fait pas le printemps. Peurs obscures et superstitions courent toujours les rues. C'est pourquoi les critiques que Bayle dirigea contre « les présages, l'astrologie, les jours fastes et néfastes » et autres croyances de ce genre, seraient aujourd'hui encore, « on ne peut plus utiles et salutaires ».

Nous n'avons pas envie de dire non, mais pas davantage de dire oui. Disons que la chose nous laisse perplexes.

Personnellement, nous ne partageons aucune des superstitions traditionnelles. Le sel renversé ou le miroir brisé, le chapeau sur le lit, le vendredi 13, la chambre n° 13, le chien qui hurle à la lune ou le chat noir qui traverse la rue nous laissent parfaitement indifférents. Les songes prémonitoires et les horoscopes, la lecture des lignes de la main, les boules de cristal ne nous disent rien qui vaille. Nous ne croyons pas aux esprits, au mauvais œil, au *poltergeist,* ni aux lévitations, voyances, télépathie et autres *perceptions extrasensorielles* en tous genres, et nous excluons qu'un quelconque guéridon ait pu danser par ses propres moyens.

Toutefois, à part la pratique diffamatoire qui consiste à attribuer à Pierre, Paul ou Jacques la qualité de jeteur de sorts, nous n'éprouvons aucune aversion pour ces humbles formes d'irrationalité. Une certaine gêne (ou plutôt un invincible ennui) nous saisit même quand quelqu'un cherche à nous persuader à grand renfort d'argumentations *logiques* auxquelles, bien que nous soyons par nature patients et conciliants, nous devons forcément répondre par la féroce réplique de Valéry : « Je voudrais bien croire ce que vous me dites, cher monsieur, mais en fait vous ne me dites *rien.* »

Certaines croyances qui d'emblée se présentent comme des vérités scientifiques, voire mathématiques, nous paraissent encore plus fastidieuses. C'est le cas de la théorie, désormais accréditée dans toute l'Italie, selon laquelle les nombres du loto auraient d'autant plus de probabilités de sortir qu'il y a de semaines, de mois ou d'années qu'ils ne sortent pas. Par rapport à la vieille *Kabale* ou au *Livre des Songes,* cette prétendue théorie n'est pas plus fondée. Mais, outre qu'elle n'est pas fondée, on peut également démontrer qu'elle est fausse, car contradictoire en elle-même, ce qu'on ne peut faire pour *Le Livre des Songes.* Ce qui signifie que la nouvelle superstition, par rapport à l'ancienne, constitue une régression en termes d'intelligence autant que d'imagination.

D'ailleurs qu'est-ce que la superstition ? Où commence-t-elle et où finit-elle ? Que veut dire précisément ce mot ? Un dictionnaire fort répandu de la langue italienne en donne la définition suivante : « Croyance déterminée par l'ignorance ou la suggestion par laquelle on tend à attribuer à des causes occultes ou surnaturelles des événements qui peuvent être expliqués par des causes naturelles. » Mais c'est une définition qui prend l'eau de toute part. La voyante qui nous prédit la chance en amour ou la malchance en affaires prétend seulement voir dans notre avenir, et non l'expliquer par des causes occultes. Et le spécialiste en *poltergeist,* ectoplasmes, guéridons-rock, est le premier à invoquer des causes naturelles pour ces prétendus phénomènes.

Dans les *Synonymes* du lexicographe Tommaseo nous trouvons d'autre part : « Superstition : Croyance fausse ou exagérée en des choses ayant rapport à des êtres surnaturels. »

Mais où commence l'exagération ? Et comment fait-on pour établir la vérité ou la fausseté de choses ayant rapport à des êtres surnaturels ? Le grand *Dictionnaire* du même Tommaseo (et de Bellini) ajoute à la précédente définition celle-ci, plus résolue : « Superstition : Religion fausse et vaine. » Et il l'accompagne d'exemples de superstitions : des *juifs ;* des *mahomettans ;* des *mathématiciens* (c'est-à-dire des astrologues) ; des *Athéniens* (réprimandés par saint Paul) ; du *siècle le plus superstitieux* (le IIe siècle après Jésus-Christ, dénoncé par Tertullien) ; et autres semblables croyances en vigueur, surtout, « au temps des Dieux faux et menteurs ».

Il est clair que si l'on entre dans cet ordre d'idées, la superstition ne permet aucune autre définition que : « Toute croyance différente des nôtres », si nous avons quelque croyance. Ou bien : « Toute croyance en général », si nous sommes sceptiques au point de n'en avoir aucune.

Or, Francis Bacon, dans son essai mesuré *Of superstition,* nous prévient que *« there is superstition in avoiding superstition »,* c'est-à-dire qu'il y a une certaine superstition à éviter toute superstition. Et Goethe, dans un aphorisme, insiste : « La superstition appartient à l'essence même de l'homme et, lorsqu'on cherche à la chasser complètement, elle se cache dans les coins et dans les refuges les plus impensables ; d'où elle sort précisément lorsque nous croyions en être le plus à l'abri. » Le même Goethe nous dit ensuite, avec encore plus de bienveillance : « La superstition est la poésie de la vie, aussi ne messied-elle pas aux poètes. »

Face à cette sagesse tolérante, il est curieux qu'un Bayle ou un Voltaire, hommes des Lumières et grands apôtres de la liberté de pensée, fassent justement figure de dogmatiques et d'intolérants en s'en prenant aux superstitions les plus menues, les plus innocentes. Curieux mais compréhensible. Leur idée était en effet que les superstitions privées alimentent les superstitions publiques et que, réunies, elles conduisent aux pires désastres.

« La superstition, tonne Voltaire, fait éclater des incendies dans le monde entier. La philosophie les éteint. »

Mais quelle philosophie ? Aujourd'hui, il faut peut-être se demander si les superstitions les plus humbles, dans leur variété individuelle, n'auraient pas, peut-être, une valeur de défoulement ou de vaccin contre celles – bien plus menaçantes, agressives, fanatiques – que ne cessent de produire les philosophies et les religions d'un rang prétendument *plus élevé.*

Polar pour un pianiste

En appliquant, peut-être sans le savoir, l'exhortation biblique « Louons maintenant les grands hommes », journaux et télévisions du monde entier s'agitent pour élire une fois de plus le *personnage de l'année :* et nous, une fois de plus, nous nous réjouissons qu'à l'époque de, mettons, Socrate, Cincinnatus, Michel-Ange, Lucrèce Borgia, Vivaldi, n'ait pas existé cette grande machine à oblitérer que sont les mass media.

Le mois dernier, quand le pianiste Vladimir Horowitz vint en Italie, la RAI eut la bonne idée d'émettre ce qui, en argot de métier, se nomme un *special* dédié par une chaîne américaine au virtuose mythique. La maison de production avait imposé l'émission en version originale, avec sous-titres, pour que ce document ne perde pas, à cause du doublage, son caractère d'authenticité. Mais l'absence d'authenticité était justement ce qui frappait le plus le spectateur.

Les personnes qui entouraient le maître ressemblaient à des acteurs d'un rang modeste ; un homme trapu, cheveux gris coupés en brosse, visage volontaire, déjà vu mille fois dans des téléfilms comme lieutenant de police à Miami, avocat à Chicago, xénologue dans un astronef, répétait à tout instant : *It's fantastic !*, tandis que quelques figurants déguisés en techniciens simulaient l'enregistrement et qu'un petit homme jouait le rôle de Franz, l'accordeur fidèle.

La maison du musicien avait tout l'air d'avoir été mise en place par un assistant-décorateur avec des meubles de bric et de broc ; sa femme, Wanda Toscanini, avait à l'évidence été amenée à bout de bras depuis le *set* d'un *soap-opera* californien, et Horowitz lui-même, avec son nœud papillon, et son faux accent russe, était à peu près aussi convaincant qu'un de ces vieux acteurs de second rôle qui personnifièrent pendant des décennies le majordome spirituel ou le cow-boy éméché. L'effet général était qu'on pensait être tombé sur l'épisode intitulé *Ce farceur d'oncle Volodia* d'une série américaine de l'après-midi.

La faute n'en revenait certainement pas à Horowitz qui, lorsqu'il se mettait à jouer Mozart et Chopin dans ce cadre invraisemblable, redevenait lui-même dès la première note. Mais en tant que *personnage* il ne *ressortait* pas, ne s'imposait pas, ne se distinguait aucunement des dizaines de personnages qui chaque jour surgissent des kiosques à journaux et des écrans, et qui, désormais, forment un véritable prolétariat de la célébrité. Le Christ ressuscité, assis dans un studio au milieu de Rummenigge, Monica Guerritore et Romiti, aurait, lui aussi, du mal à émerger de la multitude. (« Dites-nous, Nazaréen, cette couronne d'épines, elle faisait vraiment mal ? »)

La figure de celui (ou de celle) qui déambule professionnellement dans la foule des célébrités, qui les déniche, les invente, les assiège, les présente, les interroge, les met en valeur, nous paraît, en fait – puisque c'est ainsi que vont les choses –, bien plus significative que tous ces pseudo-héros *de l'année* ou *de notre époque ;* bien plus représentative de notre temps. Depuis longtemps nous tournons autour de l'idée d'écrire une histoire qui aurait pour héros l'Interviewer.

Nous voyons plutôt un homme dans ce rôle car les femmes, qui pourtant savent être des interviewers acharnés et excellents, nous semblent en définitive moins ingénues (à condition que l'amour n'entre pas en ligne de compte), mieux protégées par un noyau de scepticisme, mieux outillées pour jouer le jeu, poursuivre ce qui est fragmentaire, transitoire, superficiel, sans se prendre trop au sérieux, sans se laisser contaminer existentiellement.

Tandis que l'Interviewer auquel nous pensons est quelqu'un qui *y croit,* du moins au début. Il a à peine trente ans, il est dynamique et motivé. Son journal l'envoie, çà et là, parler avec de petits producteurs de fromage, des sous-chefs de pompiers, des maires de communes sans adduction d'eau, des directrices d'école pour handicapés, et il s'exécute, non seulement avec scrupule, mais avec avidité. Il absorbe ces problèmes, il les fait siens ; et il place pour toujours ces personnages dans sa mémoire comme autant de bustes d'empereurs romains. Le dernier dresseur de puces, le Sénégalais qui a ouvert un restaurant sénégalais, le guitariste qui joue avec les doigts de pieds, le fourreur qui fait des manteaux de fourrure pour poupées de milliardaires, tous lui semblent également intéressants, pleins de chair et de vie.

L'humanité se présente à lui comme un étalage illimité d'échantillons, une collection inépuisable d'histoires personnelles, visages, accents, gestes, habitudes, styles, manies. Cette attention passionnée transparaît dans les articles qu'il écrit, le directeur le remarque, le jeune homme n'est pas mauvais du tout, il a du talent, envoyons-le donc interviewer la divine actrice de passage, on verra comment il s'en sort.

Il s'en sort bien, et, peu à peu, notre homme se voit confier des interviews de plus en plus délicates et prestigieuses auxquelles il se prépare avec le plus grand soin. Le ministre qu'il verra demain matin ? Il a étudié chacun de ses discours, chacune de ses positions passées, la moindre de ses nuances politiques ; le ténor qu'il retiendra dans la salle des VIP de l'aéroport ? Il s'est envoyé tous ses disques ; le boxeur, aspirant au titre, qu'il ira voir à l'entraînement ? Il s'est procuré les enregistrements de ses précédents combats ; le vieux poète candidat au prix Nobel ? Il apprendra par cœur deux cents de ses vers et les citera tout en buvant avec lui une tasse de thé en sachet.

Chaque nouvelle rencontre l'excite, le gratifie. Son carnet d'adresses est bourré de noms illustres, le gratin d'aujourd'hui, d'hier et même de demain. Il est toujours en voyage, toujours dans le train, en taxi, en avion, en voiture. Le 16, il voit le magnat de la finance qui vient d'ajouter à son empire deux banques, une usine de faucilles et marteaux et une plantation d'asperges. Le 18, c'est la star du muet qui, à quatre-vingt-dix ans, va à nouveau interpréter Juliette ; le 21, le chanteur rock qui s'est mis en ménage avec un chameau adolescent ; le 23, le secrétaire de parti qui s'est jeté, nu, dans le courant majoritaire ; le 24, la princesse qui a ouvert dans ses salons une école de maquillage pour repris de justice.

Et tous ces contacts rutilants ne sont presque jamais limités au seul interviewé, mais incluent les femmes timides, en adoration, tyranniques, déprimées, s'étendent aux enfants merveilleux, drogués, complexés, radieusement spontanés, aux frères et sœurs aspirants photographes, ex-terroristes, modestes employés, bonnes sœurs, stylistes de mode, neurochirurgiens, petits cultivateurs, aux mamans femmes au foyer, caissières de cinéma, sages-femmes, biochimistes, aux pères écologistes, magistrats, architectes, brigadiers de police, maîtres-nageurs.

Quand et comment cet immense éventail se fermera-t-il, nous ne le savons pas encore. Mais la crise devra être brusque et totale, il faudra inventer un épisode minuscule, et cependant d'une haute densité symbolique, qui transformera soudain l'interviewer enthousiaste, extraverti, maniaque en un contenant vide où résonnent les accents tragiques de l'Ecclésiaste. A compter de cet instant, toutes les antichambres lui semblent identiques, toutes les villas, les jardins, les piscines, les voiliers, les secrétaires, les majordomes se ressemblent, se confondent, s'annulent l'un l'autre. Et toutes les questions sont insensées, toutes les réponses idiotes, toutes les vies, les carrières, les ambitions, les goûts, les opinions, les *hobbies*, les amours, les projets ne sont que poussière du désert, vanité des vanités.

Une telle histoire peut se conclure de nombreuses façons. Si c'était le livret d'un opéra de Rossini, il se terminerait sur une scène chorale où *tutti quanti* se racontent à gorge déployée tandis que l'Interviewer, réduit à de pitoyables gémissements, court çà et là sur scène en se bouchant les oreilles et enfin s'écroule, évanoui.

Dans un roman sarcastique, notre homme chercherait une issue à l'horreur de l'actualité dans les solitudes des Andes ou de l'Himālaya pour finir par tomber sur quelque saint ermite, extrêmement populaire, qu'il aurait déjà interviewé trois fois.

Dans un roman vériste, le malheureux finirait par implorer son directeur de le renvoyer interviewer des maîtresses d'école maternelle et des retraités furibonds contre la caisse d'assurance vieillesse.

Dans un roman policier, tout commence par l'inexplicable assassinat d'Horowitz, suivi par une série de crimes tout aussi sensationnels et mystérieux dans les secteurs les plus disparates de la notoriété. Un commissaire grisonnant, qui n'a pas fait carrière et dont la tâche consiste, depuis des années, à protéger les *personnalités,* devine peu à peu le mobile, le fil qui relie ces cadavres illustres et, en menant l'enquête pour son propre compte, arrive enfin au coupable, le célèbre Interviewer. Mais, par un sentiment de solidarité, pour ne pas transformer le fou homicide (et donc lui avec) en énième *personnage* éphémère, il décide de l'éliminer sans publicité, en simulant un accident à un passage à niveau non gardé, un soir de brouillard. Le lendemain, assis dans son salon, il en verra les images déformées dans un reportage de vingt secondes, lors du journal télévisé.

VI

SEXE ET PEINTURE

Et si, en dessous, il y avait un nez ?

Les feuilles qui couvrent la nudité d'Adam et Ève dans la chapelle Brancacci, à Florence, vont enfin être effacées, grattées, dissoutes ; pourtant un subtil malaise, une inexplicable hésitation nous empêche d'accueillir avec enthousiasme ce qui est, et ne peut être considéré que comme une bonne nouvelle.

C'étaient d'absurdes feuilles contre-réformistes – une honte pour recouvrir les *parties honteuses* de nos ancêtres – et il est juste qu'elles tombent, quelles que puissent être nos perplexités (disons même : notre terreur) devant d'autres restaurations et, en général, devant toute intervention, bien ou mal intentionnée, visant notre patrimoine artistique national. Mais, en ce cas, les restaurateurs semblent au-dessus de tout affreux pastis, cette remise en état des zones érogènes est limitée, la fresque de Masaccio ne manquera pas d'y gagner.

C'étaient des feuilles dépourvues de toute valeur, et en l'attente de précisions de la part de Federico Zeri, il nous plaît d'imaginer que cette pudique couverture fut décidée petitement, bureaucratiquement, dans l'antichambre de quelque cardinal surchargé d'affaires, qui, entre deux rendez-vous, en parla à un obscur *monsignore,* qui convoqua un modeste artisan, qui, un matin de grand vent, prit couleurs et pinceaux et alla exécuter la retouche bigote pour quelques écus – pour rien peut-être.

Alors, pourquoi la remise en l'état de l'original, la revanche sacro-sainte du grand maître ne nous incite-t-elle pas au moins à nous frotter les mains ?

Nous nous demandons si notre réticence n'a pas justement quelque chose à voir avec ce que ces feuilles ont caché pendant des siècles. Si *dessous* il y avait, pour prendre un exemple, un coude, une cheville, un nez, nous ne serions peut-être pas là à couper les cheveux en quatre. C'est peut-être l'idée de ce qui arrivera ensuite qui nous refroidit : groupes de touristes à l'œil égrillard, commentaires facétieux, fines allusions, reproductions dans tous les hebdomadaires semi-sérieux, légendes équivoques, et voilà le noble événement culturel jeté dans la mélasse de tous les autres innombrables *événements,* défilés, compétitions, spectacles, expositions, parmi toutes les autres, innombrables, nudités de seins, cuisses, fesses, aines.

Oui, ce doit être cela qui nous épouvante : qu'à la place de ces abominables feuilles ce ne soit maintenant l'abominable et aveugle vulgarité de notre époque qui ceigne les reins d'Adam et Ève.

Leur antique malédiction, leur honte lointaine est inexorablement arrivée jusqu'à nous, créateurs et habitants d'un monde où l'on n'arrive plus à prendre une bonne nouvelle pour ce qu'elle est : une bonne nouvelle. Ah, s'ils s'étaient contentés des bananes ou des ananas !

Notre place n'est plus ici

(Lettre des auteurs)

Cher directeur,

Nous nous demandons sérieusement si notre collaboration à ce journal a encore un sens, un *commentateur ridens* de l'espèce à laquelle nous appartenons a besoin, pour survivre, d'herbe exagératoire, d'eau déformante ; il se nourrit d'hypothèses paradoxales, de sarcasmes outranciers, d'extrapolations fantaisistes ; il ne s'attend pas à ce que la réalité surréelle qu'il a plaisamment conjecturée vienne coïncider avec ses bouleversements les plus effrénés ; il ne se sent pas prophète et ne désire pas l'être.

Voilà quelques jours, en commentant la restauration de la chapelle Brancacci, nous avions, à notre habitude, forcé un tantinet les teintes. La bonne nouvelle nous avait réjoui, toutefois notre jubilation était tempérée par la crainte que la vulgarité des temps ne recouvre, d'un feuillage neuf et plus offensant, la fresque de Masaccio.

Nous imaginions (comme ça, quasiment pour conjurer le sort) toute une exploitation commercialo-prurigineuse, une orgie multimédiatique-cochonne au centre de laquelle, une fois émancipé des pudeurs contre-réformistes et restitué à sa nudité virile et crue, le pauvre Adam se retrouverait.

Et voici que dans la *Repubblica* d'hier (29 janvier, page 16), un titre nous aveugle comme la foudre de Jahvé : *ADAM NU EN DIRECT A LA TV APRÈS TROIS SIÈCLES DE CENSURE.* Les experts procédaient à un premier examen réflectographique, mais une équipe du journal télévisé de la première chaîne était déjà là, prête à surprendre enfin la faute d'Adam dans le phallus d'Adam. « Fort et vigoureux », nous rassure l'anonyme chroniqueur. Et il poursuit en expliquant qu'il s'agit « d'une révolution qui frappera de plein fouet le monde de la critique et de l'édition... *Adam et Ève chassés du Paradis*... étant reproduit dans tous les livres d'histoire de l'art, dans les encyclopédies, ce sont des centaines de pages qu'il faudra corriger avec la nouvelle image d'Adam. Il faut ajouter qu'il y a une attente vibrante de cet Adam. C'est un frémissement sensuel qui, depuis des jours, traverse Florence et que certains pensent déjà à transformer en *business*. Les éditeurs de cartes postales sont prêts à imprimer à des milliers d'exemplaires la version intégrale d'*Adam et Ève chassés du Paradis* ».

Cher directeur, vous vous rendez certainement compte que si les choses vont de ce pas, notre place n'est plus ici, mais là-bas, aux côtés de Daniel et d'Isaïe, de Jonas et d'Habacuc. Un frémissement (plus ou moins) sensuel nous pousse à chercher une collaboration auprès de la *Gazette de Ninive* ou du *Gomorrhe Daily News*. Nous vous ferons connaître dès que possible l'adresse de notre grotte dans cet autre désert.

Bien cordialement, vos

F. & L.

Toute la vérité sur les enfants de Guttuso

(Lettre de mère Gertrude)

Monsieur le directeur,

En qualité de mère supérieure du monastère de Sainte-Austreberte, à Picul en Haute Transylvanie, je ressens le devoir moral de révéler un secret qui concerne deux collaborateurs de votre journal, les soi-disant F. & L.

Ces dernières semaines, j'ai respecté leur silence, admiré leur discrétion. Ils se sont tus tandis qu'autour de la dépouille mortelle de Renato Guttuso commençait un incroyable aller-retour de clichés et de lieux communs. Ils n'ont pas remué un cil quand le méga-cancan romain se transformait en roman-feuilleton gauchement traduit du français puis en *telenovela* vénézuélienne. Ils ont laissé passer sans un gémissement ce lexique poussiéreux, voire cadavérique, fait de maîtres mourants, conversions, ségrégations, *monsignori,* enfants adoptifs, enfants naturels, comtesses nues, lettres volées, testaments et héritages contestés.

Par pudeur, par décence (vertus antiques, oubliées) ils

sont restés loin de ce manège lamentable, en renonçant avec une rare élégance à faire valoir leurs droits, à défendre leurs intérêts.

Mais maintenant c'en est assez. Après une longue nuit de prières j'ai compris que le monde devait connaître leur véritable identité : F. & L. sont tous deux les enfants naturels de Renato Guttuso, bien que de mères différentes.

Il faut en effet savoir que lorsque Adolf Hitler vint en Italie en 1936, il amena incognito avec lui sa compagne. Celle-ci, exclue des cérémonies officielles, accompagnée par des agents de la police politique qui s'ennuyaient tout autant qu'elle, alla visiter une petite église sans grand intérêt, aux alentours de Rome, où un peintre prometteur décorait de fresques une chapelle dédiée à la madone des Pompiers.

Ce fut l'amour immédiat. Tous deux se retirèrent dans un confessionnal et, neuf mois plus tard, naissait L., ce qui provoqua une des crises de furie les plus hystériques du dictateur qui ne voulut jamais reconnaître le fruit de cette faute italo-allemande.

En 1945, l'enfant fut capturé par les troupes soviétiques, puis échangé contre un espion atomiste anglais et, grâce à l'intervention de Pie XII, amené à Rome où il fréquenta normalement les écoles. Mais la vérité est que L. n'est autre que le fils de Renato Guttuso et d'Éva Braun.

Quant à F., son histoire est moins rocambolesque. Durant un de ses voyages dans les pays de l'Est en qualité de Grand Pinceau Communiste, le maître, par une nuit de tempête, eut de sérieux ennuis avec le carburateur de sa Cadillac et fut contraint de demander asile dans un château à demi délabré de Basse Transylvanie.

Une jeune fille innocente l'accueillit, le sécha, le nourrit et, lorsqu'il lui demanda de poser nue pour lui (elle avait de fort belles dents !) ne sut pas lui dire non. Le nouveau-né fut confié à un ingénieur de chez Fiat, de passage dans ces contrées pour son travail, qui l'emmena clandestinement à Turin après l'avoir caché dans une roue de secours bien gonflée.

C'est à Turin que notre héros continue de vivre en se faisant appeler F. ; mais, en réalité, c'est le fils de Renato Guttuso et de la soussignée (eh bien, oui, je dirai la vérité jusqu'au bout).

Révérende mère supérieure
du monastère de Sainte-Austreberte,
dans le siècle, Gertrude des comtes
Dracula de Transylvanie

DEUXIÈME PARTIE

CLASSIQUES, PÉCHÉS, VOYAGES

I

CLASSIQUES EN LIBERTÉ

II

LES SEPT PÉCHÉS CAPITAUX

III

VOYAGE CIRCULAIRE

I

CLASSIQUES EN LIBERTÉ

Études bibliques : un prophète dans l'embarras

Terrible est Ta colère, ô Seigneur, et grande ma détresse ; en effet je vois Ta main se lever sur Tes enfants et Tes malédictions les poursuivre et les persécuter. Je vois leurs grandes villes qui fourmillent sous les ténèbres fuligineuses dont Tu as obscurci leurs cieux, je vois les incrustations lépreuses dont Tu as recouvert leurs palais et leurs grottes, et les ordures abominables dont regorgent places et arcades, et les fumées de leurs pestilences fétides, et les piquantes seringues tapies comme des crotales dans leurs jardins desséchés, et le coupe-jarret, le violeur, le tueur qui menacent leurs jours et leurs nuits tels les loups et les chacals.

Et je vois encore, ô Seigneur, que Tu ne concèdes à Tes enfants aucun salut, aucun soulagement, car Ta verge vengeresse est au-dessus d'eux même quand ils s'extirpent de ces lieux de mort et se répandent, semblables aux locustes, par les terres et vers les mers. Je vois les multitudes innombrables se rassembler là où Tu as édifié les portes étroites des péages, et j'entends les lamentations des femmes et les pleurnicheries des nouveau-nés à la mamelle et les râles des anciens emprisonnés dans l'ardeur de leurs chariots multicolores qui supportent, immobiles, les traits brûlants lancés par Ta puissance. Et de Ton exécration provient l'âpre méchanceté des asphaltes, le supplice d'airain des voies à travers les collines décapitées et les bois arrachés et les plaintes contaminées. Et elle est à Toi l'arrogance du Klaxon, à Toi le dépassement mortel, à Toi le massacre enchevêtré. A Toi la langueur, à Toi l'évanouissement, à Toi le sandwich racorni comme un ventre de femme stérile. A Toi la paralysie qui rend le moteur muet, à Toi la boîte de vitesses qui hurle comme un lionceau blessé, à Toi le pneu qui s'affaisse comme le Moabite blessé.

Mon cœur saigne, ô Seigneur, pour les châtiments que Tu infliges à Tes brebis quand elles atteignent les enclos de l'été. Les tondeurs touristiques les dépouillent de l'or et de l'argent et les laissent dans une nudité vile et abjecte ; et leurs corps frappés par les brûlures et les fièvres et les inflammations rampent comme des lignées de scorpions, se vautrent sans répit le long des fleuves boueux et des abysses salés. Et les eaux où ils voudraient se purifier sont la couche des boîtes de bière, le royaume du gazole et du plastique, la pâture du gras colibacille. Leurs épaules, leurs poitrines, leurs cuisses cuisent et rougissent de plaies ulcérées que des onguents diaboliques n'adoucissent pas, les plantes de leurs pieds ne connaissent pas le repos sur le sable de feu, et ils errent à tâtons, semblables aux aveugles, en plein midi, en invoquant le nom de leurs enfants.

Et quand ils vont, difficilement, à la recherche de nourriture, Tu l'as dénaturée, rendue infecte et ennemie, Tu as gelé les poissons et les herbes tendres des champs et les fruits des arbres : Tu as pareillement instillé la fadeur dans la chair des agneaux, des oiseaux et des animaux qui ont le pied fourchu et qui ruminent ; et leur farine est mêlée de balle et d'ivraie, et leur miel, et leur vin et toutes leurs boissons sont le venin d'un dragon, un cruel breuvage de vipères.

Tu fais s'élever d'étranges et durables clameurs, des tapages et vacarmes qui tourmentent leurs oreilles, et jamais ne cesse le tonnerre des tambours et les éclats des cymbales, jamais ne s'interrompt le cri insensé des chanteurs et des chanteuses au milieu des quatre vents.

En vérité, mon âme est lacérée, car Tu les as en horreur, mais eux ne l'entendent point. Ma tête est dans la poussière, parce que Tu persistes à dévaster et à détruire au milieu d'eux, à disperser et à frapper cette tourbe, et pourtant ils ne s'en avisent point. Et à toutes les infirmités et calamités, à toutes les amertumes et difficultés et oppressions et souffrances que Tu sèmes douloureusement le long de leur chemin, ils donnent le nom de vacances, et s'en réjouissent. Et Tes blâmes les remplissent de joie, Ton courroux les fait déborder d'allégresse. Tu les as poussés dans la Géhenne, ô Seigneur, et eux se croient dans l'Eden. Et Ton serviteur est confus, ô Seigneur. Très confus.

Lectura Dantis : le chauffeur de l'Enfer-Tours

Le chauffeur de l'Enfer-Tours, après avoir garé son autocar, réunit son groupe devant l'entrée tandis que le chef de groupe s'occupait des billets. « On reste en file, on n'fume pas, on n'mange pas, on n'jette rien par terre, on n'fait pas d'bordel ! » recommanda-t-il.

C'était un Toscan grand et sec, aux manières brusques, colériques, qui contrastaient avec l'humeur débonnaire, tout émilienne, du chef de groupe. Durant tout le voyage, il n'avait cessé de surveiller les clients dans son rétroviseur et de les houspiller avec ses interdictions : « M'sieur Pagani, on n'dit pas d'gros mots ici !... On n'dort pas à c't'heure-ci, paresseux !... M'ame Capellini, 'fait chaud, d'accord, mais c'est pas 'ne raison p'faire étalage d'vos mamelles !... »

Mme Capellini, son chemisier boutonné jusqu'au col, regardait le grand avis qui surmontait l'entrée.

– Mais ça, plaisanta-t-elle, est-ce que ça vaut pour les touristes ?

– Eh, v'là ben des mots d'obscure couleur, ma p'tite dame ! ricana le chauffeur. Toi, le Mantouan, qu'est-ce t'en dis ? demanda-t-il au chef de groupe qui revenait avec les billets.

– De ce panneau-là ? Allons-donc ! se mit à rire le Mantouan qui, jovial expliqua en commençant à distribuer les cartes d'embarquement : Rien, rien, tout ça fait partie du Son et Lumière !

Mais sur le bateau, avec le haut-parleur qui répétait à chaque instant « Malheur à vous », « Laissez toute espérance » et autres menaces terrifiantes, beaucoup finirent par être vraiment impressionnés. Le chef de groupe eut fort à faire pour les convaincre que cela aussi faisait partie du Son et Lumière. D'ailleurs tous n'avaient pas réussi à embarquer. Certains (mais parmi les plus insignifiants du groupe et le Mantouan lui-même avait recommandé de ne pas s'en occuper) étaient restés à terre et on les voyait courir çà et là comme des forcenés, poursuivis par les moustiques.

Puis, quand ils débarquèrent sur l'autre rive, M. Pagani, géomètre à Novara, tomba sur Euclide, géomètre à Alexandrie, et resta à son tour en arrière.

– Eh ben, salua ironiquement le chauffeur en commençant à descendre, à vous r'voir, m'sieurs les géomètres ! Nous autres, on descend chez m'sieur Paolo et m'ame Francesca.

La descente fut si rude que Mme Capellini et d'autres dames durent déboutonner leurs chemisiers, bien qu'il ne fasse même pas très chaud. Mais on y voyait à peine et le chauffeur laissa faire, se bornant à réprimander de temps à autre l'*onorevole* Bongiovanni.

– Eh ben, m'sieur l'député ! Faudrait voir à s'arrêter !

Bongiovanni, un parlementaire des Abruzzes extrêmement luxurieux, profitait en effet de la situation pour importuner ses compagnes de voyage et les harceler de propositions malséantes.

Après la rencontre avec Paolo et Francesca, quoi qu'il

en soit, on ne vit plus ni Mme Capellini ni le député. Quelques cercles plus bas, dans le bureau du notaire Gai, un antiquaire de Bologne et deux de ses amies triestines disparurent. Puis, de fosse en fosse, le groupe s'amenuisa à tel point que lorsqu'ils arrivèrent au fond il n'y avait plus personne.

– Hélas, la terre est dure ! commenta le comte Ugolin depuis son trou.

– Eh oui ! Les temps sont rudes, monsieur le Comte ! dit le Mantouan en se massant les pieds. Mais au fond tant mieux, ça m'évitera la montée de l'autre côté.

Le chauffeur sortit un instant pour revoir les étoiles, puis téléphona là-haut pour dire à la navette spatiale de ne pas attendre. Il ne restait plus personne, précisa-t-il, même pas pour l'excursion à la montagne.

– Ça ne m'étonne pas, dit miss Portinari, la belle hôtesse de la navette. Mais toi, ajouta-t-elle avec coquetterie, pourquoi ne viens-tu pas faire un tour quand même ?

– J'peux pas, Bice, qu'veux-tu ? dit le chauffeur. Nous autres faut qu'on r'tourne à l'agence en prendre d'autres. P'têt' demain, hein ? Eh ben ! Salut, Bice.

Problèmes kantiens : Kant avait-il son permis ?

Dans sa *Vie privée d'Emmanuel Kant,* Dindorf [1] range au nombre des extravagances du grand philosophe celle de ne jamais avoir voulu passer son permis. Des biographes plus scrupuleux ont objecté que Kant n'avait aucunement besoin de le passer, puisqu'il allait de chez lui à l'université à pied et qu'il ne bougea pratiquement jamais de Königsberg. On pourrait répliquer à cela que si le critique de la Raison Pure resta toujours confiné dans sa ville natale, ce fut justement parce qu'il n'avait pas le permis, et non le contraire.

En réalité le problème, comme l'a finement montré Brunschwicg [2], doit être ramené aux racines mêmes de la pensée kantienne : « Le monde extérieur existe-t-il ? Et s'il existe, est-il possible d'en avoir une représentation adéquate ? » Chacun sait que l'idéalisme critique de Kant, à la différence de l'idéalisme absolu, postérieur, répond par oui à la première question, par non à la seconde. Le monde extérieur existe avec certitude (*Das ist sicher und gewiß*, ça, c'est sûr et certain, dit tex-

1. G. Dindorf, *Kants Privatleben,* Stuttgart, 1877.
2. L. Brunschwicg, *Philosophie du permis de conduire,* in « Revue de Métaphysique », XII, 1924.

tuellement Kant), mais pour nous il est totalement inconnaissable. Les représentations adéquates que nous croyons en avoir, les images mêmes, en noir et blanc ou en couleurs, que nous en fournissent nos soi-disant *objectifs,* ne reflètent pas une réalité objective située hors de nous, mais *le fond de notre esprit ou de notre caméra.*

Avec ces idées-là déjà en tête, il est compréhensible que le jeune Kant ait refusé de partager les vacances, pourtant brèves et modestes, que ses parents passaient habituellement en Italie. « Si je ne peux même pas connaître Königsberg, disait-il, pourquoi irais-je faire mille six cents kilomètres pour ne pas connaître Cesenatico ? »

Il ne pouvait toutefois éviter qu'amis et parents lui adressent des dizaines de cartes postales illustrées (du type « Souvenir du Mont-Saint-Michel », « Grüsse von Cortina d'Ampezzo », « Salutissimi da Bordighera ») auxquelles sa rigueur critique niait toute crédibilité, tout lien avec d'éventuelles localités réelles situées à l'extérieur de l'envoyeur. « Gratte cette tour, annota-t-il avec irritation sur une carte postale de Pise (qu'Abbagnano [1] considère à juste titre comme « une première ébauche » de la *Dissertation* de 1770), et derrière que trouves-tu ? La signature du cousin Otto ! »

Mais son plus grand tourment commençait au retour de vacances des Königsbergeois, lorsque s'ajoutaient aux cartes postales des centaines, des milliers de photographies, prises pour la plupart à Riccione, mais toutes avec la prétention de représenter fidèlement le monde extérieur. C'est dans ce contexte qu'il faut situer sa dis-

1. N. Abbagnano, *Importanza dei « Saluti da Pisa » nello sviluppo del criticismo,* Bari, 1962, (trad. fr. *Importance des stéréotypes épistolaires dans le développement du criticisme,* Lille, 1976).

pute avec le pasteur Niemoller, un maniaque de l'objectif qui, dans le criticisme kantien voyait surtout une offense envers ses propres photos couleurs.

La dispute jette également une vive lumière sur la *vexata quaestio* du permis. Il semble en effet qu'à un certain moment, en montrant une photographie qui le représentait avec d'autres ecclésiastiques devant Saint-Pierre, Niemoller, exaspéré, se soit écrié : « Bon, laissons tomber la basilique ! Mais pouvez-vous nier que le troisième en partant de la gauche ne soit réellement moi ? » Sur quoi Kant pour toute réponse ébaucha un sourire.

L'épisode est mis en doute par Riehl, mais il semble tout à fait plausible ; en effet, pour Kant, si la connaissance du monde extérieur est impossible, celle du monde intérieur est toute relative. Nos sens et nos photos nous donnent bien des représentations réelles de nous-mêmes, mais il s'agit d'une réalité purement phénoménale et sans aucun rapport avec notre vrai, notre authentique *moi,* dont nous ne savons rien et ne pourrons jamais rien savoir.

Supposons donc que Kant, malgré tout, ait désiré se présenter au permis. Aurait-il eu le front de se faire faire les trois photographies, dont une authentifiée, expressément requises par la préfecture du lieu ? Aurait-il pu, en conscience, les signer ? Riehl lui-même estime qu'une telle éventualité était impensable et conclut fort justement : « Entre l'auto-école et la Loi Morale, entre le permis et l'Impératif Catégorique, le choix de Kant ne pouvait être qu'un. »

Un inédit de Foscolo :

Les toutes dernières lettres de Jacopo Ortis

Florence, 10 août, 23 heures

Les deux premiers feuillets de cette lettre ont été perdus ; Jacopo y racontait son errance forcenée, par suite d'une erreur de bretelle, sur l'A 13 et l'A 14 entre Imola et Lugo, et une rencontre, avec deux motards de la police de la route, qui, eu égard à sa nature indocile et véhémente, lui fit frôler l'arrestation.

... qui n'en finissait plus, première, seconde, première, seconde, douze milles durant, mon Lorenzo ! Un feu ardent brûlait mes membres, je rugissais comme un lion, et lorsque, près de Bologne, il m'advint de tamponner un misérable qui m'incommodait, celui-ci, à ma seule vue, remonta dans sa Renault 5 francisée et repartit, muet et tremblant. Sur le tronçon des Apennins, naturellement, travaux et voie unique. Pendant des heures, cols et vallées ! Et à la fin de ces fatigues surhumaines, Florence, où, dans les airs, ne flottent que fumées d'autocars et puanteurs de pizzeria, où on ne saurait trouver un lit, une chaise chez un glacier, un banc vide. Au point que nombre de malheureux jeunes gens en sont réduits à passer la nuit sur les trottoirs, enroulés dans des linges en fort piteux état ! Refusant une telle humiliation, je m'en vins à Bellosguardo, me garai entre deux caravanes sous un saule solitaire et c'est là, à la lueur du tableau de bord, que je t'écris ces lignes. Je sais bien que le sommeil n'est pas moins dur sur les sièges d'une A 112 Elite, mais j'espère me reposer assez pour entreprendre le pèlerinage à Santa Croce, demain.

Florence, 11 août

Las, mon Lorenzo ! L'idée des Sépulcres paraissait bonne, lorsque nous en discutâmes avec toi et Pindemonte dans le boudoir de notre chère Isabelle, à Venise. Mais si tu savais quelles difficultés, quels obstacles, simplement pour mettre le pied dans cette noble église ! Ce matin j'en trouvai la porte fermée et un adjoint au maire qui passait par là m'expliqua fort civilement qu'on l'ornait pour le concert du soir. On y entendra l'immortel Gazzelloni ! s'exclama-t-il avec orgueil.

J'allai vagabonder dans ce que flèches et panneaux indiquaient comme « centre historique » (mais y aurait-il, à ta connaissance, d'antiques cités italiennes dont le centre ne soit pas, justement, historique ?), qui n'est plus qu'un grouillement de plèbe. Les étrangers à la ville y sont accourus par dizaines et dizaines de milliers, ils piétinent son bitume sacré et, par ma foi, j'ai plus d'une fois dû retenir ma fureur tandis que je me frayais un chemin à coups de coude à travers ces brutes. Je tentai les Offices, mais, devant la multitude hébétée qui faisait la queue, j'y renonçai. A la suite de je ne sais quels troubles, je trouvai porte close à Pitti et au Bargello. Mais en tous lieux, peut-être en manière de vile compensation, estrades, petites et grandes, podiums pour spectacles de rue, étalages et bancs d'artisanat afro-asiatique, affiches et banderoles qui annonçaient expositions, colloques et assemblées sur le savoir humain tout entier. Hélas ! La gracieuse cité de Flore n'est plus qu'une pitoyable foire ! Le soir je ne pus même pas m'approcher de Santa Croce, la place était bondée de façon indescriptible car une compagnie de mimes, qui se font appeler les « post-sépulcraux », s'y exhibait. Je dus renoncer, une tempête dans le cœur.

16 août, depuis les collines Euganéennes

Je me suis enfui, mon Lorenzo, je suis revenu, pour me laisser dépérir, dans les jardins en copropriété de ces collines bien-aimées. A Florence je voulus rendre visite à celui que toute l'Italie considère depuis des décennies comme un exemple de fierté inébranlable. J'espérais qu'il me redonnerait du courage, me tirerait de l'abattement où l'amertume des jours précédents m'avait jeté. Mais le grand Alfieri n'est plus ce qu'il était, il porte perruque, a abandonné la tragédie pour une autre sorte de show, et son nom actuel est Mike Bongiorno. D'emblée, il me soumit à un examen courroucé : est-ce que je savais que les urnes des grands, à Santa Croce, avaient été changées ? Et ce qu'il y avait à la place du monument à Machiavel ? Je restai muet. Un agrandissement géant de Costanzo ! cria-t-il. Et qui célébraient désormais les marbres jadis dédiés à Galileo Galilei ? Ignare, je restai coi. Filippo Baudo ! dit-il brutalement. Et comme je montrais que je ne savais rien sur la sculpture qui honorait « Ceux de la nuit » (du Canova, peut-être ?) il me chassa honteusement.

Je remontai à Milan et cherchai Parini ; il me fut dit qu'il était sans cesse occupé à cent négoces. Je le trouvai enfin à Linate, entre deux avions ; en pleurs, je m'agenouillai devant le Maître. « Tu seras toujours malheureux ! me dit-il en secouant sa tête blanche. Mais je prépare une enquête sur les jeunes et le malheur, je ferai une longue interview de toi ! » Sur ces mots, sa troupe le rappela : « Vite, *dottor* Biagi, l'avion part ! » Ils le mirent sur un chariot à trois roues et le poussèrent en courant.

Ton Jacopo, mon Lorenzo, te salue pour toujours !

Tolstoï en Italie :

Le suicide manqué d'Anna Karénine

« Oui, la mort », se répéta Anna en avançant le long de la voie 16 de la gare de Porta Principe à Gênes, tandis que le haut-parleur annonçait que le rapide de 17 heures 38, en provenance de Moscou via La Spezia, était annoncé avec un retard de cent quatre-vingt-dix minutes. La mort était la seule solution. C'était ce qu'elle devait faire, ce qu'elle ferait.

Sa décision la tranquillisait, lui faisait apparaître comme momentanément tolérables les scènes qu'elle avait sous les yeux depuis le matin déjà, lorsqu'elle était arrivée à Gênes, en provenance de Saint-Pétersbourg (via Tortona), par le TEE de 9 h 15, avec un retard de cent quarante minutes. Elle s'attendrit même à la vue d'un cheminot trapu, en sueur, la veste déboutonnée, entouré d'une meute menaçante de voyageurs. « Et alors, chef, on reste ici jusqu'à demain ? » lui criaient-ils. Et il levait ses petits bras au ciel. « C'est une honte, c'est dégoûtant ! » hurla une femme échevelée et dépenaillée.

Elle n'a pas tout à fait tort, pensa Anna, elle est là, elle aussi, depuis quatre ou cinq heures au moins.

Mais peu après elle trébucha sur un monceau de sacs, fut sur le point de tomber et, en retrouvant son équilibre, fut reprise par ce sentiment de dégoût, d'horreur, qui lui serrait déjà la gorge au moment du départ. Quatre jeunes filles en shorts, qui avançaient à l'aveuglette vers elle, ployées sous d'énormes sacs à dos, lui parurent monstrueuses. D'une fenêtre du train arrêté, un adolescent d'une laideur répugnante jeta un récipient en carton après y avoir sucé dieu sait quel tiède et écœurant liquide. Et tous ces gens qui se montraient aux fenêtres formaient comme une galerie de portraits, obscène et débraillée. Vieux, jeunes, femmes, hommes, sur leurs visages bouleversés on lisait la sombre avidité pour les vacances imminentes, l'intolérance envers leurs compagnons, l'arrogance de ceux qui avaient trouvé une place, l'accablement plein de rancœur de ceux qui, depuis Smolensk, étaient debout. Une grosse dame revêche s'éventait à l'aide d'un journal illustré, rempli de ragots malveillants. Ils se haïssaient tous les uns les autres, et tous haïssaient la compagnie des chemins de fer.

La voix habituelle, grésillante et tonnante, annonça : « Le train express de 18 h 53, en provenance d'Odessa (via Lecce), est annoncé avec un retard de deux cent quarante minutes environ. »

Anna frissonna, regarda les voies désertes et celles où de longs convois bondés stationnaient depuis des heures sous le soleil, comme le sien. Omnibus et express, directs et rapides, ferrailles immobiles dans la chaleur torride. Elle alla consulter le panneau horaire, puis descendit résolument les escaliers du passage souterrain et émergea voie 22. Ici la foule était encore plus compacte et frénétique, les bagages encombraient chaque centimètre carré du quai. Anna se fraya difficilement un chemin à travers cartons et balluchons, tricycles et grosses bouées et, à la hauteur de chaque portière, elle devait éviter les grappes humaines qui tentaient de monter, bras, jambes, pieds, dos convulsivement enchevêtrés, mains désespérées qui brandissaient une bouteille, une guitare, un chapeau de paille dans un chœur d'imprécations, appels, cris étouffés, râles d'agonie.

Ça n'avait pas de sens. Rien n'avait de sens, hormis la mort.

Lorsque, enfin, elle arriva à la hauteur de la motrice, elle fixa avec soulagement les deux bandes d'acier, limpides, sévères, qui émergeaient d'une couche de chewing-gum et autres détritus. Oui, c'était la solution. Au coup de sifflet, au premier mouvement des roues, elle s'élancerait...

« Le train express à destination de Sestri Levante et Novgorod, grésilla le haut-parleur, partira avec un retard indéterminé. »

Anna fut comme foudroyée.

– Mais pourquoi ? Que se passe-t-il ? demanda-t-elle au conducteur qui descendait avec une sorte de petite radio collée à l'oreille. L'homme la regarda à peine, il haussa les épaules. « Essayez de demander au bureau du mouvement. »

Anna traversa en courant le passage souterrain, chercha l'écriteau, ouvrit une porte vitrée. Une douzaine d'yeux la dévisagèrent sans sympathie.

– Raisons techniques, lui expliqua rudement un gringalet.

– Mais n'y a-t-il pas au moins un train qui parte ou un qui arrive ?

– Où devez-vous aller ?

Dessous, pensa Anna, je dois passer dessous. Mais tout,

même le suicide, était tellement difficile, dans certaines circonstances. Lorsqu'elle sortit, sa lèvre tremblait, elle ne savait pas bien pourquoi. Elle s'arrêta devant une affiche jaunie qui invitait les jeunes gens à s'inscrire à l'académie militaire et il lui vint à l'esprit qu'en Italie, lorsqu'elle y était venue avec Vronski, les trains fonctionnaient mieux.

II

LES SEPT PÉCHÉS CAPITAUX

La paresse

Un mendiant tend la main. L'avare ne lui donne rien, car cent lires c'est cent lires. L'orgueilleux passe sans même le voir. Le colérique l'écarte d'une imprécation. Le luxurieux ne peut certainement pas faire attendre la belle Lalage, le gourmand laisser trop cuire son *risotto* bien-aimé, l'envieux s'émouvoir pour qui vit libre, sans responsabilités et sans même payer d'impôts.

Mais voici que d'un pas lent s'avance un flâneur, l'œil disponible, l'esprit libre d'obligations, colères, convoitises, le porte-monnaie empli d'espèces sonnantes et trébuchantes. S'arrêtera-t-il pour faire l'aumône ? L'homme ralentit encore, hésite, fait remonter sa main potelée et bien soignée vers sa poche... mais la laisse ensuite retomber mollement sur le flanc et s'éloigne sans hâte et sans remords : pourquoi faire un tel effort, il s'en fout, quoi qu'il en soit, il y aura bien quelque autre bonne âme pour y penser.

C'était le paresseux, pécheur par omission, habitant ambigu d'un royaume aux frontières élastiques, incertaines, prêt à se réfugier quand cela lui est utile dans les aimables territoires voisins de la paresse, ou bien à se camoufler dans les sables orientaux du quiétisme, où l'inactivité absolue (la « sainte indifférence ») est un précepte mystique de vie.

Avec l'envie, la paresse est le vice le plus répandu dans (ou plutôt « par ») la société moderne dont le masque d'activisme fébrile cache difficilement le vrai visage bureaucratique. Et la bureaucratie est une grande maîtresse de paresse, une ruche immense de dépravés impunis et impunissables, bourdonnant au milieu des dossiers restés sans suite, en attente, oubliés, empilés, perdus, échappés de mains insouciantes.

Vice à l'aspect modeste, inoffensif, il est cependant responsable de dégâts non moins graves que ceux que provoque la passion de faire ; il effrite imperceptiblement traditions, métiers, systèmes, contribue à faire baisser le niveau professionnel, la productivité, l'élégance, la culture, le style. Le paresseux n'a pas le bâillement béat du cossard, la grimace maligne du flemmard, la dérobade rusée de l'absentéiste : ce sont là des gens qui, d'une façon ou d'une autre, tirent quelque profit, même minime, de leur péché. La paresse, elle, est désintéressée, elle ne procure à qui s'y abandonne aucun avantage tangible, aucune sorte de satisfaction ou de revanche morale. Perpétuellement affaissée sur elle-même, elle n'inspire, chez qui la contemple, aucune sympathie, nostalgie ou solidarité. Comme une barbe mal rasée, une boîte de bière écrasée au milieu d'une plate-bande, une tache d'humidité au plafond, elle contribue uniquement à étendre toujours plus le vaste empire du sordide.

L'avarice

« Kien tse kuo », dit Confucius. Ce qui signifie : « La parcimonie mène à la mesquinerie. » Comme cependant – prévient-il aussi – la prodigalité conduit à l'arrogance et qu'il est pire d'être arrogants que mesquins, la parcimonie est meilleure que son contraire.

On notera que Confucius dit « parcimonie » *(kien)* – et non, comme traduisent certains, « avarice » – car dans la cérémonieuse langue chinoise l'avarice n'existe pas. D'un avare on dit qu'il est *hên kien,* « très parcimonieux ».

Plus brutal (plus scientifique) saint Thomas appelle un chat un chat et, dans la confrontation entre prodigalité et avarice, il n'hésite pas à déclarer que la seconde est *vitium capitale* et que c'est un péché beaucoup plus grave que la première. En effet – explique-t-il avec réalisme – le prodigue, avec l'âge, finira aisément par s'amender : soit parce qu'il n'aura probablement plus un sou, soit parce que, lorsqu'on est vieux, on est de toute façon porté à dépenser beaucoup moins. Tandis que l'avare qui voit son magot augmenter, verra aussi croître démesurément, avec les ans, sa passion « inutile et inguérissable » et mourra en état de péché mortel.

Nous sommes loins de l'indulgence polie, réservée, du

maître chinois envers la mesquinerie du « parcimonieux ». Mais la condamnation sans appel, par le philosophe chrétien, de l'avarice comme passion mortelle, se révèle beaucoup plus humaine et compatissante. A y regarder de près, il s'agit presque d'une absolution, étant donnée l'inutilité du vice et son caractère inguérissable.

C'est pour cela, d'ailleurs, que les avares véritablement, désespérément, « classiquement » avares (non pas tant comme celui de Plaute, qui est en réalité une bonne pâte, mais comme celui, bien plus terrible, de Molière) n'arrivent pas à nous être antipathiques. Leur passion pour le trésor accumulé ou en voie d'accumulation est telle qu'elle exclut toute pensée utilitaire et se réduit en définitive à pure contemplation, ascétisme rigoureux, non sans quelque grandeur maniaque.

Saint Thomas, avec une précision tout aristotélicienne, inclut, non sans raison, parmi les *vices spirituels* l'avarice portée à une telle extrémité.

Dans la comédie grecque, où on l'appelait *Philargyros* (« argentophile ») ou encore *sknifós* (de *kníps,* une sorte de fourmi), l'avare proprement dit confine d'une part avec le *dýskolos* (le misanthrope qui s'enferme dans un tonneau et se nourrit de racines, à la seule fin de fuir le commerce des hommes), d'autre part avec le *mikrológos.* Et en ce dernier, il n'est pas difficile de reconnaître le *kuo jên,* l'« homme mesquin » de Confucius.

C'est le micro-avare qui n'a pas la consommation en horreur, qui a même quelque inclination pour le bien-être, et qui met un entêtement et une pingrerie non moins grands pour gagner que pour dépenser. C'est celui qui craint toujours d'y perdre, de se faire avoir, mais aussi le chercheur obsessionnel de l'« occasion », de l'« affaire ». C'est l'investisseur, le réinvestisseur compulsif d'un pécule qui, minime ou consistant, ne souffre aucun atermoiement contemplatif, menacé qu'il est par les impôts, les cotes, les cours du change. C'est le *Vainqueur au jeu du portfolio* « dont la victoire avive / dans la chétive poitrine le souffle rauque ».

C'est nous tous – nous y compris – bien que, dans notre cas, la mesquinerie ne soit pas du tout exempte d'arrogance.

La luxure

A Rome, sous Trajan, le poète Juvenal regarde autour de lui et trouve que la luxure a vraiment dépassé les bornes. Les hommes sont tous des fornicateurs, les femmes toutes des putains, et en province aussi, dans les villages les plus lointains, il en va de même. Que ceux donc qui pour échapper à la *lex Julia* (taxe sur les célibataires) ou profiter de la *lex Papia* (avantages pour les familles nombreuses) ont malgré tout l'intention de se mettre en ménage, n'espèrent pas éviter les cornes en épousant une fille née et élevée à la campagne. Désormais, nous avertit le poète, même la campagne ne produit plus de jeune fille « à l'ancienne » *(antiquis moribus)*. Bien au contraire, bosquets et vallons amènes favorisent les rapports pré-matrimoniaux.

Ces récriminations virulentes – mise à part la finesse inégalée de la satire – sembleraient ne rien avoir d'original. Depuis l'aube des temps historiques jusqu'à avant-hier et hier, sinon précisément jusqu'à aujourd'hui, poètes et prédicateurs, philosophes et dramaturges, humoristes, fustigateurs des mœurs en général, ont toujours calculé pointilleusement le taux de licence de leur propre époque. Et il est rare que leur luxuriomètre, pour ainsi dire, n'ait pas atteint des valeurs à donner le tournis.

Mais il est rare également que ces mêmes poètes, prédicateurs, etc., en opposant les impudeurs contemporaines à la vertu des temps anciens, n'aient pas considéré comme « anciens » les mœurs de trente ou cinquante ans auparavant, que les précédents fustigateurs avaient au contraire dénoncés comme tout à fait honteux. D'où vient cet aveuglement ? Une des raisons doit être la volonté, peut-être inconsciente, de protéger de tout soupçon sa propre mère et, accessoirement, ses grands-parents.

Juvénal n'a pas de ces scrupules. Pour trouver la pudeur, à son avis, il faut remonter avec décision à l'âge de la pierre : quand, précise-t-il, « une fraîche caverne enfermait dans la même obscurité hommes et bêtes, le foyer ancestral et la couche de feuillage préparé par l'épouse montagnarde ». Mais son originalité ne s'arrête pas là. En réaliste impitoyable il repousse aussi le mythe du « bon sauvage » (idylliquement occupé, d'après Rousseau, à couronner de myrte sa compagne ou bien, d'après D.H. Lawrence, à lui orner le pubis de violettes des bois) et va droit au nœud de l'affaire.

Loin d'être instinctive et animale, la luxure (de *luxus*) est déjà, en quelque sorte, un vice de *belle époque,* lié à une certaine douceur de vivre ou au moins de matelas. « On verra la luxure et la vie de mollesse », dit aussi Dante. Tandis que la caverne de Juvénal symbolise une humanité « châtiée » parce qu'encore bestiale, *pré-érotique.* La description ultérieure de la caverne ne laisse aucun doute, avec cette montagnarde hirsute « qui, en allaitant de ses mamelles gonflées des poupards grands et gros, était peut-être encore plus répugnante que son mari qui rotait après son repas de glands ».

L'autre question qui se poserait maintenant, serait de savoir en quelle époque nous vivons. Luxurieuse ? Ce n'est vraiment pas ce que nous dirions. Porno, éventuellement. Mais qu'est donc vraiment ce porno naturiste, physiologique et rudimentaire d'aujourd'hui ? De nombreux indices (parmi lesquels le quasi-abandon, si l'on excepte le sida, des récriminations contre la luxure) amèneraient à estimer que nous nous trouvons dans une époque pas très éloignée de celle ci-dessus décrite. Avec cette différence qu'il s'agirait, naturellement, d'une époque « post » et non « pré » érotique. C'est d'ailleurs la conclusion à laquelle ont déjà abouti différents poètes et aussi – nous dit-on – quelques prédicateurs.

L'envie

Du point de vue du vertueux (et du sage) tous les vices sont également blâmables et à craindre, tous nous mènent, pour finir, à notre destruction. Mais on admettra que c'est une chose de se faire détruire sur les divans moelleux de la luxure ou autour des banquets de la gourmandise et toute autre chose de se laisser polluer par la caustique stillation de l'envie, le plus déchirant, le plus humiliant des vices.

Sa couleur est le jaune verdâtre de l'ictère, par association populaire avec les troubles hépatiques (« Il se ronge les foies, il se fait de la bile ! ») et les expressions courantes « dévoré par l'envie », « crever d'envie », rendent bien l'essence de cet esclavage terrible. Puisque l'envieux dépend totalement des autres, il est prisonnier à vie des autres : accroché aux barres livides de sa prison, il compte obsessivement les moutons, femmes, épis de ses voisins, calcule les salaires, indices, augmentations, indemnités, retraites de ses collègues, soupèse et mesure les piscines, voiliers, villas, jolies blondes et fêtes des milliardaires limitrophes.

A la différence de Robinson Crusoé, dont il est l'exact opposé, il est incapable de se réjouir de ce qu'il a derrière lui, dans sa cellule grande ou petite ; au contraire, le funeste *by-product* de son vice est précisément une incessante dévaluation de ses propres biens, de sa propre fortune, en comparaison de celles qui passent et repassent là-bas, dehors, hors d'atteinte, sur les routes du monde et qui enfoncent cruellement dans sa tête ce clou : « Voilà, comme d'habitude, tout pour eux, rien pour moi ! »

Dès que l'envie se met à faire des efforts, elle cesse d'être ce qu'elle est, se transforme en émulation extravertie. « Ah, cette fanatique a réussi à inviter à dîner l'oncle du ministre de la Culture ? Eh bien, moi, j'invite à déjeuner la petite nièce du président de la République ! »

Tandis que l'envie véritable ignore la revanche méprisante, elle stagne dans l'introversion stérile, l'impuissance, la passivité. Elle alimente d'effrayantes distorsions dans l'ordre statistique des choses, invente des complots aux proportions cosmiques (« Il n'y a plus de soupe de poissons ? Forcément, rien ne marche comme je le souhaite ! ») jusqu'à ce que le sentiment délétère d'être victime d'une Injustice Supérieure s'empare de la moindre fibre de l'envieux. Il n'y a rien à faire ; les dieux sont contre lui.

Son unique consolation est alors le spectacle des mésaventures d'autrui, lorsqu'il arrive que les indignes vers de terre, pour lesquels tout marche toujours bien, reçoivent à leur tour, il était temps ! un bon coup de pied aux fesses. L'envieux devient ainsi le complice secret et approbateur d'accidents et tumeurs, rapines fiscales et à main armée, krachs boursiers, dégâts des eaux, accrocs faits aux chemisiers, adultères, lumbagos et soufflés désastreusement retombés. Son abject bonheur (« Bien fait ! ») dépend du malheur de son prochain et quand il arrive que plèbes et classes se soulèvent contre « les riches », « les patrons », il accorde son adhésion jubilante à la révolution non pas tant pour ramener chez lui ne serait-ce qu'un tabouret des Tuileries mais parce qu'il espère que le Palais-Royal va être réduit en cendres, démoli, rasé. Ce qui l'enthousiasme c'est un idéal d'égalité sous le signe du moins, du vide, du néant. Ce qui le fanatise c'est le projet d'étendre au monde entier la dévastation qu'il porte en lui.

L’orgueil

Vice noble, de parade, et donc de plus en plus difficile à assumer de façon plausible. Tout vice est disproportion, démesure, mais l’orgueil possède une exigence particulière de pertinence, il doit pouvoir tenir face aux contrôles immédiats et venimeux du populaire. « Elle a vraiment de quoi être orgueilleuse, celle-là, avec son mari qui achète ses chaussettes à crédit, en vingt-quatre mensualités sans intérêt, sa mère qui vendait des têtes de poissons au marché ; et en plus, elle croit que le Tasse et l’Arioste sont deux fonctionnaires de la COB ! »

C’est, somme toute, le ridicule qui menace aujourd’hui la démarche de l’orgueilleux, qui va le front haut, le menton en l’air, les yeux mi-clos, pour ne pas saluer, reconnaître, voir ses inférieurs, s’exposant ainsi aux précipices goguenards, aux gouffres cruels ouverts sur son chemin par la société moderne, plus que jamais fugace, instable, précaire pour quiconque a une idée exagérée de lui-même : la hausse sournoise fait perdre sa majorité au financier ; la rock-star de juillet vole la scène à la rock-star de juin ; les carabiniers frappent à la porte du tout-puissant responsable de la sécurité sociale ; le cireur de bottes visqueux escamote le siège du député plein de morgue ; l'astronome imberbe remet en cause la théorie du célèbre prix Nobel.

L'orgueil est un vice myope, qui ne perçoit pas le fort pourcentage de chance présent dans chaque entreprise, succès, conquête, découverte. Ou plutôt, l'orgueilleux estime que la chance est, en substance, un mérite personnel, une sorte d'additif qui lui est affecté, qui lui est dû, comme l'intelligence, l'audace, la beauté, la prestance, le flair, le toucher magique ou n'importe quel autre don qu'il possède déjà et cultive savamment.

Cette cohérence monolithique, qui piétine les fleurs du doute et biffe les broderies de l'ironie, fait de lui un personnage intellectuellement peu intéressant, essentiellement ennuyeux et, de plus, entraîne son prochain vers deux autres vices, la colère (« un jour ou l'autre je lui éclate la tête, à cet odieux personnage ! »), et l'envie (« j'attends de le voir le cul par terre, ce frimeur ! »).

On considère en général que l'orgueilleux se réjouit de laisser derrière lui un tel sillage d'animosité, qu'il s'agit même de la flamme intérieure, de la gratification véritable de son vice. Voilà qui est sans doute vrai pour le pseudo-orgueilleux de notre époque surpeuplée, où chaque exhibition est en même temps planétaire et mesquine, absurdement collective, d'équipe, de groupe, secte, parti, nation. Mais dans les siècles passés, quand Babylone, la Grèce, l'Égypte, Rome, Paris, Byzance, Venise, Persépolis, Xanadu pouvaient à bon droit se considérer comme le centre du monde, l'orgueil individuel pratiqué par pharaons et empereurs, papes et condottieri, n'avait qu'une fragile parenté avec le désir vaniteux de mortifier ses semblables. C'était un vice héroïque qui se mesurait avec des rivaux imposants, la Gloire, l'Histoire, l'Éternité, Dieu.

Et le résultat de ces défis grandioses et impossibles sont les obélisques, les colonnades, les coupoles, les statues que la poussière n'a réussi qu'en partie à annexer et que nous admirons encore dans leur orgueilleuse survivance.

La colère

On peut élaborer entièrement la casuistique et la problématique de la colère à partir d'une voiture arrêtée, des deux gendarmes qui l'ont arrêtée et de toi-même (admettons que tu sois celui qui a été arrêté) admonesté et recevant une sévère amende pour une infraction que (supposons) tu n'as pas commise. Un abus pur et simple (supposons toujours) de la part de ce couple infernal. Une odieuse chicane.

Pâle et tremblant de rage, quand tous deux (restés sourds à tes justifications passionnées, à tes protestations courtoises) te tendent froidement le procès-verbal, tu...

Mais nous voici déjà au nœud, bouleversant, de l'affaire.

Toi, que fais-tu ?

Dans son *De ira,* traité aussi ample qu'inutile contre cette « passion des plus pernicieuses », Sénèque décrit avant tout sa symptomatologie particulière. Visage – dit-il – congestionné et empourpré à cause de l'ébullition du sang. Yeux écarquillés et lèvres tordues, dents qui grincent. Craquement audible des mâchoires et autres articulations, avec poings serrés et agitation frénétique de ces derniers. Percussion du sol avec les pieds. Et enfin, éventuellement, passage à des voies de fait.

Cette description ne concerne cependant que l'aspect *déflagratoire* du phénomène – la colère qui explose, la colère qui éclate – et le philosophe n'a aucun mal à en exposer les conséquences fatales.

« Dans la déflagration tu seras détruit toi-même, comme dans l'écroulement d'un édifice ! » prévient-il du haut de sa sagesse.

Mais dans la situation routière à laquelle nous avons fait allusion, tu n'as pas besoin du *De ira* pour imaginer où te mèneraient ne disons même pas les injures, les menaces, les voies de fait, mais la simple agitation des poings ou la percussion de l'asphalte avec les pieds. Et c'est pourquoi ta symptomatologie se réduit – momentanément– à la pâleur mortelle du visage, au tremblement convulsif des mains qui saisissent le procès-verbal que tu vas longuement plier et replier, pendant que les deux gendarmes s'éloignent, pour te donner un minimun de contenance, préserver un minimum de dignité.

Ton vrai problème commence maintenant. C'est maintenant que tu voudrais apprendre de Sénèque, des Pères de l'Église, de Descartes, de Spinoza, de tous ceux qui se sont occupés des plus funestes et destructrices passions humaines, ce qu'il faut faire pour échapper aux conséquences de la colère.

Et non de la colère qui, en explosant, en te libérant, t'aurait coûté, tout au plus quelques millions supplémentaires d'amende, un an ou deux avec sursis. Mais de la colère que tu as réprimée inconsidérément et qui va te déchirer pendant tout le reste de la journée ; qui croîtra démesurément cette nuit et te fera caresser *(to be or not to be ?)* des idées de suicide ; qui torturera ton foie et tes nerfs pendant des semaines, des mois peut-être ; et qui, en renaissant intacte à l'occasion, au cours des ans, te ramènera implacablement chaque fois à ta condition de ver de terre.

Contre cette colère-là, indiscutablement plus funeste que celle d'Achille, il n'y a pas de défense qui tienne. Philosophes et moralistes se taisent ; ou bien – comme ta malheureuse femme et tes enfants insensés – jettent de l'huile sur le feu en t'exhortant à ne pas t'en faire.

La gourmandise

« La gourmandise tue plus que l'épée », répétaient avec une gravité facétieuse nos grands-parents, en reprenant pour la troisième fois de la dinde farcie. Mais il s'agit à l'évidence d'un proverbe désormais inutilisable et inutilisé. Les deux termes de la comparaison ne signifient plus rien pour un enfant d'aujourd'hui, qui se demanderait ce que peut bien bredouiller le vieillard obnubilé : les nobles lames ne transpercent plus personne, ni en guerre ni lors de duels d'honneur, quant à la gourmandise, ce sont plutôt les petites poudres amaigrissantes qui expédient les gens à l'hôpital, si ce n'est auprès du Créateur. « La diététique tue plus que la Kalashnikof », pourrait dire tout au plus la moderne mamie tandis qu'elle attaque son troisième bol de son.

Au vrai, le péché de gourmandise n'a jamais été très convaincant, il a toujours eu un peu l'air d'un intrus parmi ses six terribles compagnons. Oui, bien sûr, baies, sauterelles et racines étaient plus aptes à promouvoir la sainteté que poulet, timbales, gigots et cochons de lait ; mais rétrospectivement il est difficile de voir un lien persuasif entre – mettons – une indigestion de profiteroles et le feu éternel de la damnation.

Et puis à qui s'adressait la menace ? Qui était concerné par l'interdiction ? Il est bien connu que dans les siècles passés et jusqu'à quelques dizaines d'années de cela (pour ne parler que de l'Europe), l'écrasante majorité de la population ne pouvait se laisser aller à ce vice qu'en imagination, car la norme était la faim, la ceinture, du berceau à la tombe, avec quelques pantagruéliques exceptions à l'occasion de certaines fêtes. Et il se peut que le proverbe ait fait allusion à ces peu fréquentes grandes bouffes, dangereuses pour des estomacs contractés par de longues périodes de dénutrition.

Ils étaient rares, et de haut parage, ceux qui pouvaient se permettre quotidiennement des déjeuners de vingt-quatre plats et des dîners de quarante-huit. Mais il faut avoir en tête que ces fastueux banquets avaient avant tout des fonctions rituelles, que c'étaient des démonstrations cérémonieuses de puissance, richesse, magnificence, auxquelles le commensal moyen ne participait qu'en grignotant. Si bien qu'alors aussi le glouton effréné, le ripailleur, le goinfre permanent, en somme le vrai de vrai pécheur, torturé par la goutte et emporté par une attaque d'apoplexie, devait, tout compte fait, être plutôt rare. Et, avec l'avènement du poids idéal, de la « ligne », de la gymnastique aérobic, du jogging, du cholestérol, des hydrates de carbones, de la macrobiotique, etc., on peut estimer que c'est là une espèce en voie d'extinction.

Car les connaisseurs toujours plus nombreux en vins, sauces, fromages, restaurants, qui nous affligent avec leurs pédants exposés, sont tout au plus des raseurs, pas des pécheurs, mortels. Et les champions raviolíphages, les recordmen de la quatre-vingtième pizza consécutive qui survivent sportivement çà et là comme d'obèses extravagances, intéressent plus le diététicien ou l'endocrinologue que le père spirituel.

Ce dernier, pour rester dans le coup, devra plutôt déplacer le concept de gourmandise sur l'excès d'attention que nous réservons tous à notre bien-être purement physique, en incluant dans le vice le yaourt hyperécrémé et l'édulcorant, peut-être même le dentifrice anti-tartre, le bain moussant tonifiant et le shampooing revitalisant ; en somme, l'orgie de produits où nous nous vautrons jour après jour, indifférents à toute forme de transcendance, tout absorbés à ruminer lubriquement, vicieusement : comment nous nous sentons ce matin, combien nous pèserons demain, si notre colon est en ordre et la salade suffisamment peu assaisonnée.

III

VOYAGE CIRCULAIRE TURIN-GÊNES-FLORENCE-ROME-NAPLES MILAN-VENISE-PARIS-TURIN

Séjour forcé

Dans le classement des questions qui nous sont le plus fréquemment posées, immédiatement après celle qui est en tête depuis des années (« Comment faites-vous pour écrire à deux ? »), vient celle-ci, toujours accompagnée par une légère grimace à la fois admirative et compatissante : « Comment faites-vous pour vivre à Turin ? » ; comme si nous étions deux légionnaires ayant leurs quartiers dans quelque dangereux avant-poste saharien, deux diplomates relégués dans quelque consulat désolé à l'est de Suez.

Nous pourrions nous fâcher, estimer qu'il s'agit là d'une question manquant de tact, offensante. Nous pourrions répliquer que nous n'arrivons pas à comprendre comment font certains écrivains pour vivre dans d'autres villes d'Italie. Mais nous ne nous fâchons pas, nous ne nous sentons pas offensés. En réalité nous savons fort bien que pour nos collègues éparpillés dans la péninsule le problème ne se pose pas ; pourquoi et comment un écrivain peut s'installer avec bonheur dans ce joyau inouï qu'est Venise, parmi les millénaires effervescences de Rome, à Milan, porte de l'Europe ou dans les nobles replis culturels de Florence, voilà qui est clair pour nous-mêmes et pour n'importe qui. Et même Trieste, Parme, Bologne, Naples, Palerme offrent des motivations immédiatement compréhensibles, indiscutables ; même le bourg ligure, le petit village calabrais ou lombardo-vénète sont acceptés à première vue comme des lieux « normaux » de résidence pour des gens qui font notre métier.

Tandis qu'aller se fourrer précisément à Turin quand on a la chance d'être nés dans le pays où les séductions et les attraits du grand art sont concentrés plus qu'en tout autre endroit du monde, voilà qui semble vraiment une étrangeté, pour ne pas dire une perversion.

L'écrivain, l'artiste en général – affirme un vieux cliché – a tout à gagner en exposant sa belle âme à une ville capable de l'enchanter par ses murs et monuments d'une grâce et d'une variété merveilleuses ; entouré de chefs-d'œuvre, il en subira l'influence, il en sera subtilement inspiré même lorsqu'il se rend chez le marchand de tabac. Un deuxième cliché souligne l'importance féconde des contacts avec ses semblables. Ah, les stimulants cancans circulaires (« Il m'a dit que lui-même lui a dit qu'ils t'ont dit... ») ! Les tonifiantes présentations de livres, les expositions, les vernissages, les tables rondes, les premières ! Les rassurantes embrassades professionnelles, les projets, les rosseries, les prix, les intrigues, les rencontres avec le génie international de passage ! Un troisième cliché prescrit à l'écrivain une ambiance ouverte à tous les mélanges sociaux. Parmi les magnats de l'électronique et les financiers de génie qui lui demandent ce qu'il fait de beau, parmi les ministres et metteurs en scène qui le prennent par le bras, les actrices qui s'assoient familièrement sur ses genoux, les footballeurs, syndicalistes et chanteurs, d'opéra et de rock, qui le tutoient, l'écrivain se sentira une partie indispensable d'un tout on ne peut plus vivace. Ainsi, considéré, écouté, honoré, satisfait, intégré, il donnera le meilleur de lui-même pour la plus grande joie de ses contemporains et de la postérité.

Aucune de ces situations idéales ne se vérifie à Turin. La ville est très belle, mais pas dans le sens où on le dit par exemple de Lucques, Sienne, Bergame, Mantoue ; les quelques lettrés qui y travaillent se rencontrent rarement, et par hasard, sous les arcades. Ils se quittent aussitôt avec des promesses chaleureuses et hypocrites de se téléphoner l'un l'autre (« Il faut prévoir ça, il faut absolument que nous passions une soirée ensemble ! ») ; quant à l'intégration sociale, il n'existe pas à Turin une mondanité unificatrice et cajoleuse, la culture, celle qu'il y a, reste dans son coin son verre à la main et regarde l'industrie, la politique, l'aristocratie, la magistrature, etc., faire la même chose, chacune chez soi.

Une ville « difficile », sans doute. Plus difficile – à égalité d'impéritie et de crétinisme étatiques, communaux, régionaux – que tout autre ville d'Italie. Mais la vie enseigne que l'on trouve toujours le moyen de planter un jour ce qui est vraiment insupportable : conjoint, travail ou ville. Il nous faut donc en déduire que Turin nous convient telle qu'elle est.

Confessons-le : nous ne sommes pas très indignés par son aéroport ridicule, son opéra déclassé, sa galerie d'art moderne fermée depuis des années ; et les rutilants arrêts de son Métropolitain léger (« Sortie », « Entrée », disent d'ambitieux panneaux suspendus au-dessus du néant), le nom plein de fantaisie qui a été imaginé pour les trams locaux, nous amusent beaucoup. C'est ce genre de contradictions et d'absurdités qui rend la capitale de la maison de Savoie non seulement moins éteinte et moins monotone qu'il n'y paraît, mais mystérieusement assortie à la folie des temps. Le stade où joue l'équipe la plus fameuse d'Italie est décrépi, incommode, ouvert à toutes les intempéries ; l'élégante homogénéité architecturale du centre est rendue vaine par la folle émergence de la Mole Antonelliana ; il n'y a pas au monde une grande entreprise de construction automobile ou autre qui se permettrait d'avoir des bureaux aussi sordides que ceux de la Fiat, corso Marconi ; de longs boulevards névralgiques ont été transformés en parkings ; le culte du saint suaire coexiste avec la diffusion de messes noires et de rites diaboliques pratiqués par de grisâtres Turinois moyens ; un sentiment plaintif de marginalisation et de décadence coexiste avec une arrogance voilée sur le plan technologique, stylistique, racial ; toute initiative est tempérée de scepticisme, tout succès d'ironie, toute passion par une main invisible qui te tire par la veste. A moitié froide, à moitié provinciale, à moitié moderne, à moitié italienne, Turin finit par être, d'une façon inexplicable qui n'appartient qu'à elle, une ville cruciale où rien ne se passe et où tout commence, affleure, suinte, naît silencieusement.

Comment fait-on, en somme – répondons-nous – pour *ne pas* vivre à Turin.

C'est un séjour forcé, pour un écrivain.

Les « instruits » de Gênes

« Bien que tous n'en soient pas instruits, avertit une brochure de l'office local de tourisme, Gênes est d'une richesse monumentale et artistique étourdissante. »

Pourquoi ce soupçon d'ignorance, cette mise au point presque irritée ? Où sont donc ces « non-instruits » ? L'admiration pour Gênes est si vivace, si répandue, pour ne pas dire universelle, qu'elle dépasse même celle pour Venise, Florence, Rome. Essayez donc, dans une conversation touristique quelconque, d'introduire la moindre allusion à « Gênes la Superbe » : « Ah ! – s'exclameront aussitôt tous les présents, avec un sourire extatique mais avec la voix grave, le ton ferme et péremptoire de qui se refuse *a priori* à envisager les détails, à accepter des réserves, à discuter objections frivoles ou snobs comme celles que l'on adresse parfois au Grand Canal (" c'est *trop* beau "), à Santa Maria del Fiore (" mais la place est un enfer "), aux places, églises et fontaines de Rome (" tout ce baroque finit par lasser ") – ah, Gênes est une ville extraordinaire ! »

Après quoi chacun, l'air compassé, se taira, en observant une sorte de minute de recueillement, comme assailli et submergé par le flot des souvenirs.

En réalité, au moins pour ce qui nous concerne, cet enthousiasme et ce silence cachent la mauvaise conscience de n'y être pratiquement jamais allés. C'est-à-dire que nous avons dû aller une fois ou deux au Palazzo Bianco et au Palazzo Rosso et visiter la cathédrale avec sa bombe miraculeusement intacte. Nous avons également fait « une rapide promenade dans les vieux quartiers, p. 136 » – telle est la recommandation du guide du Touring Club pour ceux qui « ne disposent que d'un seul jour » – avec l'éventuelle « montée jusqu'au belvédère Montaldo, 76 m, d'où vue exceptionnelle sur la ville ». Mais, pour le reste, des nèfles ! Les offices du tourisme ont raison de se méfier.

La seule chose dont nous fussions instruits, en définitive, c'était qu'existaient la gare de Gênes P. Principe et celle de Gênes Brignole, à cause des deux ou trois cents heures en tout (en comptant une demi-heure à chaque fois : voir le tableau 10 de l'indicateur horaire) que nous avons dû passer, dans un train, sous ces marquises, en parcourant dans les deux sens la ligne Turin-Gênes-La Spezia-Pise-(Florence)-Rome.

Mais notre connaissance de ces gares s'est, elle-même, révélée lacunaire, ambiguë, bien que ce ne soit pas notre faute. On dirait qu'une obscure raison supérieure ou métaphysique – symbolisée par l'obscur tunnel entre Principe et Brignole, et par la longue et obscure enceinte douanière qui occulte le port – s'oppose à la découverte de Gênes par le voyageur moyen.

Une fois que, à P. Principe, comme cela arrive souvent à cause de grèves ou d'incidents techniques, l'arrêt s'était prolongé pendant des heures, l'un de nous, se réveillant et jetant un coup d'œil par la fenêtre, annonça comme il est d'usage :

– Nous sommes toujours à Porta Principe.

– Erreur, objecta un voyageur pointilleux, à la différence de P. Nuova, qui à Turin comme à Vérone, est Porta Nuova et de P. Garibaldi, qui à Milan est Porta Garibaldi, P. Principe à Gênes, est Piazza Principe et plus exactement Piazza del Principe.

Par la suite nous apprîmes que la place devant la gare s'appelle en réalité Acquaverde, tandis que celle du Principe – où s'élève le palais Doria-Pamphili également nommé Doria Principe et, mystérieusement, dans la brochure susdite « Doria & Principe » – est située sur le côté et bien plus loin. Et d'ailleurs, bien qu'un *Baedeker* de 1904 et le *Guide de la Ligurie* du Touring Club nous assurent que « la gare de l'Ouest est dite de Piazza Principe », le *Guide express* du même Touring mentionne cette même gare sous le nom de P.ta Principe sur le plan et de Porta Principe en entier dans le texte. Qui croire ? L'indicateur officiel des F.S., quant à lui, ne prend pas de risques : pour lui seule existe Gênes P.P.

Ce sont peut-être de semblables difficultés qui nous découragent et nous convainquent que jamais, quoi que nous fassions, nous n'arriverons à pénétrer vraiment dans cette ville, à en cueillir la physionomie authentique. Et le Touring Club accroît notre perplexité quand, après nous avoir annoncé sept « itinéraires » le long de rues et places admirables, parmi palais et églises, musées, villas, monuments, fontaines, il nous rappelle toutefois qu'« on ne peut connaître la partie la plus belle de Gênes sans dédier, au cours de la visite, le temps nécessaire à la ceinture par la mer et à sa prolongation jusqu'à Boccadasse, à la ceinture par la montagne, au Righi (302 m) et, en général, aux quartiers périphériques ».

Continuerons-nous donc à jurer que « Ah, Gênes est

une ville extraordinaire » sur la seule base de nos arrêts dans ses gares ambiguës ou de nos va-et-vient dans l'obscur tunnel qui les relie ? Nous espérons que non mais nous ne voyons pas comment. Il faudrait quelque imprévu, un cas de force majeure qui nous oblige, en nous arrachant du train, à un séjour de deux ou trois semaines. Sauf que...

Durant l'été 1743, Jean-Jacques Rousseau s'embarqua à Toulon pour Gênes ; il se rendait à Venise où on lui avait promis un poste de secrétaire. Il avait très peu d'argent et était extrêmement pressé ; en débarquant, il devait poursuivre aussitôt sa route par voie de terre. Mais voilà que le destin, ou la providence, nouent leurs fils. A Messine, il y avait la peste. La France et l'Angleterre s'étaient rangées dans des camps opposés durant la guerre pour la succession d'Autriche. Une corvette de la flotte anglaise, qui avait fait escale à Messine, aborda et arraisonna la felouque qui transportait Jean-Jacques. Résultat : en arrivant à Gênes, la felouque fut mise en quarantaine et ses passagers eurent le choix entre rester trois semaines à bord (autant dire à P. Principe, dans ces retours éternels de l'histoire) ou passer lesdites semaines dans le nouveau lazaret (autant dire à Brignole). Ce lazaret était, par ailleurs, si nouveau qu'il était encore complètement vide et nu, sans même les huisseries. Tous choisirent donc de rester à bord ; sauf Rousseau qui transporta ses bagages dans l'édifice désert, s'y organisa tel « un nouveau Robinson » (ainsi qu'il le raconte dans le livre VII des *Confessions*) et y passa une merveilleuse quarantaine. A tel point que toujours, par la suite, il se souvint de ce séjour solitaire comme d'une expérience parmi les plus riches de sa vie ; et de Gênes, qu'il ne connut ni alors ni jamais, comme d'une ville extraordinaire.

Florence grand-ducale

Une Florence bien plus animée que celle d'aujourd'hui avec ses millions de touristes vient à notre rencontre dans les pages de *Confessions et souvenirs* de Ferdinando Martini. Anecdotes et portraits d'un charme rare : hauts-de-forme et carrosses ; le grand-duc qui passe, renfrogné ; Adelaide Ristori qui préside un banquet ; le prince Poniatowski jouant les chanteurs d'opéras ; les poètes et dramaturges patriotes perpétuellement installés au café ; les jeunes gens qui vont s'enrôler dans l'armée piémontaise ; l'incroyable avarice de la noblesse locale, qui se précipite à toutes les fêtes organisées par les étrangers mais qui, pour sa part, n'offre même pas un verre d'eau. Maniement de la langue élégant, exemplaire, sans excès de tournures toscanes. Le ton est ironiquement affable, c'est celui d'un voyageur à travers le temps : il participe mais non sans quelque étonnement. En évoquant en 1922 les dernières années du grand-duché de Toscane (qui coïncident avec ses années de jeunesse) l'auteur a l'air de ne pas croire sa propre mémoire, tant ce monde, qui pourtant a été le sien, lui semble lointain, différent.

Pour nous, aujourd'hui, ce monde semble surtout

« petit », enviablement limité. Quant aux passions politiques, elles ne sont pas si différentes des nôtres et à cette époque-là aussi il y avait des émeutes (l'une d'elles fit trente victimes), des craintes et des complications internationales, des volte-face, trahisons, repentirs, impôts féroces, velléités, mesquineries, ragots, imbéciles.

La vraie différence réside dans les dimensions de la scène qui est encore celle de Boccace, de Machiavel. Les mêmes coupoles, places, campaniles, un lopin de terre d'une grande intensité où même la foule ressort de façon individuelle, où la mondaine prend le relief d'un héros, où le cocher a le poids d'un marquis. Grâce à l'écrivain, bien sûr. Mais aussi grâce à l'idée, illusoire et féconde, qu'une ville ou une période historique est perceptible d'un seul coup d'œil et qu'on peut la représenter totalement dans un livre ; idée qui ne peut plus avoir cours dans notre univers dilaté où seul existent les grands nombres.

La preuve est dans le livre même que nous avons en main. Comment le distinguer, désormais, parmi les vingt mille nouveaux titres qui paraissent chaque année ? Ferdinando Martini (1841-1928) est un de ces auteurs mortellement reliés au cliché de la « subtilité toscane », présenté en quelques pages, généralement mal choisies, dans les anthologies scolaires d'il y a un demi-siècle, et qui, dans les décennies suivantes, pouvait offrir bien peu au structuraliste vigilant, à l'élève fervent de Contini ou au post-moderniste enjoué pour quelque « revisitation » ou « relecture » à sensation. Nous sommes d'ailleurs tombés par pur hasard sur ce livre délicieux, en flânant dans le couloir d'une maison amie. Bemporad éditeur, 1932. Papier splendide, splendide typographie. Mais on est contraint de se demander : s'il était réédité de nos jours, combien de temps tiendrait-il en librairie ?

Comme sur les plages, dans les vallées alpines ou sur les îles, c'est aujourd'hui l'Espace – nous dit une récente polémique dans *Tuttolibri* – qui domine le commerce du livre. Les volumes arrivent par camions, par wagons, séjournent quelques semaines sur les étagères et repartent vers les cryptes et caves des éditeurs pour laisser la place à d'autres arrivées. Le travail du libraire ressemble de plus en plus à celui d'un hôtelier désespéré, croulant sous les groupes de touristes.

Quant à nous, nous rappelons aux intéressés (mais en tant qu'auteurs, nous le sommes nous-mêmes !) que tout est encore compliqué par le comportement on ne peut plus irrationnel des Vrais Lecteurs. Ces derniers (et, à nouveau, nous le sommes nous-mêmes !) n'aiment pas trop aller à coup sûr, ne tiennent pas à savoir avec certitude ce qu'ils doivent et veulent lire, ni à le trouver toujours et partout comme du Coca-Cola. C'est justement le caractère fortuit du choix qui les stimule, ce sont les déviations, les surprises, les retours en arrière qui les fascinent, les essais périlleux qui les enchantent et, même, les erreurs et les bévues qui les amusent.

L'été est la saison idéale pour ce genre d'aventures. Il y a les maisons des amis, où précisément il arrive que l'on exhume un Ferdinando Martini : les vieux hôtels, avec leurs legs d'habitants inconnus ; les librairies-papeteries de village et leurs invendus poussiéreux. Et l'on parvient parfois, de cette façon vagabonde, à pallier certaines injustices du marché aveugle, certaines inexplicables négligences.

Rétrovirus aux Offices ?

Vertiges, état confusionnel avec perte du sens de l'identité et de l'orientation spatio-temporelle, délire de persécution, état d'abandon dépressif : voici en quelles conditions – nous informent les journaux – cent sept touristes ont été hospitalisés, de 1978 à 1986, dans le service psychiatrique de l'hôpital de Santa Maria Nuova, à Florence. Syndrome de Stendhal, c'est là le nom technique de ces perturbations ; en effet ce fut le grand amateur d'art, l'infatigable contemplateur de chefs-d'œuvre qui le premier, en 1817, éprouva dans sa chair et nota dans son journal ces fatals effets durant une visite à Santa Croce.

Aussitôt nos pensées se dirigent avec compassion vers ces groupes de touristes que l'on voit débarquer dans la ville de Dante pour être engloutis dans le cercle infernal : pizza – Botticelli – chianti – Donatello – *capuccino* – Masaccio – spaghetti – Angelico – Coca-Cola – Brunelleschi...

Il n'est pas surprenant – réfléchit-on – que parmi ces troupes implacablement entraînées et poussées de peinture à l'huile en fresque, de gothique en renaissance, les plus faibles ne s'écroulent le long du chemin, ainsi qu'il en allait (quel dommage de ne pas savoir présenter cette ressemblance en tercets !) pour les damnés de la Légion étrangère en marche vers un fortin du désert. Ne s'agirait-il pas, en fin de compte, – pense-t-on – d'une sorte de sida, de rétrovirus culturel activé par un excès de promiscuité, par ces contacts indiscriminés avec Giotto à 9 h 30, Paolo Uccello à 10 h 15, Raphaël à 11 h 20, Luca della Robbia à 12 h 05 ? N'existerait-il pas un seuil au-delà duquel une sorte de système immunitaire esthétique entre en crise, cède, se délabre ?

Mais les psychiatres florentins précisent, au contraire, qu'aucune des cent sept victimes ne faisait partie d'un groupe. C'étaient des hommes et des femmes de divers pays européens (aucun Italien parmi eux) qui visitaient églises et musées *tout seuls !*

Voilà alors qui change tout. Voilà qui nous oblige à bouleverser nos préjugés les plus sombres, nos opinions les plus pessimistes. Voilà qui signifie que l'art, le Grand Art, malgré les déchéances et les dégradations auxquelles notre société l'a soumis, a conservé intact son mystérieux et impressionnant pouvoir. Comme voilà cent, deux cents, deux mille ans, une âme vraiment sensible et réceptive ne peut affronter en tête à tête les œuvres du Génie sans être troublée, bouleversée, foudroyée.

Mieux valent donc les autocars, les caravanes, les attroupements, les sorties scolaires, les voyages organisés de façon à ne pas exposer le visiteur plus de soixante secondes aux radiations mortelles de Giotto et Raphaël, Masaccio et Angelico. Ce sont là des fréquentations à hauts risques, comme l'avait fort bien vu Platon, inspirateur implicite de ce qu'il faudra dorénavant appeler – sans compassion aucune, mais avec un respect tout sanitaire – le tourisme de masse prophylactique.

Piazza di Spagna : le *fast food* ne passera pas !

Nous voudrions, nous devrions savoir composer cette chronique en latin, dans le latin direct et dramatique utilisé par Marcus Tullius Cicéron quand, en écrivant à son ami Atticus en 49 avant Jésus-Christ, il lui confiait combien il était difficile, voire impossible, de choisir entre César et Pompée. Les deux rivaux lui apparaissaient également intolérables et délétères, les partisans de l'un et de l'autre le dégoûtaient autant.

« Moi, me mettre dans cette épouvantable clique ? Mais d'un autre côté, se retrouver en compagnie de cet abject ramassis ! »

Ce sont des lettres tourmentées, désespérées, qui conviennent bien au dilemme posé ces jours derniers par l'installation d'un *fast food* sur la Piazza di Spagna, à Rome. L'autorisation fut accordée voilà plusieurs années par la municipalité de gauche, et pour convaincre la nouvelle municipalité de tout révoquer il y a eu dimanche dernier une manifestation organisée par un comité « Sauvons Rome » qui s'est conclue par une colossale bouffe de spaghetti sur la place même.

« Halte aux nouveaux barbares ! Défendons notre culture » ; « Bouffe véloce, mort précoce », disaient les pancartes tenues par les manifestants. Sur le podium tonnaient, à tour de rôle, ceux que l'on nomme habituellement « les personnalités de la culture et du spectacle », *id est :* Claudio Villa, De Crescenzo, Bracardi, Merola. Il y avait également l'ancien adjoint au maire communiste Nicolini, *pontifex* du débraillé éphémère.

A bas le hamburger étranger, vive la pizza italique ! était le cri unanime.

Eh bien, cher Atticus, ce n'est pas que nous aimions ces boutiques voyantes où l'on sert steak haché frites et Coca-Cola, ni que nous attendrisse particulièrement la plèbe juvénile qui y conflue depuis les faubourgs. Mais pourquoi donc protester seulement maintenant ? Depuis des années les délicieux escaliers de la Piazza di Spagna sont transformés en marché où l'on vend une indécente camelote, et l'été dernier il nous arriva même d'y voir un individu muni d'un seau et d'une cuvette qui, pour cent lires, lavait les pieds des touristes. Depuis des années, l'Urbs tout entière est infestée de puanteurs, vacarmes, spectacles et gens qui n'ont rien à voir avec la culture et la civilisation. Pour ne rien dire des monuments, palais, musées, œuvres d'art, en nombre infini, qu'on laisse tomber en ruine sans qu'aucun comité ne lève le petit doigt.

La pizza bien de chez nous ? Mais la farine est canadienne, les olives grecques, les anchois japonais, la *mozzarella* fabriquée à Milan avec du lait de France ou du Danemark. Et on la digère plus mal qu'un *hamburger ;* elle produit, là où on la prépare, vapeurs suffocantes et relents poisseux de graillon. Barbare et indigeste, le Coca ? Alors, buvons donc un petit quart de rouge au méthanol.

Non, mon cher Atticus, qui que ce soit qui l'emporte, César ou Pompée, l'avenir sera de toute façon monstrueux. La seule chose à faire, c'est de rester loin du *fast food* de Piazza di Spagna et même, de Piazza di Spagna *tout court,* et de tant, de trop de places d'Italie. Mais, pour autant, nous ne pouvons nous sentir proches de ces plats de spaghetti assaisonnés à la sauce nationale-populiste et servis au nom d'une « romanité », d'une « italianité » non moins factice et vaine que celle qui plaisait à Mussolini Dictator.

Fascination napolitaine

.Pour pouvoir dire que parmi les villes italiennes, grandes et moins grandes, Naples nous a toujours semblé la plus fascinante, il faudrait auparavant soumettre cet adjectif, qui a subi comme Naples d'infinies dégradations, à une restauration énorme et, comme pour Naples, à l'issue pour le moins hasardeuse.

C'est une ville que nous avons aimée, mais où nous ne mettons plus les pieds depuis des années. L'été dernier, l'auto qui nous transportait de Vietri à la gare XIXe siècle des Campi Flegrei nous fit traverser rapidement les faubourgs de la ville à travers un labyrinthe d'échangeurs, ponts, passages souterrains, tunnels et bretelles à deux voies, en tout point semblables à ceux qui entourent n'importe quelle métropole. On ne cessait de monter et de descendre parmi des immeubles hauts et farouches : tous plus ou moins identiques, suspendus sur des talus à l'aspect précaire, sans la moindre végétation pour les agrémenter, ils évoquaient au premier coup d'œil défaillances et irrégularités immobilières, éboulements, écroulements, cadavres sous les décombres et la voix dûment endeuillée d'un journaliste de la télévision.

Là-bas, sur la gauche, au-delà de cette prolifération

dense de ciment, persistait le vieux cœur de la ville, et nous aurions pu retarder notre départ de quelques heures, nous laisser aller à quelque bref retour. Mais le courage nous manqua.

Celui qui vit au Nord a droit, chaque jour, à une abondante ration de saleté et de laisser-aller, de chaos et d'inefficacité, de corruption et de délinquance urbaine. Mais il soupçonne, ou s'attend, qu'à Naples les doses soient toujours plus massives, hors normes, monstrueusement multipliées, que la mesure courante soit la démesure, que l'embouteillage soit l'agrandissement géant d'un embouteillage, les ordures un everest d'ordures, le délabrement la somme de tous les délabrements.

Lorsque nous vîmes le film *Blade runner,* qui se déroule dans une Los Angeles du futur, horriblement sombre, agglutinée, abâtardie, Naples nous vint à l'esprit ; nous pensâmes que déjà, dans la Naples d'aujourd'hui, il serait plausible de situer une terrifiante histoire de ce genre avec des semi-hommes déchaînés dans un grouillement de sous-hommes. Autant dire que seule la science-fiction peut éventuellement fournir des modules expressifs *ad hoc* à qui voudrait décrire, raconter Naples.

Récemment, le hasard nous a mis entre les mains un de ces livres que pour une raison ou pour une autre on a toujours négligé de lire, *Le Pays de Cocagne* de Matilde Serao, dans une réédition – Treves, 1923 – (le roman est de 1890). Des pages d'un vérisme puissant et méticuleux abordent de front la ville tout entière, dédiée de manière obsessive et ruineuse au jeu de loto dans tous ses replis sociaux, du gentilhomme hautain au plus misérable gueux ; et dans cette coupe grandiose d'un délire collectif on distingue déjà, au-delà des exagérations romanesques, l'extrémisme intrinsèque de Naples, on en devine déjà, derrière san Gennaro et Pulcinella, les vertigineuses potentialités pour la science-fiction. C'est déjà un lieu dont l'étranger pensc : mon Dieu, mais comment se peut-il que ça existe, que ça résiste ?

Cent ans après, la question est encore, à plus forte raison, la même. La pizza, qui dans l'édition Treves, figure en italique en tant que terme folklorique, est devenue un mot international ; les petits jules à chapeau mou et leurs femmes forment une armée de trafiquants de drogue ; au loto se sont adjoints le *totocalcio* et le *totonero*, à san Gennaro, Maradona, aux confréries bénéfiques ont succédé adjoints au maire, syndicats, offices publics, coopératives ambiguës, tandis que tremblements de terre, guerres, adjudications et voitures ont rendu la ville physiquement inutilisable.

Les beautés de la superbe baie sont effacées, les villas sont en ruine, les parcs grignotés et pelés ; et par ailleurs, comme la culture, la mobilité, la société de masse ont fini par noyer la « couleur locale » de tant d'autres cités italiennes, de Venise à Turin, de Florence à Rome et à Milan, de même a-t-on peu à peu assisté à la perte de la spécificité napolitaine, la *napolitanità,* cette séculaire stratification de coutumes, gestes, inflexions, attitudes, répliques, coquetteries, mélancolies dont l'étranger, charmé, recherchait les échos dans une ruelle, une église, une pâtisserie, la boutique d'un gantier ou, éventuellement, dans le théâtre et le cinéma d'un De Filippo, d'un Totò. Traditions réduites à de vains clichés, personnages réduits à d'irritantes caricatures, esprit humilié par ses imitations parodiques, publicitaires, touristiques, langage dévasté par la télévision. Une ville sinistrée, en fin de compte ; une Pompéi illimitée, habitée par une plèbe irréductible de survivants abusifs.

Telle est l'idée que s'en fait l'étranger, en montant prudemment dans l'express à la gare des Campi Flegrei. Et telle est aussi l'idée qu'en a un écrivain napolitain on ne peut plus authentique, Domenico Rea, à en juger par son dernier livre *Pensées de la nuit,* qui vient de sortir chez Rusconi, et que nous avons ouvert, nous devons le confesser, non sans quelque hésitation.

Rea a fait de Naples l'épicentre de son œuvre sismique et, malheureusement – du moins le pensions-nous *a priori* –, un écrivain sérieux, un écrivain averti ne peut pas ne pas se rendre compte à quel point est devenu intraitable et risqué le « matériau napolitain », qui pour une part inspire mépris, lamentations, regrets et de l'autre implique répétitions, rabâchages, clin d'œil maniériste, pittoresque d'emprunt.

Mais il doit y avoir un san Gennaro des écrivains parthénopéens car, contre toute logique, à la barbe de tout scepticisme, de toute impossibilité, ces *Pensées* bouillonnent d'inventions et de tendresse, de grâce ironique, d'humour inspiré, de patiente sagesse, de chaleur, gourmandise, sensualité, désespoir napolitain et indomptable nonchalance napolitaine. Un miracle.

Tout à fait conscient que tenter de décrire les cocagnes d'aujourd'hui en montant sur les *grands chevaux* de 1890 n'aurait aucun sens, Rea se propose de nous les raconter par des chemins détournés, étourdis, désarticulés, voire souterrains. Privé de l'usage diurne de sa ville, il résout le problème par un renversement simple et génial : il la fréquentera exclusivement de nuit, l'explorant d'un bout à l'autre en compagnie de deux amis philosophes et d'un petit chat tenu en laisse ou en poche, vagabondant par les boulevards, places, escaliers, boutiques, *bassi,* croisements, marchés, faisant peu à peu émerger, comme d'un magma d'ordures, les délices d'antan, odeurs, saveurs, silences, ciels, silhouettes et portraits, ombres humaines et animales, un aimable flot de chansons, paroles, recettes, paradoxes, méditations. C'est un modèle de « minimalisme napolitain », qui ne cache rien des horreurs traditionnelles et nouvelles, mais qui a l'élégance de les regarder d'un seul œil et la nuit.

Que peut-on faire d'autre – semble dire Rea en levant les bras au ciel – si ce n'est se promener en cherchant à distinguer le vrai du faux, le vif du mort, l'artificiel de l'authentique ? Celui qui n'y vit pas, ou qui s'en est enfui, a beau jeu de faire une croix sur Naples, capitale de l'excès, vouée à l'insoluble. Mais celui qui y est resté et qui écrit doit forcément découper, dans sa nuit vagabonde, un espace narratif de liberté, d'aventure, de bavardage, de légèreté et de bonne humeur ; il doit, sans en avoir l'air, sans même, peut-être, le vouloir, reconstituer encore une fois, avec les morceaux qui restent, une ville malgré tout fascinante, dont l'étranger réticent, qui attend un express en gare des Campi Flegrei, pourra éventuellement décider qu'il vaut la peine de se rapprocher, même si c'est avec circonspection, à pied et, bien entendu, de minuit à l'aube.

Une municipalité roule dans la nuit

En face de la Scala, par-delà un petit lac d'asphalte gris, se dresse le Palazzo Marino, où les administrateurs de la capitale morale de l'Italie sont engagés depuis quelques semaines dans un ballet qui est loin d'être indigne – du moins par l'intensité de ses pirouettes, volte-face, croisements et échanges acrobatiques – du fameux temple de l'art lyrique et de la danse.

Voilà deux ou trois ans de cela, il y avait une majorité socialo-communiste qui fut brusquement liquidée et supplantée par la coalition des cinq partis, à son tour subitement dissoute au profit d'une nouvelle alliance de gauche. Sept adjoints démocrates-chrétiens ont démissionné, puis ont retiré leur démission, puis, au moment du vote, sont restés (pour une part) et sortis (pour l'autre) de la salle du conseil, tandis que dans le secret de l'isoloir l'un d'eux était inopinément réélu grâce à quelques francs-tireurs de la nouvelle majorité.

Il est difficile de comprendre les intentions du chorégraphe, mais de nombreux commentateurs interprètent ces petits pas, ces petits sauts avec une brutalité cynique : deux adjoints de l'ancienne municipalité, responsables de l'immobilier, étaient des gens extrêmement intègres, sourds à quelque prière, pression ou pot-de-vin que ce soit et leur rigueur intraitable empêchait ce qu'on a coutume d'appeler le « développement » de la ville.

La crise communale milanaise ne serait donc rien d'autre qu'un moyen d'évincer ces deux galeux pour pouvoir entreprendre enfin de nouveaux chantiers, de savoureux plans d'organisation des sols et d'urbanisation, de riches stratégies de travaux publics, etc.

Est-ce vrai ? Est-ce faux ? Serein dans la tempête, le maire Pilliteri a répondu à un journaliste qui lui demandait comment les choses se déroulaient, par une citation de Maïakovski : « La nouvelle municipalité est comme la révolution d'Octobre, un train qui roule dans la nuit et ne s'arrête jamais. »

Outre que cela ne nous semble pas une des images les plus fulgurantes du chantre soviétique, on pouvait franchement attendre de la part du premier citoyen de Milan une référence poétique moins lointaine. On pouvait peut-être bien trouver une rime de Parini, un vers approprié de Manzoni ou de Porta. Ou alors, pour faire plus moderne, une citation de Delio Tessa (1886-1939) dont l'œuvre, enfin recueillie en un splendide et définitif volume, fut publiée voilà quelques années par l'éditeur turinois Einaudi.

Nous allâmes, nous aussi, à la présentation de l'ouvrage, qui se tenait dans le foyer de la Scala. Le préfacier, Dante Isella, grand spécialiste de littérature lombarde, devait parler de cet obscur avocat qui, en écrivant en dialecte milanais, était devenu un des plus importants poètes italiens du XXe siècle. Franco Parenti, un acteur auquel Milan doit beaucoup, devait lire quelques pages. Tout était prêt : table verte, eau minérale, micros. Mais le temps passait et rien n'arrivait. Des murmures parcouraient les rangs du public : « Le maire n'est pas là ! On attend le maire ! Le maire doit arriver ! Le maire a juré qu'il allait venir ! » Après trois quarts d'heure, un huissier apporta un message d'excuses. Le maire ne pouvait pas venir, il était enfermé là-bas, à quelques mètres, sur l'autre rive du triste petit lac, et il discutait de choses plus urgentes, plus pressantes, plus graves. La municipalité l'avait emporté sur la poésie, ou du moins sur Delio Tessa.

Qui sait si la nouvelle municipalité, celle qui roule dans la nuit sans s'arrêter jamais, aura des goûts plus éclectiques ? Et qui sait où le constructeur Ligresti ira choisir ses citations ? Chez Emily Dickinson ? Chez Rimbaud ? Chez Auden ?

Venise : le retour du privilège

Après avoir grattouillé sa guitare et chanté ses chansonnettes, le jeune Hollandais (ou Bergamasque ou Finnois ou Valdostain) déroule son sac de couchage, s'y installe béatement, tire la fermeture Éclair et s'endort aux pieds de la basilique Saint-Marc. Mais, peu après, une silhouette menaçante se penche sur lui : c'est un agent de police qui, appliquant une récente ordonnance du maire de Venise, l'invite à prendre ses affaires et à s'en aller.

Ni l'un ni l'autre ne se rendent compte qu'ils sont des personnages d'une stature caravagesque, qu'un jour ils seront peut-être immortalisés dans une puissante composition à la fois réaliste et symbolique, historique et légendaire, intitulée : *Le Retour du privilège.*

Car c'est bien de cela qu'il s'agit en réalité. Le problème est là, à fleur d'eau, tel un énorme dragon marin qui commence à émerger çà et là. Mais que notre monde continue à fonctionner plus ou moins comme aujourd'hui et, dans quelques années, la grosse bête se dressera de toute sa taille, hérissée, squameuse, envahissante.

Des voyages toujours plus faciles dans des avions toujours plus grands, des trains, autos, motos toujours plus accessibles, mettront inévitablement en circulation des masses toujours plus irrépressibles de touristes. A leur intention, on pourra certainement multiplier à l'infini pizzas et boissons en boîtes, pains et poissons. Mais pas Venise, pas Florence, Capri, Pise, Sienne, Taormina, dont on peut dire enfin, sans rougir devant ce cliché, qu'elles sont uniques. Ces endroits miraculeux sont donc destinés à devenir, sous peine de destruction totale, des privilèges pour des minorités. Des minorités strictement physiques, car ceux qui y entrent y entrent, et ceux qui n'y rentrent pas doivent rester dehors.

C'est une vérité brutale, longtemps laissée de côté, occultée par notre société atténuante. Mais nous ne pourrons pas résister encore beaucoup, il faudra imaginer filtres et critères, faire des choix ; il faudra prendre des décisions analogues à celle de la municipalité de Venise. Le problème n'est pas d'être pour ou contre les *jeunes*, comme la démagogie l'insinue déjà : aucune ville d'Italie ne supporterait un rassemblement national de vieux chasseurs alpins ou de bersagliers chancelants qui durerait non pas trois jours mais trois mois de suite. Et cent mille clochards, cent mille dentistes, cent mille bonnes sœurs, cent mille plombiers installés en permanence entre le palais Pitti et les Offices ne créeraient pas moins de problèmes que cent mille jeunes de vingt ans.

Qui admettre, alors ? Tout le monde, et va comme je te pousse ? Les vieux qui veulent voir Venise au moins une fois dans leur vie ? Les riches qui restent chez eux quand il y a de la plèbe ? Les amateurs qualifiés capables de savourer les beautés artistiques ? Des troupes d'analphabètes simiesques pour que l'art les rachète ? Ou bien laisser faire le hasard : les premiers dix mille, venez, les autres à Mestre ? Ou répartir l'afflux par ville, par nationalité, tant de Novare, tant du Danemark ? Ou leur prêter un immense camp de toile dans l'île à demi déserte de Sant'Erasmo (qui, du coup, l'année suivante attirerait le double de pèlerins) ?

Décisions qui marquent une époque, qui auraient mobilisé pendant des nuits et des nuits le Conseil des Dix. Questions fondamentales de principe, de morale, de droit, de religion qui auraient donné du fil à retordre à Platon et à saint Augustin, à Luther et à Kant.

Et nous, ces questions-là, nous les laissons à nos honorables fonctionnaires publics, maires et préfets, préfets de police et adjoints au maire, comme s'il était de leur ressort de savoir combattre à la façon de saint Georges et peindre à la manière du Caravage.

Aussi devant ce Louvre, une image m'opprime...

« Paris change ! » s'exclame Baudelaire devant les démolitions urbaines de son époque. Mais il suffit de rester assis une petite heure dans l'un des mille bistrots de la ville pour avoir la sensation – l'illusion tridimensionnelle – qu'en fait ici rien ne change jamais. Les chaises sont toujours du même osier tressé, les garçons ont toujours leur long tablier bleu, la patronne, blonde, bien en chair, bavarde, sort d'un film des années 30, d'un tableau de Renoir. Les clients plaisantent avec elle en mangeant les œufs durs posés, comme d'habitude, sur le zinc.

Un employé grisâtre de Maupassant lit son journal, deux braves dames à la mise modeste, deux sœurs peut-être, commandent du champagne. Il y a un couple d'amoureux, un Noir qui regarde dans le vide, une dame avec son petit chien, un artisan en blouse marron, une étudiante avec une pile de livres. Un individu tondu à zéro passe en sautillant ; il a des boucles d'oreilles et un habit fait de bandes de soies multicolores, et il s'insère, lui aussi, dans une immuable chaîne génétique d'extravagances.

Saynètes et personnages manifestement inconscients, authentiques, *vivants*, que rien n'autorise à regarder de l'œil d'un visiteur du musée Grévin. Comment les définir, alors ? Seraient-ils les Indiens d'une réserve, survivants obstinés de mutations temporelles que les sociologues nous signalent chaque jour ? Non, car après quelques instants naît le doute qu'ils soient, au contraire, la majorité, que la civilisation du bistrot l'ait, en définitive, emporté sur la civilisation du *drug store*, du *fast food*.

Les changements bruyants, les nouveautés fracassantes, restent en surface et on les remarque donc davantage. Mais, en dessous, résiste un peuple d'encaisseurs formidables qui sentent à peine les coups de la troisième révolution industrielle. Ce ne sont pas des nostalgiques, ni des traditionalistes enragés, ces jeunes gens avec des têtes à la Daumier qui viennent d'entrer. Voilà une demi-heure, ils gagnaient modernement leur pain avec l'informatique, la hi-fi, la télévision, la publicité. Et maintenant, en levant le coude au comptoir, ils allument leur gauloise, avalent leur demi, leur Dubonnet et lorgnent ostensiblement dans le décolleté de la patronne. Et tout est, ou semble, très naturel, très stable et très rassurant.

Mais nos amis parisiens auxquels nous faisons part de nos méditations de bistrot sont d'un avis différent. *Paris change !* Vous n'avez pas vu ce qu'ils fabriquent dans la cour du Louvre ? Le cou des grues et des pelleteuses ondoie au-dessus des palissades qui cachent le vaste chantier. *Aussi devant ce Louvre, une image m'opprime*... Mais *l'image* n'est pas le cygne de Baudelaire, c'est leur fameuse *pyramide*.

Dans le palais lui-même, depuis plusieurs mois, une exposition relative au projet est ouverte. Vieilles gravures, diapositives, photomontages, maquettes, films. Apparence démocratique, dépassionnée : voilà, nous mettons tout sur la table, jugez vous-mêmes. Mais l'eau est bien canalisée vers le moulin des promoteurs. Exactement comme cela se passe chaque fois qu'un massacre se prépare, les arguments de la défense sont au nombre de deux. L'un d'ordre général : des aménagements, on en a toujours fait, chaque époque doit adapter la ville à ses nouvelles exigences, on ne peut préserver Paris (ou Londres, ou Rome, ou Vienne) dans la glace du passé.

Le second argument est spécifique : le Louvre n'a jamais été sacré, intouchable, la forteresse médiévale a été rasée et, par la suite, le palais a subi bon nombre de restructurations et modifications qui, à chaque fois, suscitèrent d'âpres polémiques et, quoi qu'il en soit, la cour en question n'est certainement pas un chef-d'œuvre ; il s'agit même, sur deux côtés, d'un « faux » bel et bien perpétré par le Second Empire.

Par voie syllogistique s'ensuivent les nécessités inéluctables : d'agrandissement, car le musée possède trop d'œuvres mal ou jamais exposées ; donc d'exploitation, puisqu'il vient aujourd'hui moins de visiteurs au Louvre qu'à Beaubourg ; mais on n'attire pas les masses touristiques sans leur préparer un *espace d'accueil* adéquat (l'expression revient plusieurs fois dans les opuscules et les panneaux explicatifs, comme un bonbon voluptueusement, socioculturellement suçoté) ; donc il faut une grande excavation souterraine qui contiendra parkings, boutiques de souvenirs, banque, cafétéria, poste de secours et autres précieux services et commodités. Sauf que là-dessous, dans cette espèce d'immense crypte baudelairienne, la foule pourrait se sentir oppressée, écrasée, être prise de crises de claustrophobie.

C'est alors que naît l'idée de s'adresser à M. Pei, célèbre architecte qui a résolu avec génie, entre autres, les problèmes muséologiques de Washington. Et ce dernier, en toute humilité, pour éviter tout soupçon de défi envers le style architectural du Louvre, choisit pour l'*espace d'accueil* un couvercle de forme non compétitive, la pyramide, et un matériau pudiquement transparent, le verre. Comme ça ceux d'en dessous pourront, plus ou moins bien, voir le ciel libre et les nuages, tandis qu'au-dessus les passants continueront, plus ou moins bien, à voir la *cour.*

Rien, on le sait, n'est plus logique que le délire des fous. Les maquettes et les photomontages qui illustrent l'effet que fera la pyramide au centre de la *cour* ne laissent aucun doute à un esprit simplement normal : ce sera [1]un presse-papiers rebutant. Verre ou pas verre, un truc qui a vingt mètres de haut et quarante de large distribuera de chaque point de la perspective des coups de poing dans les yeux.

Mais n'y a-t-il vraiment rien à faire ? Le tout dernier mot n'est pas encore dit, comités et journaux de *bien-pensants* (ainsi désigne-t-on avec mépris les opposants à de semblables projets, en France comme ailleurs) se battent comme ils peuvent, mais l'atmosphère est à la résignation, à l'indifférence, à la complicité.

Nous en avons une preuve à la *garden-party,* avec buffet dînatoire et orchestre, où des centaines d'intellectuels ont été conviés pour une fête littéraire. Nous tentons de soulever çà et là, dans les groupes grands ou petits, la question de la pyramide. *Oh, la pyramide...* Expressions lassées, absentes. La chose est déjà « vieille ». Certains objectent : eh bien, la tour Eiffel aussi, à l'époque...

1. Et c'est (mise à jour des auteurs).

D'autres murmurent que ça ne sera en fin de compte pas si mal, peut-être même « amusant ». D'ailleurs Victor Hugo soutenait que Lutèce était dédiée aux antiques dieux de l'Égypte. Et il en est qui affectent un désintérêt ironique, supérieur ; ils ramènent avec indulgence le discours sur le temps, qui est en train de se gâter, ou élaborent de hauts jugements sur les salades et galantines, poulets froids et fromages, qu'ils viennent de rapporter du buffet.

Tout à coup, très violente, une averse. La pluie s'abat en biais sur la foule d'intellectuels qui courent se protéger sous l'*espace d'accueil,* des grandes tentes montées pour la *garden-party,* en cherchant à sauver de la colère divine leurs assiettes pleines. Les musiciens aussi rangent fébrilement leurs instruments et se carapatent à toute vitesse sous le déluge. Et tout est exactement, tendrement, comme dans un vieux film de René Clair, dans une farce de Labiche.

Retour à Turin

De nos lectures d'enfance, nous n'avions gardé au cœur aucune autre ville avec ses rues, places, boulevards, avenues, autant que le Turin du livre homonyme [1]. Le plus inoubliable, bien sûr, était le corso Valdocco avec l'école Baretti où se rend Enrico, Mais tout aussi ineffaçable était l'ex-via Doragrossa, aujourd'hui Garibaldi, avec ses omnibus rapides et dangereux. Et puis la ville tout entière (ou du moins nous semblait-il) sous la neige ; les portiques de corso Vittorio bondés au passage du roi Humbert ; via Roma et piazza San Carlo pendant le carnaval...

Et de nouveau via Doragrossa, avec Enrico et son camarade Votini en route vers le mémorable viale di Rivoli (actuellement corso Francia) pour une promenade qui culminera avec la rencontre du petit aveugle. Et la longue via Nizza où se trouvait justement (et se trouve encore) l'Institut des aveugles... Quelle force descriptive devaient donc avoir ces simples pages, pour donner un

1. *Cuore,* « Journal d'un écolier », par l'écrivain turinois De Amicis. Publié en 1886, ce livre du genre édifiant-larmoyant est resté longtemps une lecture quasi obligatoire pour les enfants italiens.

tel relief à une topographie froide et géométrique comme celle de Turin !

Or, après les avoir relues, nous sommes restés pétrifiés : tout se réduit aux sept toponymes que nous venons de rappeler (huit avec piazza Castello, qui nous avait échappé), cités tels quels, sans la moindre description ou tentative pittoresque. Même ce que nous avions pris pour la ville entière sous la neige n'est qu'un tronçon de corso Valdocco devant l'école, sans rien, sauf le nom qui le distingue des boulevards de cent autres villes. Huit *noms purs et simples.* C'est tout. Mais alors comment avons-nous fait, comment a fait De Amicis pour en emplir à tel point nos yeux, notre mémoire ?

L'explication, que nous avons cherchée longtemps, a fini par sortir d'une remarque introspective d'Enrico qui, bien qu'il ne s'en sorte pas mal à l'école, dit qu'il se sent étrangement mécontent de lui : « J'ai toujours, comme une ombre sur l'âme, une voix en moi qui me dit sans cesse : ça ne va pas, ça ne va pas. » Et il ajoute qu'il envie furieusement ses camarades qu'il voit rentrer tout contents chez eux.

Ici, le charme que les rues, ou seulement leurs noms, exerce sur Enrico, et qu'Enrico nous transmet, se dévoile soudain. Que trouve en effet le malheureux en rentrant chez lui ? Pratiquement un jour sur deux, il trouve (sous sa serviette de table, son coussin ou ailleurs, on ne sait) une lettre de son père ou de sa mère qui le traitent de :

Fainéant (17 octobre, le Père) : « Je ne te vois pas aller à l'école comme je le voudrais, l'esprit résolu, le visage souriant, mon Enrico ! »

Indifférent aux morts (2 novembre, la Mère) : « Pense aux morts, mon Enrico, et sois meilleur envers tous. »

Pire qu'un assassin (10 novembre, le Père) :

« Aujourd'hui tu as manqué de respect à ta mère ! Ah, l'assassin qui respecte sa mère a encore quelque chose dans le cœur, Enrico, mais toi... »

Affameur cynique (29 novembre, la Mère) : « Jamais plus, Enrico ! Ne passe jamais plus devant une mère qui mendie sans lui mettre une pièce dans la main ! »

Futur déserteur (24 janvier, le Père commentant le *Petit Tambour sarde*) : « Malheur, Enrico, si un jour on me disait que pour sauver ta vie tu t'es soustrait au combat ! »

Indigne, au moins pour l'instant, de retrouver sa mère là-haut (29 janvier, la Mère faisant l'hypothèse de son propre décès) : « Au catéchisme, Enrico, tu as appris que nous nous reverrons au ciel. Enrico faut-il nous en rendre dignes ! »

A ce moment-là, la voix intérieure qui susurrait « Ça ne va pas, ça ne va pas », aurait dû pousser Enrico à s'engager dans la via Doragrossa et à s'enfuir en courant, vers des chemins d'autant plus magiques qu'ils auraient été plus lointains... Mais bouleversé, malgré tout, à l'idée d'une séparation éternelle, le malheureux qui, le 25 février, est allé visiter son maître malade, ressent le besoin de « rentrer chez lui d'un bond » pour embrasser sa mère. Et il l'embrasse. Mais le soir même il trouve une lettre de son père qui l'admoneste :

« Je t'observais par la fenêtre, Enrico, quand tu es revenu de chez ton maître : tu as heurté une femme. Prends garde à la façon dont tu marches ! »

Après quoi (24 mars) sa sœur s'y met aussi :

« Pourquoi, Enrico, après que notre père t'a réprimandé pour une autre faute, as-tu encore commis une impolitesse envers moi ? Tu n'imagines pas, mon Enrico, la peine que, etc. »

Mais désormais Enrico est un vaincu. Inutile d'attendre la fin de l'année scolaire et du livre pour comprendre qu'il n'aura jamais le courage de s'en aller par ces rues qu'il aimait tant et qu'il nous a fait aimer. Il nous plaît cependant d'imaginer qu'un jour, à l'école, une main charitable glisse dans un de ses cahiers ce billet :

« Sauve-toi, mon Enrico, sauve-toi ! », signé :

La jeune institutrice à la plume rouge [1]

1. Un des personnages les plus « attendrissants » du livre.

TROISIÈME PARTIE

RENCONTRES AVEC DES FEMMES ET AUTRES

I
RENCONTRES AVEC DES FEMMES

II
UNE HEURE AVEC MANZONI

III
AUTRES ENQUÊTES HUMANISTES

IV
LA DEMI-HEURE DE RELIGION

I

RENCONTRES AVEC DES FEMMES

Un Parlement classé X

Cicciolina députée, Cicciolina à Montecitorio [1], Cicciolina dans un austère petit bureau, avec un secrétaire plein de zèle, Cicciolina qui pose des questions écrites ou orales, accorde des interviews au journal télévisé, propose amendements et décrets, contribue peut-être, avec son petit suffrage, à renverser la majorité, ébranle partis et institutions, est convoquée d'urgence au Quirinale [2] pendant la nuit...

Est-il amusant, est-il drôle, ce possible résultat électoral ? Bof !

Une avanie, c'est certain. Une des habituelles provocations de Marco Pannella, qui ne renonce jamais à manifester son mépris pour la classe politique italienne, pour cet hémicycle feutré et gris où en réalité on en fait des

1. Siège du Parlement.
2. Siège de la présidence de la République.

vertes et des pas mûres, de l'amnistie indigne à la gestion honteuse de nos hôpitaux, de la prostitution des charges à la vénalité des adjudications ; où, parmi quelques honnêtes hommes et bien des nullités, siègent aussi d'authentiques canailles, bien plus nuisibles au prestige et au sérieux de notre parlement qu'une star du porno aux cheveux blonds.

Pourtant, il nous vient à l'esprit un autre Marc, qui obligea une classe méprisable à élire son cheval sénateur : l'empereur Marc Aurèle Antonin (204-222 après Jésus-Christ) connu sous le nom d'artiste, qu'il avait lui-même choisi, d'Éliogabale. Aucun historien ne nous a transmis ce qui s'est passé par la suite, quels rapports se sont établis entre l'animal et ses illustres collègues en toge. Et il est probable qu'après les élections nous n'entendrons pas davantage parler de Cicciolina, tout du moins sur la scène politique. Elle ne sera pas élue ; ou, si elle l'est, elle cédera sa place à un autre membre de la liste *radicale*.

C'est en tout cas ce que nous lui souhaitons. Parce sinon sa présence flottera sur la prochaine législature, il ne se passera pas de jour que son nom ne soit grivoisement impliqué dans la séance d'une *commission spéciale* (ah, ah !), dans les *rencontres en privé* (ah, ah !), les *discussions informelles* (ah, ah !), les *enquêtes préliminaires* (ah, ah !), les *examens approfondis* (ah, ah, ah !), dans chacun des mille rites et mécanismes de la vie parlementaire. Du bloc des cinq partis au pouvoir jusqu'au MSI et au PCI, aucune allusion, mot d'esprit, insinuation ne lui seront épargnés. Cicciolina et Fanfani ! Cicciolina et Spadolini ! Cicciolina et Mme Jotti ! Cicciolina et Craxi ! Cicciolina et Natta ! Cicciolina et De Mita ! Le Parlement classé X !

Éclats de rire énormes, immense mélancolie. Après

tout, le sénateur d'Éliogabale n'était qu'un cheval. Tandis qu'Ilona Staller, stripteaseuse effrontée, demoiselle du téléphone rose, *allumeuse* impudique, hôtesse impénitente de publications obscènes, est quand même une femme. Une femme à la peau dure (ou *hard*), d'accord, mais une femme. Quant à nous, qui avons ignoré les textes du féminisme militant, qui avons été, pour ainsi dire, formés par ceux de l'amour courtois, nous trouvons toute cette histoire bien peu chevaleresque. Et même un tantinet cynique, si l'on veut ; un brin cruelle.

La critique ci-dessus fut à son tour critiquée par un enseignant d'histoire. Voici son accusation, publiée dans *La Stampa,* avec notre défense.

En lisant, en première page du journal du vendredi 15 mai, l'intervention de Fruttero & Lucentini sur le *cas* Cicciolina, il m'est venu un doute : ne serait-ce pas la mort annoncée de l'histoire ancienne dans nos écoles qui guide leur plume ?

On sait que l'empereur Marc Aurèle Antonin (188-219 après Jésus-Christ) fut appelé Caracalla à cause d'une tunique à la mode gauloise qu'il revêtait souvent. Le *nom d'artiste* d'Éliogabale fut porté par Varius Avitus Bassianus (204-222 après Jésus-Christ), empereur à la vie déréglée, mais qui ne confia jamais la charge sénatoriale à un quadrupède, qui lui appartienne ou non.

Une telle praxis politique fut, en revanche, adoptée environ deux siècles auparavant par Caius Julius Caesar Germanicus, dit Caligula (12-41 après Jésus-Christ), mais, Incitatus, son fidèle cheval, n'a, semble-t-il pas réussi à dépasser le grade de *pontifex,* Caligula avait l'intention de le proposer au consulat, mais le destrier s'éteignit prématurement. Pendant sa brève mais intense période d'activité politique, quoi qu'il en soit, il semble avoir respecté les lois de Rome tout autant que ses collègues bipèdes.

Voilà ce que ne pouvait manquer de dire un enseignant d'histoire ancienne indigné au couple de critiques habituellement perspicace.

Walter Ferrari, Torino

L'onomastique impériale romaine est sans doute un peu compliquée pour les collèges. Mais il suffit d'ouvrir page 404, par exemple, *L'Histoire de Rome* de Piganiol (dans la collection « Introduction aux Études historiques » des Presses universitaires de France) pour y lire qu'Éliogabale « fut le dernier empereur romain à s'appeler Marc Aurèle Antonin ».

Le premier fut, en effet, Marc Aurèle, qui, à sa naissance, s'appelait Annius Verus. Le deuxième fut Caracalla, dont le véritable nom était Bassianus (à cause de son grand-père Iulius Bassianus). Et le troisième et dernier fut justement Éliogabale, qui était le cousin au deuxième degré de Caracalla et qui s'appelait, à sa naissance, Avitus comme son grand-père et Bassianus à cause de son arrière-grand-père.

Quant à l'anecdote du cheval, il en existe deux versions. L'une attribue à Caligula l'intention d'élever son cheval à la dignité consulaire ; l'autre (*cf.* le *Classical Dictionary* de Lamprière) d'après laquelle Éliogabable fit vraiment de son cheval un consul au Sénat. Pour notre part – dans notre article sur Cicciolina – nous avons choisi cette deuxième version, plus féconde ; d'autant qu'Éliogabale fut aussi le premier, selon son biographe Lampride, à élever une femme au rang de sénateur : sa grand-mère Iulia Mesa.

F. & L.

De ce côté-ci du yaourt : Barbara Pym

« Au-delà du yaourt » annonce ces jours-ci au passant une affiche publicitaire. Cela nous semble un bel exemple, l'énième, du climat hyperbolique dans lequel nous vivons. Pris à la lettre, le slogan est insensé, il peut même produire un effet négatif pour la marque qui le propose. Quelqu'un qui veut un yaourt se méfie de ce qu'il y a *au-delà.* La petite cuillère hésite au-dessus du pot : qui sait quelle étrange bouillie il contient, quelle sorte de mélange ?

En réalité, les producteurs ne courent aucun risque, ils savent qu'ils peuvent compter sur une *audience* désormais habituée aux extrémismes de la publicité et qui, même, les absorbe, les répète, les diffuse, en a fait une sorte de nouveau genre littéraire. On peut être sûr que le « message » sera bien reçu, c'est-à-dire comme un effort méritoire pour éviter les habituels attributs usés à force d'être employés : imbattable, exclusif, unique, suprême, etc. La trouvaille est purement verbale, elle n'a rien qui renvoie spécifiquement au yaourt, on pourrait l'appliquer aussi bien à n'importe quel produit : *au-delà* de la soupe, *au-delà* du papier hygiénique, *au-delà* de la cuisine rustique.

Au-delà du yaourt, il pourrait y avoir, à la rigueur,

deux biscuits, une tasse de thé, une orange pressée ; mais personne ne soulèvera une objection aussi prosaïque. Cet *au-delà* a un lyrisme prenant, une résonance solennelle et suggestive, on a l'impression d'entendre une voix de baryton qui scande le slogan, le *crescendo* à la Haendel qui l'accompagne. De vastes horizons s'ouvrent à l'imagination du consommateur, qui s'élève soudain au-dessus de son étroite cuisine (peut-être encore en désordre depuis la veille). Mais que trouvera-t-il donc au-delà du yaourt ? Voyons, messieurs, il n'y a aucune limite. La Santé Parfaite, sans aucun doute. Et peut-être l'Éternelle Jeunesse. Peut-être le Bonheur. Les espaces cosmiques infinis. La découverte de soi-même. Et même, pourquoi pas, la découverte de Dieu.

Ce sont là des excès réthoriques innocents, légitimes, traditionnels, en eux-mêmes. Mais qui, pour une raison ou pour une autre, nous incitent de moins en moins au sourire. Peut-être simplement parce qu'il nous manque un Donizetti, ou un Felice Romani aptes à ridiculiser les boniments des modernes Dulcamara. Ou peut-être au contraire (mais au fond c'est la même chose) parce que nous sentons que, de nos jours, la grâce hilarante de cette chansonnette sonnerait faux. L'ironie est une puce, en ces temps qui sont désormais occupés par le pachyderme de l'insolite, du hors-norme. Abysses béants, pollutions irréversibles, négociations stellaires, technologies éblouissantes, pénuries inouïes, scandales ravageurs, urgences désespérées, plus rien n'arrive qui ne soit présenté comme étranger à toute règle, précédent, mesure.

C'est dans cette exaltation générale de l'extraordinaire que rentre aussi le dernier concours de la RAI, ouvert démocratiquement à tous : s'il vous semble que votre vie a été intéressante *« comme un roman »,* écrivez-la en une page et envoyez-la nous.

Il leur en arrivera des tonnes. Combien nous en a-t-on offertes, à nous aussi, en vertu de notre métier, de ces *tranches de vie* vécues, utilisables pour nos trames et nos personnages !

« Ah, ça, c'est vraiment une histoire qui devrait vous stimuler ! »

« Vous voyez ce type-là ? Et bien, vous devriez le mettre tel quel dans un de vos livres. » Et, dans ces propositions, les excentricités sont considérées comme particulièrement savoureuses : la cousine qui depuis des années ne mange que de la nourriture pour chiens, l'ami qui utilise un corbillard comme fourgonnette...

Et les hasards plus ou moins singuliers, les coïncidences plus ou moins mirobolantes jouissent d'une grande considération : avoir connu dans le train un bijoutier qui s'est, justement, fait cambrioler le lendemain, avoir rencontré, en allant à un enterrement, le président Pertini, qui allait lui aussi à un enterrement. Mais la prédilection va aux histoires personnelles que la vie, souvent, ourdit de façon embrouillée et dramatique, dont on peut vraiment dire qu'elles sont *comme un roman,* de même que l'on dit d'un rutilant coucher de soleil sur la mer qu'*on dirait un tableau.* Couleurs vives, très vives, toujours. *Au-delà,* toujours.

Mais si telle est l'idée que les personnes les plus différentes se font de ce que la littérature devrait leur fournir, il y a d'autre part l'inexplicable préférence accordée par les lecteurs, dans un récent référendum de *Tuttolibri,* à un roman comme *La Conscience de Zeno.* Un résultat vraiment sensationnel, si l'on considère combien Svevo est peu sensationnel, au sens courant du terme. C'est l'ironie qui le distingue immédiatement de tout autre narrateur italien, c'est sa marque particulière, son halo bien à lui ;

et nous ne réussissons pas à voir l'influence, les effets, même indirects et tranformés, de cette ironie dans notre culture haute, basse, ou moyenne ; elle sait, tout au plus, manier des pseudo-ironies, toujours affublées d'un qualificatif : une ironie amère, une ironie cinglante, une ironie féroce, etc. Alors que celle de Svevo est légère, élégante, dépassionnée, affectueuse et surtout très amusante.

Que le roman le plus *spirituel* du XXe siècle soit aussi considéré comme le plus *important* par des milliers de lecteurs pourrait être le fruit de Dieu sait quelle équivoque. Qui sait comment ils l'ont lu, comment on le leur a fait lire, ce qu'ils y ont vu. L'introspection, peut-être. La psychanalyse, la névrose, le tourment de l'homme moderne. Tout sauf l'ironie.

Et si c'était plutôt le symptôme d'un sursaut ? Une prédilection exprimée de façon polémique par ceux qui n'en peuvent plus de se sentir poussés au-delà, qui recherchent grâce, mesure, détachement, sourire et humour ?

Nous pourrons en avoir la confirmation dans quelques mois, lorsqu'on saura comment ont marché les ventes de *Femmes remarquables,* un roman de Barbara Pym, publié par La Tartaruga. On parle de son *cas* depuis deux ans, même en Italie ; Masolino d'Amico en parla sur les pages de ce journal, quand les carnets et les lettres de l'écrivain *le plus sous-estimé* d'Angleterre, selon un autre référendum (du *Times*) parurent à Londres. Suivie par son fidèle petit public d'amateurs, Barbara Pym avait publié cinq ou six livres vers la moitié des années soixante, lorsque son éditeur refusa son dernier manuscrit en lui expliquant que son *genre* ne *marchait* plus, que la culture anglaise s'était déplacée *au-delà.* Pym, dont le monde stylistique, poétique, contenait une bonne humeur résignée devant l'ineptie et la vulgarité, cessa d'écrire pendant des années. Elle fut enfin redécouverte en 1977, republiée intégralement, acclamée ; mais elle mourut peu après, en 1980.

Femmes remarquables est, comme ses autres romans, un bijou d'ironie. Très anglais, comme Svevo était très triestin, il produit, d'emblée, chez le lecteur non britannique un effet comique délicatement exotique. « Regarde comme ils sont drôles, ces gens-là ! » Il s'agit de femmes, petites bonnes femmes, dames et petites dames de bonne volonté qui s'occupent d'une paroisse anglicane de Londres, dans l'immédiat après-guerre. Il se passe des choses sans importance : on astique les cuivres de l'église, on prépare une vente de charité, le pasteur se fiance avec la veuve d'un autre pasteur, un jeune couple s'installe dans la maison de l'héroïne, il y a une conférence à la Société d'anthropologie, une visite dans un grand magasin pour acheter du rouge à lèvres, l'arrivée d'une vieille amie un peu envahissante, un repas chez un célibataire, de piquantes observations culinaires et d'innombrables tasses de thé.

A l'horizon, bien sûr, toute la merveilleuse tradition de la *comédie de société* anglaise se profile, de Jane Austen à Aldous Huxley, du rose pâle de Wodehouse au noir funèbre de Compton-Burnett. Mais, de ces événements miniaturés avec une telle netteté, naît peu à peu une sorte d'inquiétante tension, comme si Agatha Christie était au coin de la rue, et Hitchcock pas très loin. Nous participons de plus en plus, et ce tout petit monde, avec ses énigmes ridicules, déborde, se répand, et finit par toucher nos rivages lointains. Qui est coupable ? Ah, c'est la vie. La vie, ni sensationnelle, ni spectaculaire, ni tragique, ni héroïque, telle que nous la vivons, avec nos gestes, nos manies, nos subterfuges, nos faiblesses, absurdités, contradictions, renonciations, avec nos snobismes et nos préjugés ; voilà ce qui est sous les yeux de Barbara Pym, espionne souriante, curieuse, gourmande, qui manipule et sélectionne, à la perfection, les menus faits quotidiens.

Nous ne conseillons pas *Femmes remarquables* à ceux qui ne savent pas, ou ne savent plus jouir de ces nuances, finesses, exquises observations qui, exposées avec une limpidité modeste, étaient considérées jadis comme des parties essentielles de l'art du roman. Mais pour tous les autres, pour ceux qui demandent encore à la littérature des plaisirs de ce côté-ci du yaourt, Barbara Pym sera une découverte ravissante et peut-être un grand amour.

L'âme de la femme

L'âme de la femme, nous l'avons découverte l'autre jour à Paris ; à l'étalage d'un de ces traditionnels bouquinistes qui survivent, voire prospèrent, le long des quais de la Seine, bien que les vieux livres désertent, poussés par des bandes dessinées, des soldes minables, d'horribles reproductions, et tout un bric-à-brac pour touristes.

Le livre part d'une double constatation :

A. – La femme est par nature altruiste, ou plus exactement altérocentrique, dans le sens où elle met au centre de ses plaisirs et de ses ambitions non pas elle-même, mais les personnes qu'elle aime et par qui elle veut être aimée : mari, enfants, père, amis, etc.

B. – L'homme, lui aussi par nature, est égoïste, ou plus exactement égocentrique, dans le sens où il tend à faire de lui-même et de ses occupations, plaisirs et intérêts, le centre du monde dans lequel il vit.

« Mais comment s'explique (se demande l'auteur – ou, plus exactement la femme-auteur – en commençant, avec ses lecteurs et lectrices, un dialogue plein de bon sens et d'urbanité, mais forcément un peu catéchistique) cette différence radicale ? »

« Cette différence radicale, d'où dérivent ensuite

toutes les autres, s'explique par la répartition tant psychologique que physiologique des tâches aux fins de la conservation de l'espèce. Elle est donc irréductible, insupprimable dans l'espèce même, bien qu'elle tolère d'innombrables exceptions, gradations, et déviations chez les individus. »

Simplifié et schématisé aux fins de résumé, le dialogue se poursuit plus ou moins de cette façon :

Q. – Et quelles sont donc les autres différences ?

R. – Les autres différences sont que la femme, dont l'attention est constamment tournée vers les autres, se distingue par son haut degré d'intuition, passion, activité instinctive. L'homme qui, au contraire, s'occupe essentiellement de ses affaires, est davantage porté sur la réflexion et le raisonnement, sur cette froide logique dont le genre humain a besoin non seulement pour se préserver, mais pour continuer son type d'évolution particulier.

Q. – Tout ceci ne met-il pas la femme dans une position de dépendance, voire d'infériorité ?

R. – Bien entendu. Mais cela la place surtout dans une situation tragique : celle de tous les êtres qui ne sont pas protégés par une épaisse armure d'égoïsme, et dont les sentiments, les passions sont de ce fait presque toujours en conflit avec leurs propres intérêts.

Q. – Et que faut-il faire alors ? Le féminisme n'a-t-il pas raison, quand il souhaite que les femmes se décident une bonne fois pour toutes à penser à elles-mêmes ?

R. – Il n'y a pas que le féminisme qui le souhaite. Dans son égoïsme forcené, l'homme ne rêve qu'à cela : que les femmes pensent à elles-mêmes et seulement à elles-mêmes, pourvu qu'il puisse, quant à lui, être bien tranquille. En effet, ne nous faisons pas d'illusions : dans le cadre familial, la louable disposition de l'homme à réfléchir, méditer, s'absorber dans des raisonnements constructifs n'est que le très rare bon côté de la médaille ; l'envers, bien plus fréquent, est une indolence déguisée en sagesse, une indifférence engourdie qui se donne des airs de générosité, de tolérance, de noble largeur de vues. L'envers de cet envers, d'autre part, est un certain libéralisme effectif, une certaine...

Q. – Mais quoi ? N'est-ce pas typique du *pater familias* d'exercer sur sa femme et ses enfants une tyrannie qui...

R. – Pure légende. Le gouvernement d'une famille est une charge à laquelle l'homme ne se résigne que lorsqu'il y en est contraint par des lois, croyances religieuses, coutumes tribales. Pour la femme, en revanche, avoir une maison, avec un mari, des enfants, et si possible une domestique à commander, est le plus grand sinon l'unique plaisir de la vie. Gare si on le lui conteste ! Gare à déchaîner en elle le mécanisme des jérémiades, de la récrimination perpétuelle, qui est une menace bien plus terrible pour la paix de la famille que n'importe quelle violence.

Q. – Pourtant, ce dont se plaint le plus souvent une femme, c'est que son mari n'intervienne pas, ne fasse pas sentir le poids de son autorité sur ses fils, pour ne pas parler des filles, et éventuellement sur domestiques et concierges, fournisseurs, voisins, parents de différents degrés. Comment s'explique cette contradiction ?

R. – Il n'y a là aucune contradiction. Pour ce qui concerne l'homme, dont la situation n'est, en définitive, pas moins tragique que celle de la femme, il suffit de regarder la tête qu'il fait devant ces reproches, ces demandes d'intervention autoritaire pour avoir la confirmation qu'il n'a jamais vraiment eu envie de commander chez lui, ou bien qu'il l'a perdue depuis des millénaires. En ce qui concerne la femme, il ne s'agit pas pour elle de renoncer, fût-ce partiellement, temporairement, à faire la loi en famille ; c'est simplement que, selon elle, cette loi (conçue avec vivacité, ferveur, diligence et par conséquent un peu embrouillée dans les détails), c'est à l'homme de la faire appliquer.

Ici, l'auteur entre dans le vif des tortures que *l'âme de la femme* subit (ou inflige) du fait d'une énergie débordante, d'une soif instinctive de commander, qui se tranforme fatalement en tendance à la dispute. Mais elle ne néglige pas de démasquer l'apathique *âme du mari,* dans une série de situations conflictuelles étudiées avec impartialité et décrites avec une efficacité rare. Son but, en effet, n'est pas de donner raison à l'un ou l'autre des adversaires, ni de proposer des arbitrages mais de...

Q. – Quel est votre but, madame ?

R. – Mon but est d'aider l'homme à mieux connaître l'âme de la femme, et *vice versa.* D'une meilleure connaissance réciproque ne peut que naître une plus grande compréhension ou, du moins, une disharmonie moindre.

Q. – En êtes-vous vraiment sûre ?

R. – J'en étais sûre quand j'ai écrit ce livre, voilà quatre-vingt-trois ans. A présent, je ne sais plus. La situation (du moins telle que je la vois d'en haut) mc scmble aujourd'hui plus tendue, plus confuse, le climat intellectuel plus fruste, à tel point que je déconseillerais, aujourd'hui, de mettre ces pages entre toutes les mains. Leur brutale objectivité pourrait exaspérer certains conflits au lieu de les atténuer.

Q. – Mais, en son temps, votre livre eut-il une large diffusion ?

R. – A l'époque ce fut un vrai best-seller. Après sa

parution en 1922, à Bologne, chez Zanichelli, il fut aussitôt traduit en France, en Allemagne, en Hollande, en Suède et aux États-Unis. En 1926, comme il est indiqué sur l'exemplaire que vous avez trouvé sur les quais de Seine, la traduction française en était déjà à sa septième édition et au trente-deuxième mille.

Q. – Une dernière question, madame Gina Lombroso, Êtes-vous... ou plutôt étiez-vous la fille du célèbre anthropologue turinois ?

R. – La fille et la collaboratrice. J'ai fait des études de médecine, avec une thèse sur la psychologie des criminels, justement pour suivre son travail. Puis, ayant épousé l'historien Guglielmo Ferrero, je me suis plutôt intéressée à l'histoire. Vous savez comme nous sommes, nous les femmes.

Le malheureux répondit

Un soir d'automne, un petit paysan d'une douzaine d'années, alors qu'il va chercher la vache qu'il a mené paître dans les prés à côté de chez lui, traverse les bois qui longent les rives du fleuve et distingue, à la surface de l'eau, près du rivage, une espèce de large tache blanche. Curieux, il se penche : l'objet qui flotte, accroché à une branche, est un manteau de fourrure.

Le garçon court chez lui pour signaler son étrange découverte, et sa mère le renvoie immédiatement au fleuve avec une cousine qui a quelques années de plus que lui : qu'ils récupèrent la fourrure, on cherchera ensuite à savoir qui l'a perdue, s'il faut la rendre et à qui. Les deux enfants la tirent hors de l'eau, mais le long vêtement, trempé d'eau, est très lourd, et pour le transporter, ils doivent le suspendre à un bâton. Le vêtement a deux manches de flanelle ou de serge et il est orné, en bas, d'un volant turquoise. A qui peut-il bien être ? Ce sont probablement les gens du moulin, en amont, qui l'ont perdu, et quand on le leur rendra, on aura sans doute, en récompense, une bonne polenta.

Les deux cousins, tout à leurs rêveries, rentrent chez eux par le sentier. Mais quelqu'un voit passer, dans le crépuscule, les deux petites silhouettes avec leur étrange paquet blanc, et fait promptement le rapprochement avec la mystérieuse femme sauvée du fleuve le matin même et sur laquelle des recherches sont d'ores et déjà en cours dans la région. Le témoin accidentel décide de raconter ce qu'il a vu aux enquêteurs ; ces derniers, sans perdre une minute se présentent chez les cousins, se font remettre la fourrure comme « preuve matérielle », la montrent à la propriétaire présumée, hospitalisée, en fort mauvais état, dans une maison des alentours. Oui, c'est bien sa fourrure, qui a glissé tandis qu'elle se débattait dans les eaux du fleuve.

Mais comment a-t-elle bien pu se retrouver dans le fleuve ? Confirme-t-elle qu'elle y est tombée à cause d'un faux pas, comme elle l'a affirmé dans sa première déposition ? C'est une version qui ne convainc pas, d'autant que la pauvrette, encore toute ensanglantée, présente des lacérations et des blessures profondes à la tête et aux bras, provoquées, de toute évidence, par un objet contondant. La femme, qui paraît avoir environ trente-cinq ans, admet enfin qu'elle a été poussée dans le fleuve par un homme, qui, en réponse à ses implorations et à ses tentatives pour remonter sur la rive, a répliqué en la frappant à plusieurs reprises avec la crosse d'une arme à feu et l'a rejetée dans le courant.

Était-elle seule avec cet homme ? Non, il y avait aussi une autre femme, et Dieu seul sait où elle peut bien être à cette heure-ci, ce qu'elle a bien pu devenir...

Tandis qu'on bat la rive centimètre par centimètre à la recherche de l'arme et d'autres indices éventuels, quelques fidèles, qui assistent à la première messe dans une petite église à quelques kilomètres de là, entendent des appels à l'aide déchirants. Ils sortent précipitamment et ne voient personne. Mais les cris se répètent et on comprend finalement d'où ils viennent : parmi les arbres rares d'un bosquet voisin, il y a un vieux puits à sec, profond d'une quinzaine de mètres. C'est de ces profondeurs que, par intervalles, montent les appels désespérés. On descend voir : c'est une femme blessée, les os rompus, à la dernière extrémité, exténuée par le froid, le jeûne et la terreur.

Comment s'est-elle retrouvée dans ce trou ? Aurait-elle fait un faux pas ? Mais la femme parle aussitôt d'une tentative de meurtre : c'est un homme, le même qui a attenté à la vie de sa compagne, qui l'a jetée au fond de ce puits, il y a deux nuits ; pour l'achever, il a fait tomber sur elle de grosses pierres. Elle a eu la vie sauve par miracle et, depuis lors, elle n'a cessé de hurler de temps en temps lorsqu'il faisait jour, se taisant, la nuit, de peur que l'assassin, revenu pour vérifier, ne la tue. Elle a passé des heures terribles car, dans ce puits, il y avait, outre des os d'animaux, une *chose* particulièrement effrayante qui ressemblait à une tête humaine.

Les enquêteurs arrivent, et font effectuer une scrupuleuse perquisition par deux spécialistes. On trouve les os d'animaux, on trouve un chapeau d'homme, noir, et enfin, on trouve effectivement une tête, en partie momifiée, sans nez ni oreilles mais avec ses cheveux blonds encore attachés au cuir chevelu. Le panier remonté, les enquêteurs en examinent l'horrifiant contenu et se persuadent qu'il s'agit de la tête d'une femme. Par une coïncidence extraordinaire, notre femme aurait été jetée par hasard dans un puits où se trouvaient déjà les restes d'une autre victime ? Non, c'est trop invraisemblable. La seule hypothèse sérieuse est qu'elle a été jetée dans ce puits justement parce que l'assassin, une fois déjà, l'avait utilisé pour un autre crime.

Il faut faire vite, la femme sauvée des eaux est mourante, sa compagne ne se porte guère mieux. Le double interrogatoire confirme l'intuition des enquêteurs : oui, la tête coupée pourrait être celle d'une jeune fille, disparue de la ville voisine voilà un an, et que l'on croyait émigrée à l'étranger. Mais les deux femmes racontent à présent, avec abondance de détails, qu'elle a été tuée ; elles affirment même avoir assisté au meurtre. Ensuite, le coupable s'est probablement défait du cadavre en le coupant en morceaux, comme il s'était débarrassé d'un enfant mort-né, et comme il avait fait tuer par ses hommes de main un forgeron et un pharmacien qui « parlaient trop »...

Mais qui est ce personnage criminel, cet assassin impitoyable, ce *monstre* contre lequel on lance un tardif mandat d'arrêt ? Rien de moins que Giovanni Paolo Osio, plus connu par les Italiens sous le nom d'Egidio, le « scélérat » des *Fiancés*. On est au XVIIe siècle, la scène se passe à Monza et alentour, le fleuve est le Lambro et les deux femmes qui ont échappé à la mort (mais l'une ne survivra pas aux terribles coups qui lui ont été infligés avec la crosse d'une arquebuse) sont sœur Ottavia et sœur Benedetta, qui se sont imprudemment fiées à Osio pour s'enfuir du monastère de Santa Caterina après l'arrestation de la *dame,* la *malheureuse* Gertrude de Manzoni.

Si nous nous sommes permis de raconter sous un angle policier cette extraordinaire histoire, ce n'est évidemment pas pour imiter les nombreux écrivains et écrivaillons qui « voulurent tenter leur chance » même après la première, et, à l'évidence, définitive *version* de Manzoni. Notre intention était tout au plus de donner au lecteur une idée immédiate et concrète de ce que contient le très intéressant volume, préfacé par un important groupe de spécialistes, où sont publiés intégralement pour la première fois les procès-verbaux de la célèbre *affaire : Vie et procès de sœur Virginia Maria de Leyva, religieuse de Monza* (Garzanti).

Il a toujours pesé sur ces *actes* secrets un nuage de scandale, à cause de ceux qui, ayant pu les consulter en privé, s'en servirent dans le passé pour des publications partielles, infidèles et croustillantes. On ne peut pas dire non plus que les documents ici étalés, les dramatiques et complètes *confessions* de la principale accusée et de ses complices, renversent la lugubre réputation de ce couvent du XVIIe siècle, repaire immoral où il s'en passait incontestablement de toutes les couleurs.

Mais ce serait un nouveau péché mortel si aujourd'hui, en suivant le va-et-vient des billets doux, déguisements, et rencontres nocturnes, les obscénités de parloir et les accouchements clandestins, le lecteur perdait de vue les formidables valeurs *narratives* qui émergent de ces interrogatoires minutieux et pressants. Comme il advient toujours dans une affaire judiciaire, de merveilleux caillots d'humble réalité, d'admirables détails marginaux, se coagulent autour du fil conducteur de l'enquête : c'est là que réside la véritable surprise, l'authentique et passionnante richesse du livre.

Parmi les ombres inquiétantes qui peuplent le livre, une silhouette tranche, par sa grandeur inattendue : celle de l'unique absent, de l'assassin contumace Giovanni Paolo Osio, typique *play boy* du Tout-Milan, attiré par une aventure romanesque avec une moniale, séducteur prudent et mielleux, puis violeur, puis amant stable et enfin (c'est ainsi que normalement les choses auraient dû tourner) amant refroidi par la routine. Mais Osio ne se refroidit jamais, bien au contraire. D'année en année – et *l'aventure* dura neuf ans ! – nous voyons sa passion croître, sa dépendance de sœur Virginia Maria se faire totale. C'est elle qui cherche à le repousser, à l'éloigner, à l'oublier ; et c'est lui qui revient sans cesse à la charge, implore, menace, supplie. Lequel des deux fut vraiment l'envoûté, le possédé, le succube ? Comment expliquer que ce jeune homme du monde, beau, riche, libre de fréquenter toutes les femmes qu'il voulait et de se marier, n'ait pas réussi à se détacher de son obsession, de sa *femme fatale,* et qu'il n'ait pas hésité, pour elle et pour protéger cette liaison impossible, à se souiller de ce que le vicaire général nomme « de graves, énormes et atroces crimes et péchés » ?

Parmi toutes les vérités qui se dégagent des plis du procès, la plus troublante concerne la première rencontre entre les deux amants diaboliques. Au sommet d'une échelle, une jeune sœur converse cueillait les fruits d'un arbre du potager et, de son jardin attenant, Osio lui envoyait des baisers de la main. L'impérieuse et, alors, très sévère sœur Virginia Maria vit la scène de sa fenêtre, et apostropha, indignée, le galant effronté. Le malheureux répondit [1].

1. Dans *Les Fiancés* de Manzoni, la phrase célèbre qui termine l'épisode est : « La malheureuse répondit » ; car c'est *lui* qui cherche à lier conversation (N.d.T.).

Une femme *comme il faut*

En parcourant l'index des noms sur un manuel pour les collèges publié récemment, ce qui nous a frappé à la lettre M, ce n'est pas un nom mais son absence. En plus des M italiens, obligatoires et abondants (Machiavel, Manzoni, Marradi, Montale, etc.), Marx et Malcom X figurent dans la liste, Melville et Maeterlinck, Milton et Moore (Bai Thomas, poète libérien) sont présents, et Milosz et Masters, Mead, Mosel et MacGuckian *(Le Problème de l'Irlande du Nord)* ne manquent pas non plus à l'appel. Mais parmi les centaines de nouvelles écrites par Guy de Maupassant tout au long de sa vie (1850-1893), aucune n'a trouvé place dans les trois tomes, pourtant copieux, de cette anthologie.

L'omission est intéressante. Nous avons l'impression qu'elle ne dépend pas tant d'un choix polémique ou d'une erreur énorme que, tout simplement, d'un manque d'intérêt comme si celui qui fut un maître pour Joyce et tant d'autres écrivains européens et américains du XXe siècle n'avait plus rien à offrir aux nouvelles générations. Et pour cause.

Tout d'abord, le moderne lombric culturel, occupé par son incessant travail de mastication et recyclage, éprouve une inappétence légitime devant un écrivain qui ne se prête guère à être embrouillé, fardé, déguisé au bénéfice du premier venu. Ceux que Valéry appelait les préposés aux choses vagues, et qui se sont répandus au point d'être la majorité, ne se sentent en rien attirés par cette prose sèche, cristalline, qui va toujours, avec décision, quelque part, qui ne se laisse pas arrêter sur le palier pour un bavardage fumeux à propos de théorie ou d'idéologie littéraire. Et le saladologue de congrès, le bouillimanticien de débats, sait qu'il ne peut ajouter une seule petite cuillère de son cru à ces noyaux polis, jadis admirés pour leur économie classique. On décrète alors que Maupassant est un écrivain « peu intéressant », en signifiant ainsi qu'il ne permet pas au parasite de profession de bavarder à son propos comme il l'entend.

Mais il faut ajouter que, ces dernières années, où ont prédominé des conceptions du monde fraternellement collectives, génériques et statistiques, la vision de l'homme avec un h minuscule a peu à peu disparu. Une sociologie biodégradable, de grande consommation, a fini par balayer l'individu au profit de la catégorie : on n'apprend plus à regarder et à représenter une « personne », mais le problème, aussi vaste qu'ennuyeux, qu'elle « représente » plus ou moins. Ainsi les actuels protagonistes des livres, films et téléfilms, et naturellement des faits divers, de la vie, mènent une existence de troupeau, perdus dans l'indistinct, le symbolique, l'exemplaire, écrasés comme Atlas par les abstractions qu'on leur a chargées sur le dos.

Maupassant, poussé par une insatiable curiosité pour l'individu, avait une optique exactement opposée. Ce n'est qu'*a posteriori* qu'on peut, si on le veut, regrouper par thèmes son inventaire illimité, et découvrir alors que son regard, féroce ou plein de pitié, ironique ou délicat, n'a épargné personne ; que les paysans tout comme les châtelains, les concierges comme les prostituées et les comtesses, les prêtres, les politiciens, les prolétaires comme les arrivistes, les retraités, les bureaucrates, furent observés et racontés par lui avec une égale avidité.

Notre seule et faible excuse est que, entre-temps, la scène s'est énormément remplie ; qu'au siècle dernier, la société n'était pas encore (ou ne semblait pas) trop compliquée pour les forces d'un écrivain, qu'il était encore concevable de tenter de la décrire immédiatement, totalement, sans tâtonner à la recherche de synthèses, bilans, raccourcis, historicisations, classifications laborieuses. N'importe quel fait, n'importe quelle personne, trouvait encore sa place naturelle dans un système narratif qui coïncidait avec le monde.

Tandis que nous, ici et maintenant, où pourrions-nous donc classer madame Lacombe ? A quel titre racontons-nous son histoire, le peu que nous en savons et de deuxième ou troisième main ? Pour nous ce n'était guère plus qu'une silhouette bien nette mais secondaire dans le tableau du village français où, chaque année, depuis de nombreuses années, des amis patients nous recevaient pour nos « retraites » – acharnées – de travail.

Son mari, un avocat parisien, était mort d'un infarctus, dans son fauteuil, pendant qu'elle préparait le café dans la pièce voisine. La veuve s'était rendue dans sa maison de campagne pour changer d'air et se remettre du choc ; elle y était définitivement restée, et ne rentrait en ville, dans son appartement, que rarement, pour quelques heures.

Quand nous la vîmes pour la première fois, c'était une

femme qui pouvait avoir entre quarante et cinquante ans, plutôt grande et sèche, le visage dégagé et durci par le chignon qui lui tirait les cheveux sur la nuque. Elle s'habillait toujours avec une élégance fonctionnelle : pulls et chemisiers, jupes, bottes, pantalons et blousons qui provenaient visiblement de magasins choisis ; couleurs assemblées sans faute de goût ; bijoux fantaisie toujours sobres. Mais plus que la recherche ou le plaisir narcissique, on notait dans ses *mises* l'intention d'être *comme il faut* avec elle-même et avec le monde, rien de plus, rien de moins.

La même détermination transparaissait à travers ses longues promenades le long du canal, deux fois par jour, quel que soit le temps. De nos fenêtres, nous voyions apparaître avec une ponctualité kantienne son profil net, sa foulée régulière et acharnée, gênée parfois par les bonds de son setter noir. Elle allait tout droit par le droit sentier sans jamais accorder un regard aux arbres secoués par le vent, aux péniches qui naviguaient, aux mouettes suspendues au-dessus de la surface immobile de l'eau. Des promenades hygiéniques, faites par devoir, pour conserver la forme, le matin jusqu'à l'*écluse*, l'après-midi jusqu'au *château*. Et les saluts affables, les conversations sur la pluie et le beau temps avec les habitants du village qu'elle rencontrait sur son chemin étaient eux aussi faits par devoir. Mais jamais personne ne fut invité à prendre une tasse de thé dans la villa de madame Lacombe, et jamais madame Lacombe n'accepta une invitation.

A travers les fenêtres du rez-de-chaussée, on la voyait souvent à l'ouvrage, en train de balayer, dépoussiérer, cirer, ranger les chambres confortablement meublées : divans en toile, fauteuils en cuir, meubles astiqués, étains, jolis vases à fleurs. Et le beau jardin, dont elle s'occupait elle-même avec une infatigable efficacité, regorgeait de fleurs.

Pendant quelques étés, un petit garçon roux l'aida dans ses travaux de ratissage et de piochage ; c'était son petit-fils qui venait passer une partie des vacances chez elle, il jouait parfois aux dames avec elle sur la table en fer blanc au milieu de la pelouse ou s'asseyait patiemment sur le bord du canal pour pêcher de minuscules poissons avec une canne à pêche de fortune. Mais, à l'âge du camping et des cours d'été en Angleterre, son petit-fils ne vint plus. Le dimanche, à longs intervalles, son fils et sa belle-fille venaient de Paris, et repartaient vite, pour éviter les embouteillages du retour. Le setter mourut et ne fut pas remplacé.

Année après année, le lierre et la vigne vierge poussaient avec vigueur sur les murs de la maison, les fenêtres étaient déjà presque complètement cachées. Le chignon de madame Lacombe était presque blanc, mais toujours inflexiblement compact, rigide ; et son pas restait agile, élastique, ses promenades étaient toujours aussi régulières, *écluse* le matin, *château* l'après-midi.

La nouvelle qu'une femme paraissant aussi jeune avait fait une mauvaise chute, qu'elle avait eu, en fait, sa première fracture de vieille dame nous étonna. Son fils et sa belle-fille – nous dirent nos hôtes – étaient très inquiets, ils craignaient que même après sa guérison, elle ne pût plus s'occuper d'elle-même, et eût un autre accident, plus grave. Ils tentèrent de la convaincre de déménager pour Paris, mais elle n'était plus habituée à la ville et son appartement, trop longtemps abandonné, l'attristait.

Elle se débrouilla pour passer l'été, prudemment, entre sa maison et son jardin. Elle ne sortait que lorsque les camionnettes du boulanger, du boucher et de l'épicier passaient le matin et s'arrêtaient exprès pour elle, en klaxonnant vivement devant sa porte. Avec son sourire osseux, dans ses pantalons au pli parfait, dans ses chemisiers de lin ou de soie, elle apparaissait un instant sur le seuil, prenait sa baguette, parlait des nuages ou de la chaleur, et rentrait.

Mais son fils insistait, les choses ne pouvaient pas durer comme ça. Ils la persuadèrent enfin de tenter une simple expérience, sans engagement aucun, dans une luxueuse maison pour personnes âgées, toujours à la campagne, mais dans un autre village, à l'ouest de Paris. Un essai de quelques semaines. Si pour une raison ou pour une autre madame Lacombe ne s'habituait pas, elle pourrait retourner dans son pavillon, qui resterait tel quel, prêt à l'accueillir à n'importe quel moment.

Mais à l'automne, derrière l'exubérance rougeâtre des plantes grimpantes, les fenêtres restèrent closes. Madame Lacombe n'était pas revenue. La veille de l'expérience, son fils et sa belle-fille l'avaient aidée à faire ses valises et l'avaient emmenée chez eux, à Paris, avant de l'accompagner à la maison de retraite. Madame Lacombe, restée seule dans le salon, son chignon bien serré, ses vêtements et ses bijoux bien en ordre, enjamba silencieusement la fenêtre du deuxième étage, se jeta dans le vide et mourut, comme il fallait, sur le coup.

II

UNE HEURE AVEC MANZONI

Derrière le masque de Lucia

Rosalba, jeune fille du lieu, descendue pour pêcher sur la rive de « cette branche du lac de Côme », chante incongrûment en vénitien : « *Basame, Momolo, quanto te par !* Embrasse-moi, Momolo, tant que tu veux ! ». Puis elle dit qu'elle veut « pêcher quelque gros poisson », et dans une des scènes suivantes, elle réapparaît sous le masque de Brunetta et confirme : « *O io lo pescarò bello, perché son bellina anch'io !* J'en pêcherai un bien beau, car moi aussi je suis belle ! ». Ici intervient un *dottore* qui dit : *« A proposit d'spus... »* c'est-à-dire « à propos de mariés », car la jeune fille est fiancée avec Pantalon-Pierrot, un paysan du village. Mais intervient également un naufragé libertin et arrogant qui crie : « Le ciel m'a conduit ici tout exprès pour empêcher ce mariage ! », après quoi, avec l'aide de son serviteur Passarino-Sganarelle (alias Leporello, alias Catalinòn, alias Zuccasecca, etc.), « il enlève Brunetta, et part ».

La ressemblance entre l'antique et multinationale comédie et *Les Fiancés* est curieuse et, à notre connaissance, n'avait jamais été relevée ... Mais peut-on vraiment rapprocher *l'angélique* Lucia Mondella (alias Zarella dans la première version du roman, dans lequel Renzo se nomme Fermo Spolino) de la piquante Rosalba-Brunetta-Spinettta-Tisbea-Aminta-Charlotte-Mathurine-Zerline, et autres frivoles, infidèles pêcheuses-paysannes de la saga de don Juan ?

On peut tout à fait. Il suffit de comparer avec quelque attention le roman et la saga en question qui, de Mozart & Da Ponte à Molière, en passant par Tirso de Molina et ses dérivés italiens de la *commedia dell'arte,* remonte jusqu'à une sorte de mystère de 1615 (résumé par le père jésuite P. Zehentner en 1643) où le protagoniste s'appelait Léonce, où le « convive de pierre » était un crâne à la Yorick, et Leporello rien de moins que le cruel, astucieux et vil Machiavel.

La comparaison révèle d'ailleurs que *les cinq* personnages les plus populaires de la saga – de Zerline & Masetto à don Juan & Leporello et la statue du Commandeur – figurent dans le *remake* de Manzoni, mais, comme pour la lettre volée de Poe, dans une perspective savamment renversée et destinée à les rendre méconnaissables. Voyons donc les textes et commençons à contrôler de plus près.

« Chère Zerline, je te garantis ma protection ! », affirme l'ironique don Juan de Mozart, en se préparant à cocufier toute la lignée de Masetto-Pierrot-Bratricio-Capellino-Pantalon, etc. Et Don Rodrigue dit cyniquement à frère Cristoforo : « Si cette personne (c'est-à-dire

Lucia) vous est chère, conseillez-lui de se mettre sous ma protection. »

Mais qui est frère Cristoforo, c'est-à-dire l'ex « don Lodovico », si ce n'est don Gonzalo de Ulloa, la statue du Commandeur, le convive de pierre, qui arrive chez don Rodrigo alors que ce dernier – tout comme don Juan dans toutes ses versions – est à table avec ses acolytes ? « Une chaise et un couvert... Qu'on lui donne du vin... » Le Dom Juan de Molière l'accueille en lui faisant bon visage. Et don Rodrigo, en parfait parallélisme : « Une chaise pour le Père... A boire pour le Père... »

Ensuite vient la grande scène où le frère Cristoforo lève un doigt menaçant, et invoque la « justice de Dieu ». *« Esta es justicia de Dios ! »* tonne le Commandeur, dans la scène correspondante de Tirso. Et que l'on note à nouveau comment, dans cette scène, le même *geste* des deux personnages est identique dans le roman et dans tous les textes de la saga : la main de l'un empoignée par celle de l'autre. Avec l'unique différence que traditionnellement c'est le spectre, le vengeur, qui saisit la main du « dissolu », et que dans le roman c'est ce dernier qui « saisit rapidement en l'air la main menaçante » du premier. L'ex-don Lodovico, en effet, bien qu'il prenne la pose d'une statue (« fièrement campé sur le pied droit, sa main droite sur les hanches, etc. »), n'est pas – encore –, matériellement, un convive de pierre. Mais en l'absence de celui-ci, don Rodrigo (comme Léonce dans la version du père jésuite que connaît incontestablement Manzoni) se retrouve en présence d'un crâne : le « petit crâne de bois accroché à sa couronne » que le frère Cristoforo « avait pris entre ses doigts et mis devant les yeux de son interlocuteur courroucé ».

Après quoi, encore une fois exactement comme chez

Da Ponte, Molière, Tirso, etc., la scène se répète « dans le Temple » ; c'est-à-dire dans l'église ; c'est-à-dire dans le célèbre rêve de don Rodrigo. Que l'on relise la description de ce « je ne sais quoi de convexe, lisse et brillant » qui commence à sortir de derrière la chaire. Que l'on considère la « silhouette » au crâne luisant « qui se dresse », avec « sa longue barbe blanche », puis qui émerge « de la balustrade, jusqu'à la ceinture ». Que l'on tienne compte du regard « foudroyant » de l'apparition. Ici le frère Cristoforo est, en même temps, le crâne de la version de Zehentner et la statue du Commandeur qui se dresse sur sa sépulture ; de même que don Rodrigo, contaminé et condamné, est le « débauché puni » et l'« athée foudroyé » de toute la saga.

Dans cette saga, en définitive, nous pouvons reconnaître l'« autographe délavé et déchiré » dont Manzoni dit – avec l'air de plaisanter – qu'il y a pris « la série des faits » et qu'il en a « modifié le langage ». (J'ai voulu que ce soit, écrit-il, énigmatique, à son traducteur français, *à peu près comme un bal pour les pauvres*[1].)

Mais le Griso ? il nous reste encore à ajouter le Griso à cette série de masques de comédie, que nous avons vu remonter de Leporello & Cie à Machiavel (mal vu, on le sait, par Manzoni, et tout aussi mal vu par l'auteur anonyme de Zehentner et par le théâtre anglais de l'époque, où, sous le nom de Nick, c'est le diable en personne). Cependant, il faut exclure ici le fidèle Catalinòn de la version espagnole, et revenir à « l'œuvre royale et exemplaire » attribuée à Cicognini : où Passarino, lorsque son patron est « précipitée aux Enfers » s'exclame pour seule oraison funèbre : « *El mi salario l'è andà a ca' del Diavol !* Mon salaire s'en est allé dans la maison du Diable ! »

1. En français dans le texte.

Ce motif fut repris à Paris par le célèbre « Arlequin » Biancolelli et passa ainsi dans le *Dom Juan* de Molière, où le cri de Sganarelle fournit même le final de la comédie : « Mes gages ! Mes gages ! Mes gages ! ». Avec son « abominable Griso » qui vole son patron dès qu'il a été foudroyé, Manzoni (qui du reste n'avait aucune sympathie – comme on peut le lire dans une lettre célèbre – pour les masques de la commedia dell'arte) a simplement eu la main un peu lourde.

Le mystère du « lac majeur »

Pendant les derniers jours de l'année 1982, Vittorio Sereni, Piero Chiara et Dante Isella nous invitèrent à présenter à Luino le quatrième numéro de *La Rotonda,* l'almanach tendre et précieux dont ils étaient les promoteurs. Le discours que nous préparâmes pour l'occasion fut lu par Franco Lucentini et publié ensuite dans le cinquième numéro. Nous le republions, aujourd'hui que Chiara et Sereni ne sont plus, en souvenir d'une soirée heureuse sur leur lac.

Au mois d'octobre dernier, lorsqu'il s'agit de répondre par oui ou par non à l'invitation flatteuse qui nous amène ici aujourd'hui, notre pensée ou plutôt notre main se porta automatiquement sur les mille huit cents lettres de Manzoni, présentées par Cesare Arieti chez Mondadori. Lettre « 436 », pensâmes-nous en ouvrant le deuxième volume.

Oui, l'incipit de la « 436 » pourrait nous être utile : « Votre Altesse royale et impériale, le grand honneur que par excès de bienveillance... » Non, ça, c'était la « 435 ». La « 436 » dit : « Très estimés Messieurs, je suis vivement et sincèrement désolé de ne pouvoir vous offrir que des excuses. Assumer une telle responsabilité pour laquelle je n'ai aucun titre, serait, de ma part, une hardiesse inexcusable. »

Parfait. Une formule brève, efficace, et peu dispendieuse même si on l'envoie par télégramme, ou, selon les termes de Manzoni dans la « 1168 » à sa femme, par « dépêche électrique ». Pour plus d'égard, d'autre part, on aurait pu insister sur le caractère pénible du refus. « C'est pour moi un devoir très pénible, dit en effet la lettre “ 614 ”, de me priver de cet honneur que je sais ne pas mériter. » Ne pas le mériter, pourquoi donc ? Eh bien, dans notre cas, c'était vite vu : notre préparation et notre connaissance du sujet étaient insuffisantes. Et puis, il n'y avait même pas besoin de spécifier. Comme le dit la « 1165 » : « Et que puis-je dire de la tâche que vous voudriez, avec une indulgence si excessive, m'attribuer ? Je ne m'étendrai pas sur mes insuffisances. » Et après cela, la conclusion de la « 1159 » : « Permettez-moi de croire que cette exposition sincère de mon âme ne fera pas diminuer la bienveillance dont vous avez bien voulu m'assurer dans votre précieuse missive. »

Je suis, alors, obligé de confesser – et désormais d'ailleurs on l'aura compris – que nous consultons les lettres de Manzoni de façon sacrilège comme une sorte de manuel de correspondance commerciale, voire de secrétaire galant, pour décliner toute sorte d'offices. Manzoni est un spécialiste souverain de cette technique de refus. Aucune insistance, aucune flatterie ou menace ne parvient à le faire sortir de son trou. Il pratique la défense en lignes successives et, si on le déloge de l'une, il saute aussitôt dans une autre. Si l'incompétence ne marche pas, il oppose catégoriquement l'humilité et la retraite dans le privé, comme dans les lettres « 445 » ou « 1541 » : « Rester à l'écart de tout honneur qui puisse me tirer, en fait ou en apparence, de mon humble condition privée, voilà un des principes de toute ma vie. » Si l'humilité et la *privacy* ne suffisent pas, il reste toujours la santé, comme dans la « 513 » : « Messieurs, un système constant de vie retirée, que m'impose d'ailleurs ma santé, m'interdit de... » Ou plus spécifiquement dans la lettre « 1400 » : « Au témoignage de ma vive gratitude pour votre courtoise invitation, je dois malheureusement ajouter l'expression du regret que j'éprouve de ne pouvoir en profiter. Une toux qui dure depuis deux mois, et qui n'a encore pas tout fait cessé... » Un catalogue complet, en somme, une gamme d'excuses variées et accessibles à quiconque, excepté naturellement dans notre cas, celle de la « 532 », dans laquelle Manzoni finit bien par accepter une invitation, mais à une condition : « Une maladie de nerfs, ancienne et étrange, dit-il, m'interdit de sortir seul. Je vous demande donc la liberté de venir avec un compagnon. »

D'autre part, toujours dans notre cas, nous ne pouvions dire à Vittorio Sereni, à Piero Chiara ou à Dante Isella que depuis deux mois, nous étions victime d'une toux persistante alors que la veille, peut-être, ils nous avaient vu en parfaite santé dans les couloirs de Mondadori. Quant à notre humilité, à notre vie retirée, même les autres amis de la rédaction de *La Rotonda* y auraient sans doute trouvé quelque objection.

Non, après avoir lu avec attention l'Almanach de 1982 et les précédents, notre excuse fondamentale restait l'incompétence, admirablement formulée dans les lettres déjà citées et dans au moins une quarantaine d'autres. Quelle contribution, fût-elle infime, aurions-nous pu donner, nous qui ignorons tout de Luino, de ses alentours, et du Lac Majeur tout entier, dont nous ne savions même pas qu'il s'appelle « majeur » parce que – nous l'avons appris avec joie et étonnement par votre Almanach – il en existait un « mineur », aujourd'hui à sec ?

Aucun voyage, aucune promenade, aucune étude ou lecture qui nous permettent de glaner quelques petites curiosités, pour contribuer ainsi à la moisson recueillie chaque année pour votre *Rotonda* par d'éminents spécialistes de Luino ou de Verbania. Nous avions donc non seulement la liberté mais le devoir de refuser. Et nous allions le faire, à l'aide des citations appropriées dont j'ai parlé, lorsque nous nous sommes aperçus avec étonnement que nous donnions ainsi des bâtons pour nous faire battre. Lesa ! Combien de lettres de cette correspondance que – nous l'admettons – nous fréquentons avec assiduité au point de la ranger près de l'annuaire du téléphone, n'ont-elles pas été écrites à Lesa ? Et l'amitié avec Rosmini à Stresa ? Et les Strigelli ? Surtout les Strigelli ! Parce que si Lesa et Stresa sont de l'autre côté du lac, les Strigelli sont bel et bien de Luino. Or, cette famille, dont il est question dans au moins deux volumes de votre almanach, cette famille, fût-ce dans sa branche milanaise, ne la rencontre-t-on pas dans quelques-unes de nos lettres ? Bien sûr qu'on la rencontre, et justement dans la « 449 », que nous avions oubliée de citer mais qui est fondamentale en ce qui concerne l'incompétence.

La fille du jurisconsulte Antonio Strigelli – que *La Rotonda* connaît bien grâce à ses historiens Frigerio et Pisoni – et belle-fille du peintre Andrea Appiani, la comtesse Giuseppina Strigelli, veuve Appiani, qui tenait un salon artistico-littéraire très fréquenté, 36, rue Monforte, invita Manzoni à prononcer l'éloge funèbre de son père, mort en 1835. Manzoni, on l'imagine aisément, s'ingénia à renforcer, à multiplier ses mécanismes de défense, et le résultat fut cette immortelle lettre « 449 », qui est presque un bréviaire, un épitomé, un florilège parfait de toutes les autres. Or, étant donné notre rapport indirect mais continu avec la comtesse Strigelli, comment aurions-nous pu continuer à proclamer notre totale ignorance, notre parfaite extériorité aux histoires de Luino et du Lac Majeur ? Certes, nous pouvions penser que la lettre « 449 », sur le lac, était déjà archi-connue, comme d'ailleurs la « 576 » adressée à la comtesse Strigelli qui avait demandé conseil à Manzoni pour la vente à quelque musée des cartons des fresques, à la gloire de Napoléon, peints par Appiani au Palazzo Reale. Mais nous n'en avons trouvé aucune trace dans les pages, pourtant très documentées, de Frigerio et Pisoni.

Et alors, de quel droit aurions-nous pu nous dispenser d'apporter notre petite pierre à l'édifice de *La Rotonda* ? Vittorio Sereni, qui est capable de lire dans les pensées, nous aurait dit la première fois que nous nous serions rencontrés, sur un ton de reproche mélancolique et d'autant plus cuisant pour nous : « Vous saviez quelque chose sur la Strigelli, et vous l'avez gardé pour vous ! ». Oui, et pas seulement sur la Strigelli. Nous savions aussi que le maire d'Arona, le *dottor* Luigi Bottelli, en 1843, comme on peut le lire dans les lettres « 692 », « 693 » et « 695 », restitua à Manzoni les pages inédites sur la religieuse de Monza extraites de *Fermo et Lucia.* Et nous savions que vingt-quatre ans plus tard, après que sa femme Teresa Stampa fut morte, en 1861, qu'eut disparu son ami Bottelli, une invitation à Arona par la famille Bottelli fut l'occasion pour Manzoni de faire ses adieux définitifs et émouvants au lac. « Au moment d'exprimer ma reconnaissance pour votre généreuse invitation, écrit-il en effet depuis Milan dans la lettre " 1444 ", je dois, hélas, évoquer la douloureuse raison qui ne me permet pas d'en profiter. La mémoire, qui m'est précieuse, du Lac Majeur, est précisément ce qui m'en tient éloigné, parce qu'à chaque pas, à chaque instant, je ressentirais l'absence cruelle de la personne qui, plus que tout autre, me rendait ce séjour agréable. » C'était en 1867, Manzoni vivra encore six ans, mais c'est la dernière fois que le Lac Majeur apparaît dans la correspondance. Et, fait décisif, il apparaît avec des majuscules initiales. J'ai bien dit majuscules au pluriel : Lac majuscule, et Majeur majuscule ; et le fait est décisif, parce qu'ici nos deux routes, celle de Fruttero et la mienne, se séparent.

Lettre après lettre, de la « 449 » à la « 1444 », que je viens de citer, nous étions arrivés conjointement à la décision que nous ne pouvions pas nous soustraire à votre invitation, mais nous nous étions mis d'accord tous les deux pour adopter un ton plaisant et, comme il se doit, léger et affable. Moi, je devais faire un numéro sur la comtesse, et Fruttero, après le pathétique « adieu au lac » de la lettre « 1444 », devait apporter une note à la fois mondaine et conviviale. La lettre « 1444 » représentait donc pour lui le point d'arrivée ; je ne peux exclure que dans sa froideur calculatrice, il n'ait considéré, au moins un instant, la possibilité d'utiliser *in extremis,* de la façon habituelle, le mécanisme initial : « Au moment d'exprimer ma reconnaissance... je dois, hélas, évoquer la douloureuse raison... »

Mon œil à moi s'était posé sur le Lac Majeur – avec majuscules – de la lettre « 1444 » en question et l'avait automatiquement confronté avec celui de la lettre « 882 », un des autres modèles épistolaires que nous utilisons beaucoup. Un tel modèle sert à décliner, ou à tenter désespérément de décliner, une invitation qui cette fois-ci est loin d'être littéraire puisqu'il s'agit d'une requête auprès du bureau des impôts de Milan. Grâce à ce mémoire, Manzoni réussit à se soustraire à une très forte amende prescrite en 1849 parce qu'il avait émigré à Lesa, c'est-à-dire à l'étranger, à la suite des mouvements de 1848. Mais là n'est pas le problème. Dans la lettre « 882 », le lac majeur a ses deux initiales en minuscules, comme dans la « 1173 » adressée de Viareggio à sa femme, et également dans la « 1196 » de Brusuglio datée du 11 juillet 1857. Le 31 octobre de la même année, dans la lettre « 1214 », le lac apparaît pour la première fois avec les majuscules qu'il conservera toujours, jusqu'à la « 1444 », jusqu'à la fin.

Messieurs, chers amis et collaborateurs de *La Rotonda* : notre lac vit donc deux phases bien distinctes dans l'œuvre ou tout du moins dans la correspondance d'Alessandro Manzoni. Avec minuscules jusqu'au 11 juillet 1857, et avec majuscules du 31 octobre de la même année jusqu'à la fin. Pourquoi ? Vous comprendrez aisément que mon détachement, mon refus irresponsable de m'engager dans les études sur Verbania ait disparu face à cette question. Après de longues nuits de méditation et de recherche, que je devais cacher pendant la journée comme le petit copiste florentin [1], car Fruttero n'accepte pas, quand il arrive de bon matin chez moi pour travailler à notre dernier livre, de me trouver distrait ou ensommeillé, après de longues nuits de méditation et de recherche, disais-je, je crois être arrivé à une conclusion d'un intérêt qui est loin d'être médiocre pour les chercheurs s'intéressant au Verbano, et surtout pour ceux qui s'occupent de ses voies de communication.

Représentons-nous donc le Manzoni de la première

1. Du *Cuore* de De Amicis.

période, qui va, comme nous l'avons dit, du début des années 40, et donc de ses premières villégiatures sur les rives du Vergante, au 11 juillet 1857. Dans la confortable villa de sa femme à Lesa, dans la voiture que Rosmini lui envoie de Stresa, et qui l'amène à rappeler débonnairement, dans la lettre « 931 », le dicton de saint Filippo Neri *Tout est vanité, sauf la voiture,* Manzoni se familiarise à tel point avec le milieu et le paysage qu'il se sent bien vite citoyen à part entière du Lac Majeur, et qu'il en vient à traiter désormais avec une certaine condescendance le lac de Côme. « Pensez, écrit-il en effet de Lesa à sa fille Sophie et à son gendre Ludovico Trotti, *habitués* de Bellagio, pensez aux belles promenades que nous aurions pu faire autour de ce lac, dont la beauté est bien différente de celui dont vous êtes désormais les “ citoyens ”. » Nous y voilà. Comme je l'ai déjà admis avec honte, je ne savais pas le moins du monde que le lac « majeur » s'appelait ainsi par opposition à un lac « mineur » à sec ; je l'avais toujours ingénument imaginé majeur dans l'absolu et donc, pour ainsi dire, né avec déjà une majuscule. Mais ce sont justement des ingénuités de ce genre qui distinguent le visiteur occasionnel, le touriste de quatre sous, des véritables connaisseurs et amateurs de lieux amènes. Manzoni, lui, en véritable adepte, en véritable *aficionado,* devait avoir tellement à l'esprit le lien de dépendance entre « majeur » et « mineur » qu'il pensait et donc écrivait lac majeur avec des minuscules. Du reste, je ne doute point qu'en dehors de la correspondance de Manzoni on en puisse trouver d'autres exemples ; mais il est curieux d'observer que, même dans le mémoire au fisc austro-milanais cité, Manzoni ait continué, inébranlable, à utiliser les minuscules, comme s'il voulait revendiquer encore mieux sa citoyenneté lacustre face à l'étranger. La lettre « 1173 », du mois d'août 1856, nous offre un autre exemple de ce patriotisme adoptif. Manzoni est à Viareggio, chez sa fille Vittoria, mais il lui tarde de rentrer à Lesa ; et ayant appris que son ami Emilio Broglio a l'intention de quitter Belgirate pour venir lui aussi en Versilia, il lui écrit pour l'en dissuader : « Je voudrais presque me recommander à madame Broglio, dit-il, pour qu'elle te persuade qu'il n'y a nullement besoin de venir en Toscane, et qu'on est très bien sur le lac majeur. » Encore les minuscules. Parenthèse. Devant cette fidélité ferme et indivisible de Manzoni, je ressens le besoin de dénoncer l'ambiguïté d'un individu qui est ici parmi nous, et qui se fait passer pour un des promoteurs de notre *Rotonda :* je veux parler de Sereni. N'a-t-il pas eu le front, jadis, de nous proposer de collaborer à un autre almanach ? Et pas de Luino, mais de la Lunigiana, pas du Lac Majeur, mais de la Magra [1] ! Quand on pense que Manzoni dans la lettre « 1937 », où il mentionne ce fleuve insignifiant mais dangereux, n'hésite pas à écrire en toutes lettres : « Cette odieuse Magra ! » : « *Heu fratres,* dirais-je avec l'apôtre, *videtis, ne quis vos decipiat !* Prenez garde à ce que personne ne vous trompe ! » Fermons la parenthèse. Et nous voici maintenant le 11 juillet 1857. Manzoni est à Brusuglio, au milieu d'une infinité d'ennuis liés à son domaine qui est au bord de la faillite, et il n'espère qu'une chose : rejoindre sa femme dans la paix de Lesa ; déclinant une invitation de son ami Pestalozza, occupé lui aussi, mais à Arluno, par des expériences ratées de magnanerie, il écrit : « N'ai-je aucun espoir de vous revoir plutôt sur le lac majeur ? » C'est la dernière fois que le lac arbore ces minuscules familières.

1. En 1977, à l'invitation de Sereni, nous avions en effet republié dans l'almanach *Portus Lunae* quelques vers de notre recueil de poèmes *Le Plombier ne viendra pas.*

Eh bien, que se passe-t-il entre ce 11 juillet et le 31 octobre, quand, comme nous l'avons dit, le lac assumera une fois pour toutes les majuscules au caractère officiel et froid ? L'attention du chercheur est attirée par une deuxième lettre du 11 juillet, à sa femme, où Manzoni fait allusion à un autre douloureux problème que lui a causé son fils Enrico, dissipé et pas très honnête, et il se plaint : « Il me semble que cela met une goutte de poison dans mes vacances, qui semblaient devoir éliminer ou tout du moins diminuer toutes mes tristes pensées. » D'autre part, les vacances tant attendues, le lac tant attendu, s'éloignent dans les jours suivants : ennuis imprévus pour le passeport, nécessités de sollicitations, recommandations et démarches auprès de la préfecture, le tout avec une chaleur étouffante. Finalement, le 27 juillet, Manzoni est à Lesa. Grand soulagement, pourrait-on croire, d'autant plus que, vers la moitié du mois d'août, la nouvelle que le plus gros ennui est résolu lui parvient, les lettres de change d'Enrico ont été escomptées grâce à son autre fils Pier Luigi et les créanciers ne menacent plus de s'en prendre à lui. Même les cultures de Brusuglio paraissent aller un peu mieux. En somme, semblerait-il, le vieil écrivain pourra jouir en paix de son lac. Et c'est justement de son lac que lui arrive le coup de poignard : la « route de fer ». Selon des informations de Turin, il y a un projet de voie ferrée pour Domodossola, et la ligne ne passera même pas au-dessus de Lesa, mais devant, entre les villas et le lac.

Tout en concevant la vive contrariété de Manzoni, nous imaginons que sa patience et sa résignation chrétiennes l'auraient aidé dans cette circonstance aussi. Mais sa femme, dont le fils Stefano Stampa était propriétaire en titre de la villa, n'était ni patiente ni résignée. Et là, il n'y avait plus d'échappatoires possibles. L'homme qui s'était soustrait à tant d'offices, commissions et honneurs, dut s'atteler à la tâche de promouvoir la défense du lac, lancer une campagne de signatures parmi les propriétaires riverains, utiliser son amitié avec le maire d'Arona, courir chez la marquise Arconati Trotti pour y rencontrer une personne ferroviairement influente, se procurer un curieux « formulaire de pétition », et afficher un enthousiasme batailleur exprimé dans la lettre « 1213 » du 29 octobre, mais dont il est légitime de douter, au moins en partie, car il s'agit d'une lettre adressée à sa femme : « A propos de cette terrible route de fer, écrit-il de Cassalnovo, je n'ai encore aucune nouveauté à vous communiquer, mais soyez certaine que je me battrai avec tout le courage que l'on peut avoir sans armes, c'est-à-dire sans connaissances techniques. » Sa femme dut cependant lui téléphoner ou au moins lui envoyer une « dépêche électrique » pour lui dire qu'il se procure immédiatement ces connaissances techniques. Aussi, deux jours après, le malheureux est occupé à comparer « le niveau moyen du Lac Majeur » et celui du lac d'Orta, où, d'après sa femme, la ligne prévue pourrait être déviée. Et c'est justement la lettre du 31 octobre, où les majuscules apparaissent et s'affirment irréversiblement.

Désormais dans l'idylle entre Manzoni et le lac, même si par la suitc la voie ferrée passera derrière les habitations, le torchon brûle et la fumée de l'actualité et du fait divers, de la bureaucratie, et des « formulaires » à remplir s'est levée. L'enchantement est rompu *le cœur n'y est plus*[1]. Ou plutôt, le cœur y est encore, comme en témoigne le reste de sa correspondance. Mais les minuscules, elles, n'y sont plus.

1. En français dans le texte (NdT).

III

AUTRES ÉTUDES HUMANISTES

Michel Psellos, qui c'était celui-là ?

Parmi les rares livres que l'on conserve volontiers chez soi, et qui, bien rangés sur une étagère, suscitent encore d'agréables sentiments de possession, il faut inclure la collection des écrivains grecs et latins de la Fondation Lorenzo Valla (Mondadori). En dix ans, une trentaine de traductions avec le texte original en regard et un apparat critique mis à jour par les plus grands spécialistes italiens et étrangers d'aujourd'hui. Des dos sobrement gris avec une pointe de vert, des cartes et des illustrations si nécessaire, des prix plus que raisonnables, si l'on considère la *main-d'œuvre* que nécessitent ces *produits* de haute technologie culturelle, dignes sans aucun doute de figurer sur le siège arrière d'une BMW, d'une Lancia, abandonnés avec une négligence toute publicitaire entre un parapluie Burberry's et une mallette Gucci.

Mais les riches, et en particulier les nouveaux riches,

on le sait, ne sont pas encore arrivés à ces *musts.* Ils n'arrivent pas au-delà de la Scala, du Prix Strega, de l'Art Déco. Alors, qui sont les acheteurs de ces nobles volumes ?

La clientèle est potentiellement énorme, si l'on tient compte de tous les Italiens qui, d'une façon ou d'une autre, se gargarisent du mot « culture ». Enseignants, journalistes, responsables socioculturels, animateurs, opérateurs, bouffons et employés en tout genre, enrolés par l'État, les communes, les régions, et par d'innombrables organisations et instituts qui se réclament directement de la *culture.* Combien peuvent-ils bien être ? L'esprit recule au bord de l'abîme. Un million minimum. Un million et demi.

Tous des gens engagés avec frénésie dans la grande ascension culturelle en cours depuis des années dans notre pays : hommes et femmes voués à amener l'expressionnisme allemand dans le Cilento, le cinéma tibétain dans la basse vallée du Pô. Aucune enquête statistique ne s'est jamais occupée de vérifier combien de livres et lesquels se trouvent dans les bibliothèques privées de ces gens-là, mais il est aisé de déduire que les auteurs grecs et latins ne font pas partie de leurs intérêts pourtant fort éclectiques. Si seulement dix pour cent des *culturifères* nationaux les achetaient, tous les textes de la Fondation Valla seraient des *best-sellers,* de Platon à Grégoire de Tours, d'Héraclite à Pausanias. Au contraire, les responsables nous apprennent que les ventes sont bien plus basses ; qu'elles vont de six mille à quinze mille exemplaires, selon les titres. Et c'est déjà beaucoup, semble-t-il. On peut même dire que, globalement, le *marché* des classiques reprend après une longue période de paralysie.

Un érudit de nos amis sourit du sourire typique de

ceux qui manient avec familiarité le temps par tranches de millénaires. Mais les classiques, nous fait-il observer patiemment, n'ont jamais été *immobiles,* ils ont subi, tout au long de leur carrière, d'infinies métamorphoses.

Enfouis sous les ruines de l'Empire romain, ils ne furent, pendant des siècles, que de simples noms, qu'on se rappelait à peine. Les chrétiens les considérèrent longtemps comme de pernicieux diffuseurs de paganisme et de matérialisme, et en craignirent même la séduisante élégance stylistique. Leur exhumation, quand le pire du Moyen Age fut passé, suscita émerveillement et étonnement, un peu comme il adviendrait pour la découverte de squelettes d'extra-terrestres dans la cave. Ils devinrent alors des parangons, des modèles inégalables et humiliants pour les pauvres *modernes ;* admirés jusqu'au délire, imités jusqu'au ridicule, ils passèrent des cénacles des doctes aux universités, débordant peu à peu dans les collèges et les lycées, se transformant en sadiques tendeurs de pièges et de trappes pour des générations d'écoliers.

Ayant survécu non sans peine à la Seconde Guerre mondiale, ils semblèrent définitivement mis en marge par l'avènement de la consommation, des communications et de l'école de masse, par le triomphe de l'anglais et de l'informatique. Qu'avaient encore à nous dire ces lointains auteurs, ces pages archéologiques ? Seuls de rares professeurs caricaturaux et chenus, quelques prêtres et avocats de province s'obstinaient à les citer, souvent hors de propos, avec pour résultat de les rendre pire qu'antiques : *vieux.*

Mais ce n'était pas vrai, et notre ami, ravi, se frotte les mains : ces bustes poussiéreux et décrépits se raniment, les gens s'aperçoivent qu'on ne peut se passer des *maîtres,* que le latin et le grec sont des langues bien vivantes, que leur enseignement représente une base indispensable pour...

Nous ne le suivons pas dans sa ferveur de restauration. A notre avis, si les classiques sont revenus dans notre champ visuel, si Jugurtha a recommencé à galoper dans le désert numide, l'amour à déchirer le cœur de Catulle, Agrippine à traverser, imperturbable, le camp des mutins en tenant par la main son petit Caligula, les faméliques mercenaires de Xénophon à se jeter sur les gâteaux de miel et à mourir d'indigestion, les raisons sont tout autres.

Lorsque des événements se succèdent ainsi, ce n'est pas tant que l'on *revient en arrière,* mais plutôt que l'on se rend compte, à un certain moment, qu'on n'a jamais *avancé.* Et de cette idée d'avancée, notre culture, surtout ces dernières années, s'en était fait rien de moins qu'une religion : dépassements excitants, accélérations plaisantes, amples autoroutes marxistes, technologiques, scientifiques, progressistes, libératrices, qui découpaient rationnellement l'Histoire de péage en péage. Là-bas, à l'horizon, les décombres confus, les ruines statiques du passé se profilaient ; mais, lancés à toute vitesse, nous les voyions à peine, l'œil fixé sur les signaux alléchants. Égalité : quatre-vingt-sept kilomètres, Bien-être : vingt-deux kilomètres, Travaux sur la voie du Bonheur, Paradis Terrestre : sortie Nord.

Des bretelles imprévues (mais prévisibles) nous ont enfin ramenés dans le vieux et immense marais de toujours, où l'on ne peut plus compter sur les flèches, indications, panneaux précis et stations-service réconfortantes. Un virage, et nous sommes dans le silence de la Thébaïde. Un pont, et nous nous retrouvons parmi les tumulus de Carthage.

Tout confine avec tout, dans ce magique *aleph* de civilisations, peuples, ancêtres célèbres ; et voilà la nouvelle métamorphose des classiques, qui, soudain, nous paraissent fascinants, non parce qu'ils sont loin, mais parce qu'ils sont très proches, voire fraternels. Ce qui nous lie à ces histoires du passé, c'est le sentiment (aujourd'hui dit néo-romantique, mais que le simple bon sens n'avait jamais cessé de cultiver) que notre civilisation, aussi, est caduque, mortelle ; c'est l'idée qu'un jour, à cause des choix nucléaires, des incuries écologiques, des excès natalistes, nous aussi, nous serons la proie des orties et des scorpions bibliques, non sans une certaine grandeur, après tout.

D'ailleurs, il y a presque une curiosité anticipée, un avant-goût de science-fiction, à feuilleter ces témoignages vieux de mille ou deux mille ans. L'Empire byzantin des deux derniers volumes publiés par la Fondation Valla nous semblera alors plus sensationnel que n'importe quel empire des étoiles. L'auteur, Michel Psellos, qui vécut de 1018 à 1081, fut philosophe, érudit, orateur, homme de cour et de pouvoir. Mais il fut surtout un auteur au talent extraordinaire, un chroniqueur admirable des intrigues de palais, batailles sur terre et sur mer, cérémonies fastueuses, invasions funestes, épidémies, émeutes, sièges, attentats, amours abjectes ou délirantes.

Il servit plus de vingt ans sous une douzaine d'empereurs, et vu le charmant milieu qu'il décrit *à chaud,* on ne peut qu'admirer sa capacité à sauver sa peau et ses yeux dans les circonstances les plus risquées. Nous le voyons se faufiler, ambitieux, astucieux, intelligent, lucide, cynique, snob, dans les coulisses du trône, auprès des lits des souverains et souveraines en chaleur ou à l'agonie, dans les tentes des généraux putchistes, parmi la foule tumultueuse de l'hippodrome, au milieu des flèches d'ennemis, barbares ou du cru, toujours nouveaux.

Le supplice de l'aveuglement et l'exil sont la conséquence normale de la défaite politique (Psellos nous le montre dans des séquences d'un réalisme atroce) mais, lui, il réussit toujours à flairer le vent un peu avant les autres et à disparaître de la circulation, à changer de protecteur, à s'enfermer dans un couvent, et à revenir, encore plus indispensable qu'avant, devant le nouveau roi.

Ministre, conseiller, éminence grise, stratège, ambassadeur, précepteur des jeunes princes, il est toujours en première ligne pour rendre compte des folies byzantines : impératrices démentes et prodigues, eunuques puissants et exécrés, un clochard bredouillant devenant, pour cette raison même, favori d'un monarque, un autre monarque assassiné dans son bain, temples, palais et merveilleux jardins élevés en quelques jours par caprice et capricieusement démolis, tandis que sur tout cela flotte la sensation d'un appauvrissement continu du grand et orgueilleux empire, l'ombre d'une fragilité névrotique et fatale.

On peut éprouver un certain soulagement en constatant que Byzance, ensuite, dura encore quelques siècles. On peut s'étonner que ce chef d'œuvre n'ait jamais été traduit en italien. On peut soupçonner qu'il existe aujourd'hui seulement un public, aussi vaste que possible, pour Michel Psellos, notre contemporain de toute évidence.

Brekekekex, koax, koax !

Nous sommes à Londres en 1895. Le jeune Algernon bavarde avec son ami Ernest – dans la célèbre comédie d'Oscar Wilde – quand on entend sonner énergiquement à la porte. « Ah, dit Algernon, ce doit être tante Augusta. Seuls les parents et les créanciers sonnent de cette façon wagnérienne ! »

Nous sommes à présent à Athènes en 405 avant Jésus-Christ, voilà 2390 ans, Hercule – dans *Les Grenouilles* d'Aristophane – est pour une fois bien tranquille chez lui quand il entend frapper avec violence. « Qui peut bien taper et cogner de cette façon centauresque ? », se demande-t-il.

La situation est la même, comme on peut le voir, et les deux répliques se ressemblent curieusement. Mais seule la première conserve pleinement son effet comique. L'autre, à des siècles de distance, nous met plutôt devant une énigme, une de ces véritables devinettes qui fourmillent pour nous, lecteurs d'aujourd'hui, dans chaque comédie, chaque page, et dans presque chaque ligne d'Aristophane.

On frappe avec violence, d'accord. En l'absence d'indications scéniques, qui n'existent pas dans le théâtre antique, le tapage est déjà implicite dans les deux verbes utilisés pour « frapper ». Mais pourquoi « de cette façon centauresque » (en grec *kentaurikôs*) ? A quoi peut bien faire allusion l'adverbe singulier créé par Aristophane pour l'occasion ? L'explication d'un lexicographe byzantin du IXe siècle, selon lequel *kentaurikôs* serait le synonyme de « à la manière d'un rustre », correspond à la grossièreté primitive des centaures mais, en réalité, n'explique rien. Les chercheurs italiens modernes ont donc fini par estimer que le visiteur n'était pas vraiment en train, à proprement parler, de « frapper » mais qu'il donnait de grands coups de pied dans la porte.

« Qui que ce soit, il rue comme un centaure ! », traduit Romagnoli en 1909. Plus tard, Marzullo l'imite (« Même un centaure ne lance pas de telles ruades »). Et, récemment, Dario Del Corno l'imite encore (« Quelles manières de centaure ! Comme il rue ! ») dans la traduction avec texte original en regard, longue introduction, et commentaire fourni, qui inaugure avec *Les Grenouilles* la publication des œuvres complètes d'Aristophane, pour la Fondation Lorenzo Valla.

Toutefois, attentif qu'il est – dans sa traduction presque toujours littérale, comme dans son commentaire – à saisir les « innombrables nuances et points obscurs » du texte, Del Corno se rend compte que l'interprétation « coup de pied » est peu satisfaisante, et tout à fait discutable, et il en ajoute une autre qui implique que nous ne nous mettions plus du côté d'Hercule, qui est derrière la porte et ne voit pas très bien le visiteur, mais du côté du spectateur, qui, lui, le voit très bien.

Le visiteur est Bacchus (ou Dionysos, si l'on veut), le dieu du Vin et du Théâtre, qui, avec un serviteur monté sur un âne et chargé de bagages vient chez Hercule (ou

Héraclès, si l'on préfère) pour lui demander le chemin de l'Enfer. Hercule, en effet, y est déjà allé pour un de ses travaux, tandis que Bacchus, lui, n'y est jamais allé. Il veut s'y rendre maintenant pour reprendre Euripide et le ramener à Athènes, où le vieux Sophocle est mort et où il n'y a donc plus personne pour porter le flambeau de la tragédie.

Mais Bacchus n'a rien d'herculéen, ni physiquement ni moralement. En tant que dieu du Théâtre, et cuites mises à part, c'est plutôt un intellectuel sophistiqué, fanfaron et tremblant (Aristophane, on le sait, n'était pas tendre envers les intellectuels). Il n'oserait donc jamais mettre les pieds en Enfer, et ne se hasarderait pas à affronter le passeur Charon, et encore moins Eacus, le terrible portier du lieu, si Hercule (son demi-frère) ne s'était déjà imposé à ces énergumènes. Non seulement il vient chez Hercule pour lui demander le chemin mais il s'est aussi déguisé grotesquement en Hercule, avec, comme il se doit, une massue et une peau de lion sur les épaules. Son serviteur le suit sur un âne, comme nous l'avons dit.

C'est dans ce contexte qu'Hercule entendrait « ruer comme un centaure », derrière la porte, et ici le traducteur ajoute en note : « Dans cette allusion à ces êtres mythiques, moitié homme et moitié cheval, on pourrait être tenté de voir un jeu ultérieur, quoique inconscient de la part d'Héraclès, sur le couple formé par le serviteur et l'âne. »

Bof ? Avec Aristophane tout est possible. Sauf que ce faux Hercule qui « rue » est inutile, nous ne voyons pas à quoi il servirait. En revanche, nous voyons – par une heureuse coïncidence – un vase grec trouvé en Campanie et reproduit par M. Bieber en 1920, sur lequel la scène est rendue avec une telle évidence que l'énigme est aussitôt résolue. Et peu importe que la scène ait été tirée des *Grenouilles* ou d'une farce italiote sur un sujet analogue, comme c'est probable vu le lieu de la découverte. Il y a la porte. Il y a « Hercule » qui frappe. Et il y a, derrière lui, son serviteur sur l'âne. Mais « Hercule », avec sa peau de lion qui flotte sur ses épaules n'est pas du tout en train de ruer. Il frappe *à grands coups de massue,* comme du reste il était logique qu'il le fasse vu son déguisement et son attitude de fanfaron.

Au vrai, l'arme des centaures n'était pas précisément la massue, mais quelque chose qui lui ressemblait beaucoup : une branche d'arbre noueuse (si ce n'est un tronc entier, tel celui qu'Hésiode n'hésite pas à introduire dans *Le Bouclier d'Hercule*), ou un rudimentaire, un paléolithique maillet de pierre. Voilà ce que montrent les trouvailles archéologiques et ce que montraient déjà au public d'Aristophane, à peu de distance du théâtre, les centauromachies du Théséion et du Parthénon.

Mais cela ne suffit pas. Au cours de ses traditionnels combats avec les centaures, Hercule (comme le note minutieusement Apollodore) avait expérimenté sur son propre crâne la puissance de leurs coups. Aussi, lorsqu'il entend frapper et taper à la porte de cette façon, leur souvenir s'impose de lui-même. Comment pourrait-il penser que derrière la porte il y a un autre Hercule avec une autre massue ? C'est le *quiproquo* théâtral typique, analysé par Bergson dans son essai sur le *Rire,* dans lequel l'effet comique naît « de l'interférence et de l'opposition de deux séries » : ce que l'acteur imagine, et ce que le public voit.

Ce petit « mystère » une fois résolu, en espérant (en

tant que traducteurs invétérés, et non en tant qu'hellénistes, bien entendu) avoir restitué son sens à la réplique, nous nous excusons auprès de Del Corno d'être allé justement chercher dans son travail soigné et fort érudit, le détail qui nous a paru le moins réussi. Nous l'avons fait surtout par émulation – ou par envie– devant les mille autres énigmes que Del Corno résoud seul ou dont il cite les solutions les plus plausibles, dans ses cent pages, très denses, de notes. Mais aussi pour indiquer le genre d'exercice que ces *Grenouilles* demandent, si nous voulons vraiment les entendre coasser.

Disons donc que nous ne devrons pas lire mais plutôt déchiffrer cette bonne trentaine de pages, jusqu'au moment où le soi-disant Hercule monte sur la barque à Charon : en étudiant ligne après ligne, la traduction littérale à l'aide des notes, en jetant de temps à autre un coup d'œil au grec, si on en possède quelques rudiments ; ou, sinon, en faisant en sorte d'en apprendre au moins l'alphabet.

Cette dernière suggestion n'est pas un paradoxe. Nous devons une traduction des *Grenouilles* qui offre de nombreuses solutions géniales (bien qu'aucun helléniste ne la cite ou ne se la rappelle), à un philo-batracien débutant. Ce dernier, parvenu à un âge avancé sans connaître un seul mot de grec, mais attiré par Aristophane, se mit à le travailler « peu à peu dans les traductions littérales que l'on dispose d'ordinaire en colonnes, en regard du texte original ».

Pour cette étude il se munit – comme on peut le lire dans la *Vie de Vittorio Alfieri d'Asti écrite par lui-même,* car c'est de lui qu'il s'agit – « d'un simple alphabet grec, majuscule et minuscule, écrit sur une feuille volante, avec la seule idée de jeter de temps à autre un coup d'œil sur la colonne du grec, pour voir si je réussissais à reconnaître le son de quelque mot... Et je regardais vraiment de temps en temps ces caractères disposés en colonne, de l'œil torve et frémissant du renard de la fable qui regarde les raisins interdits et en vain désirés... »

Bref, la version des *Grenouilles* par Alfieri vient un an après, en 1797. Mais, encore plus bref :

βρεκεκεκεξ κοαξ κοαξ

Page 32 dans la « colonne » du grec, page 33 dans celle de la traduction, commence en effet le chœur hilarant, étonnant, miraculeux des grenouilles qui donne son nom à la comédie et qui accompagne la traversée en barque du marais. Et ici nous n'avons plus besoin de feuilles volantes, nous ne devons plus regarder le grec d'un « œil torve et frémissant » : ces heureux *brekekekex,* ces joyeux *koax,* sont des mots de grenouilles classiques et nous pouvons les lire dans le texte original ; ce qui n'est pas si mal quand le texte est d'Aristophane, le plus grand génie comique et l'un des plus grands poètes de l'humanité.

Cocktail avec la maman de Brutus

Nous étions en train de fouiller dans les archives de Mondadori – dont la « Fondation Arnoldo et Alberto Mondadori » a encouragé, à bon droit, la reconstitution – pour en parler à la presse, l'autre jour à Milan. Et, en passant d'une lettre à l'autre, de noms d'écrivains célèbres à d'autres aujourd'hui oubliés, nous commençâmes à éprouver une sensation, singulière et insistante, de déjà vu ou de déjà lu, et, en quelque sorte, de déjà vécu.

Il n'était évidemment pas étrange, pour nous qui avons travaillé pendant des années dans des maisons d'édition, que de tels documents éveillent des souvenirs et des associations d'idées à n'en plus finir. La lettre de l'auteur qui sollicite un jugement, ou celle de l'éditeur qui refuse le manuscrit ou en propose une révision, les discussions sur le choix de la collection ou le service de presse, la publicité ou les autres procédés promotionnels, appartiennent à une littérature archétypale qui se perd dans la nuit des temps.

Mais cette sensation de *déjà vu,* bien qu'elle semblât remonter à un temps lointain, paraissait aussi liée aux aspects les plus modernes de l'activité de l'édition, dont les archives nous fournissaient un témoignage des premières années du siècle. La variété croissante des collections et l'augmentation des tirages, l'importance du chiffre d'affaires, les entreprises d'imprimerie et la foule de leurs employés, la transformation, somme toute, de l'édition en industrie : c'était surtout cela qui sollicitait notre mémoire, mais sans rapport avec les précurseurs directs de Mondadori, c'est-à-dire les grands éditeurs français, anglais et allemands du XIXe siècle, dont nous n'avions, d'ailleurs, jamais feuilleté la correspondance. Notre souvenir, mystérieusement, était plus ancien.

Soudain, l'impression se précisa, ou sembla se préciser. Nos fouilles mnémoniques avaient heurté une vieille reliure en parchemin, que nous reconnûmes comme étant celle des *Colloquia familiaria* d'Erasme de Rotterdam, un best-seller, oublié aujourd'hui, à tort, mais qui eut, en une quinzaine d'années, à partir de 1518, plus de cent rééditions ou nouvelles éditions, et se vendit à des centaines de milliers d'exemplaires.

Ah, voilà, pensâmes-nous, en nous rappelant comment Erasme avait composé cette sorte d'astucieux manuel Berlitz, presque par hasard à Paris, où, pour vivre, il donnait des répétitions de latin ; et, comment, ensuite, par l'intermédiaire de Lambert Hollon, sorte de perspicace agent littéraire de l'époque, le livre était arrivé sur la table de l'éditeur Froben de Bâle, l'entreprenant Frobenius, qui en assura l'immense succès bien qu'Erasme ait été, quant à lui, opposé, au début, à sa publication.

Mais Froben, même avec ses best-sellers et son imprimerie réputée, ses relations avec les plus grands auteurs du temps, et un directeur comme l'humaniste Rhenanus, pouvait peut-être être comparé à Aldo et Paolo Manuzio, mais pas, en définitive, au fondateur de Mondadori. Il manquait la foule des employés, il manquait la dimension industrielle, il manquait surtout le génie d'Arnoldo, non seulement pour étendre les bases du marché, mais encore pour, du néant ou presque, en faire surgir de nouvelles.

Pourtant, nous sentions que la piste Froben n'était pas complètement erronée, nous avions l'impression qu'il devait y avoir un moment, un lieu où, grâce à une personne en particulier, l'édition industrielle et la culture, le marketing et l'humanisme avaient déjà vécu côte à côte. Sur cette trace, les *Colloquia familiaria* d'Erasme nous ramenaient aux *Familiares* de Pétrarque, qui, à son tour, avait retrouvé les *Familiari* de Cicéron qui, d'ailleurs, non dans les *Familiari,* mais... Ah, enfin, nous avions vraiment trouvé. Et il n'est pas étrange que nous ayons mis si longtemps, puisque le souvenir était vieux de deux mille ans.

De Milan, via Bâle, il nous faut donc nous déplacer, dans une villa de Rome à côté du Quirinal, aux alentours de l'an 700 *ab Urbe condita,* c'est-à-dire vers la moitié du Ier siècle avant Jésus-Christ.

La villa en question, située dans un grand parc avec de nombreuses dépendances, nous est décrite comme confortable, spacieuse, mais non luxueuse par Cornélius Népos, à qui nous devons aussi l'information, au premier abord fort étrange, selon laquelle la *familia* de la villa, c'est-à-dire la domesticité, les serviteurs, avaient « une présence qui loin d'être belle était plutôt *vix mediocri,* à peine médiocre ». La chose s'explique, comme nous le verrons dans un moment, par le fait que ces domestiques étaient tous des intellectuels.

Mais auparavant visitons le parc et les dépendances, en commençant par les magasins. Ici, nous trouvons maintes rangées d'étagères bourrées de livres à l'encre encore fraîche, sous la forme traditionnelle de *volumina,* c'est-à-dire de rouleaux, ou de *codices* et *libelli,* à savoir de feuilles juxtaposées et reliées comme maintenant. Parmi les *codices* en parchemin ou en papyrus, ressortent bien sûr les ouvrages juridiques, tandis que, parmi les *libelli,* nous remarquons celui de Catulle, qui a atteint les trois mille exemplaires et les autres petits recueils de la collection « Nouveaux poètes », ainsi que les dernières *oratiunculae* de Cicéron et autres opuscules et nouveautés en tout genre. Sous forme de *volumen* ou rouleau, nous trouvons, en revanche, les collections romanesques et théâtrales, historiques et biographiques, philologiques ou philosophiques ; ces dernières contiennent, outre les éditions originales en grec, les plus nombreuses, les œuvres philosophiques très demandées de Cicéron et celles du grand érudit Varron.

A côté des magasins, nous trouvons le laboratoire de reliure, où une foule de *glutinatores* s'applique à coller et à enrouler les papyrus, à relier les parchemins des *codices.*

Et voici les ateliers d'imprimerie, deux vastes hangars : l'un avec de nombreux bureaux en *open space,* l'autre, au contraire, divisé en pièces avec de longues tables, où travaillent respectivement les *librarii* et les *amanuenses.* La différence réside dans le fait que les *librarii* ou copistes, copiaient directement l'original, chacun à son pupitre, tandis que les *amanuenses* fournissaient une multitude de copies simultanées en écrivant sous la dictée d'un lecteur, ou *anagnosta.* Enfin, il y avait les superviseurs qui passaient de bureau en bureau ou d'*anagnosta* en *anagnosta* pour résoudre les difficultés de déchiffrement, et il y avait les réviseurs d'épreuves qui contrôlaient le texte copié, reportaient ou dictaient les corrections sur tous les exemplaires.

Mais il est temps de passer dans l'aile de la villa qui abrite la rédaction, où nous accueille Cornélius Népos en personne, l'auteur de ces *Vies des grands capitaines,* qui nous ont tant ennuyé à l'école et qui, au vrai, nous ennuient encore aujourd'hui. Ici, dans la maison d'édition, Népos s'occupe, bien sûr, des collections historiques, mais également de celle de poésie, vu qu'il est l'ami et le compatriote du véronais Catulle qui, justement, lui a dédicacé son livre. Il est aussi un peu le *factotum,* le bras droit de l'éditeur, dont il nous a laissé une *Vie* bien plus lisible que les autres.

Et c'est lui, en attendant de nous présenter à l'éditeur qui est au téléphone avec Cicéron depuis une heure, qui nous fait faire le tour de la villa, et nous explique le pourquoi du peu de présence physique qui caractérise ici tout le personnel, du majordome au dernier des laquais et aux huissiers, des chauffeurs – ou plus exactement des *lecticarii,* porteurs – aux gardiens et aux plus humbles valets de pied, ou commissaires.

« Voyez-vous, nous explique-t-il en montrant du doigt ces singuliers domestiques que nous imaginons sans mal avec de grosses lunettes et une petite barbe, voyez-vous : ce sont tous des *pueri litteratissimi* (comme on peut le lire textuellement dans la *Vie* dont nous parlions) ; de cette façon, quand la rédaction ou la typographie ont du travail urgent et que nous sommes à court de personnel, le majordome se transforme en *glutinator,* le chauffeur ou les huissiers en réviseurs d'épreuves, et les commissionnaires en copistes, *amanuenses,* ou même en responsable des relations publiques. »

« Mais, ajoute-t-il avec une légère grimace, comme s'il pressentait, comme conséquence de telles pratiques, quelque ennui syndical futur, mais savez-vous que souvent, c'est moi qui doit faire les rabats et les quatrièmes de couvertures et même les textes publicitaires ? » Et il nous montre une annonce qu'il a dû écrire aujourd'hui même pour les vendeurs et les libraires, en vue de la sortie imminente d'un recueil de lettres de Cicéron. « Ces lettres, dit l'annonce que l'on peut lire dans la *Vie* déjà citée, ces lettres forment un véritable livre d'histoire qui, non seulement ne laisse dans l'ombre aucune chose du passé, mais dont la perspicacité extraordinaire nous éclaire prophétiquement sur le futur. »

Mais voilà que survient l'éditeur qui a enfin terminé sa conversation avec Cicéron ; il dit à Népos que l'annonce ne sert plus à rien car l'auteur n'est pas d'accord sur le choix des lettres. Épisode typique d'une maison d'édition, dont il y a mille exemples dans les archives de Segrate et qui se retrouve tel quel dans la correspondance de Cicéron, qui finit par être publiée après sa mort. Ici, d'autre part, puisque nous parlons du premier éditeur des œuvres complètes de Cicéron dans le texte original latin, il convient de rappeler aussi le dernier ; qui n'est pas Arnoldo, mais plutôt *Arnoldus* Mondadori, comme indique le copyright de ces clairs et élégants *libelli : « Omnia sibi vindicat jura Arnoldus Mondadori, editio prima, mense octobri, anno* MCMLXXIX. »

Désormais, il ne nous reste qu'à présenter l'éditeur dont nous avons parlé jusqu'à présent sans le nommer, qui n'est autre que Titus Pomponius Atticus, le beau-frère, ami et correspondant assidu de Cicéron, immortalisé dans les seize livres de lettres que Cicéron, justement, lui envoya.

Il ne nous reste plus qu'à expliquer comment ce riche ex-banquier, par ailleurs bibliophile et collectionneur d'art passionné, qui entretenait, malgré les temps calamiteux, de très bonnes relations publiques avec tous les grands personnages de l'époque, de Sylla à César, à Caton et au jeune Brutus, il ne nous reste plus qu'à expliquer, disions-nous, comment, à son retour de Grèce (où il passa plus de vingt ans, ce qui lui valu justement son surnom), Atticus trouva sa véritable vocation dans l'édition qui, alors, n'existait pas à Rome, mis à part quelques ateliers de copistes de textes juridiques et de manuels scolaires, et créa, en partant de zéro, l'entreprise que nous avons vue.

Mais, maintenant, il nous faut abréger, en renvoyant, pour les sources anciennes, à la *Vie* et aux *Lettres* déjà citées ; et pour les sources modernes, surtout à l'œuvre *Cicéron et ses amis* du grand Gaston Bossier, où un long chapitre est consacré à Atticus et, du même auteur, à un article hélas difficile à trouver, dans la *Revue archéologique,* nouvelle série, septième fascicule, de 1863. Mais nous devons citer également, bien qu'à regret, les *Secrets de la correspondance de Cicéron* de l'odieux Jérome Carcopino, l'ennemi juré de Cicéron qui, dans son dépit factieux contre ce grand auteur dépasse non seulement Mommsen, ce grand échalas dyspepsique, mais aussi le malfaisant Drumann et son acolyte Groebe.

Nous nous limitons donc à glaner dans les lettres *ad Atticum,* certains passages strictement liés à l'édition. Il y en a un, par exemple, où l'auteur, très satisfait, écrit à l'éditeur : *« Ligarianam praeclare vendidisti !* Tu as très bien vendu mon *Pro Ligario ! »* et lui garantit *ipso facto* l'exclusivité de toutes ses œuvres. Il y en a un autre, en revanche, où il s'indigne parce qu'Atticus a publié le *De finibus* sans attendre son approbation. Il y a un billet où il recommande certaines corrections pour les épreuves, et une lettre où il en demande tant et tant que l'éditeur est contraint à tout refuser en bloc. A propos d'un autre volume, il y a le télégramme (ou pli urgent, si on veut) suivant adressé au service de presse : « Rappelez-vous d'envoyer aussi un exemplaire à Lucceius ! »

Il y a ensuite un passage d'une beauté ineffable où, comme Atticus faisait des espèces de cocktails au cours desquels on lisait des extraits des nouveautés qui allaient sortir, mais où, semble-t-il, on mangeait assez mal, Cicéron lui écrit : « Je t'en prie, soigne-les comme il faut côté nourriture ; il ne faudrait pas qu'ils s'en prennent à mon livre à cause du buffet ! »

A ces cocktails, venaient de grandes dames de l'intelligentsia, telles Porcia, fille de Caton et Servilia, la maman de Brutus. Bien sûr, il y avait toujours Cornélius Népos, bien que tous s'accordent à le trouver mortellement ennuyeux, et Varron aussi était de la partie. Nous conclurons, à propos de Varron, en rappelant que Cicéron l'estimait beaucoup comme érudit, mais qu'il ne put se retenir, en écrivant à Atticus, de lui lancer une pique, qui introduit à merveille l'histoire des cocktails, repas et autres réceptions des maisons d'édition : « C'est un savant de très grande valeur, d'accord. Mais, quand il se lève pour partir, il n'y a aucun risque que je déchire sa manche pour le retenir. »

IV

LA DEMI-HEURE DE RELIGION

Théologie fantastique

Nous sommes, par hypothèse, assis à la terrasse d'un café, par exemple, place San Carlo, à Turin, et nous regardons une petite araignée qui, pendue à son fil, tisse sa toile entre les branches d'un arbuste en pot.

Supposons maintenant que, de la table voisine, quelqu'un nous salue poliment et qu'au lieu de nous demander, comme il arrive souvent, comment nous faisons pour écrire à deux, il nous informe que cette araignée est Dieu. Que répondrions-nous ? Devrions-nous forcément croire qu'il s'agit d'un demeuré, d'un fou ?

D'abord, il n'est pas dit qu'il le soit à d'autres égards. Et puis, c'est sans la moindre exaltation et en toute sérénité qu'il nous explique comment – habitant à la campagne et contemplant souvent le ciel étoilé – il eut une nuit la révélation de cette vérité simple et fulgurante : « Le monde est la toile infinie tissée avec une patience infinie par un Arachnide primordial et existant *ab aeterno.* »

Cet Arachnide d'ailleurs – ajoute-t-il –, tout en conservant son invisibilité et sa transcendance de créateur de l'univers, se manifeste souvent sous l'aspect d'une de ses plus humbles et connues créatures : la *tegenaria domestica.*

– Et ce serait, demandons-nous, cette petite araignée-là ?

– Tout à fait, dit notre informateur en se levant et en prenant congé, d'une légère inclination de la tête, aussi bien de nous que de la tégénaire.

Nous restons et regardons longuement, avec perplexité le petit animal qui continue son travail avec ardeur. Comment croire à ce qu'a dit l'inconnu ?

Mais aussi : pourquoi ne pas y croire ?

Le dilemme concerne les vérités de n'importe quelle religion, révélées ou non, et nous ne nous permettrions pas de les liquider avec la belle assurance des athées militants, des « libres penseurs ». Ces derniers, selon Valéry, s'y entendent « autant que les critiques ordinaires s'y entendent en littérature ».

Par ailleurs, on ne peut pas croire à tout. On peut en revanche, avec bon sens et équanimité, ne rien exclure : de l'éventuel Dieu-Arachnide de la place San Carlo à tous les trente mille dieux, sans exception, vénérés, dans l'antique Latium, d'après les calculs de l'érudit Varron. Mais nous n'affirmerions pas qu'une telle disponibilité porte bien loin sur le chemin de la foi.

De nombreux croyants ou « tentés de croire » (pour reprendre le titre d'une enquête de E. Ferri publiée chez l'éditeur Rizzoli, et suivie récemment par une autre enquête de V. Messori, pour la SEI) estiment, au contraire, que oui. « La conscience du mystère qui nous entoure ; dit l'un deux, est déjà présence en nous de la Divinité. » « C'est par religion que je ne crois en aucun Dieu en particulier », affirme un autre.

Ce théisme vague et empreint de gravité ne nous attire guère. Il nous semble même la forme de religiosité la plus triste que l'on puisse imaginer. De toute façon, elle n'a rien à voir avec notre attitude envers la tégénaire qui, lorsque nous nous levons pour partir, a déjà commencé, entre les premiers fils, à tricoter serré. Admettons que ce soit elle, ou son ancêtre transcendant, le tisseur occulte de l'univers. Admettons que ce soit la clé du mystère qui nous entoure. Mais de là à éprouver une vénération religieuse pour la clé, il s'en faut.

A deux pas du café, devant l'église de Santa Caterina, un *poster* où il est dit que « La raison conduit à Dieu comme à la source suprême de l'Être » nous le confirme indirectement.

En effet, mis à part que la raison, du moins la nôtre, ne nous conduit à rien de semblable, mis à part que, tout au plus, c'est justement notre confiance limitée dans les explications rationnelles du monde qui ne nous en fait exclure aucune autre, pour quelle raison, rationnelle ou irrationnelle, devrions-nous donc éprouver pour la source de l'Être, un amour, une dévotion, une vénération spéciale ?

C'est ici que commence la religiosité ou l'irréligiosité de chacun. L'agnosticisme ou son contraire n'ont rien à y voir. Aristote admettait que le monde physique, tout en existant depuis toujours par lui-même, avait eu besoin d'un Dieu qui le mette en branle, et en avait encore besoin pour tourner ; mais il n'éprouvait pour ce Dieu-tourne-broche (comme on l'a nommé), aucun sentiment religieux. Leibnitz, qui professait en paroles sa dévotion pour un créateur réduit à un pur principe logico-mathématique, fut soupçonné, non sans quelque vraisemblance, d'être en réalité *Glaub'nichts* (croyant-en-rien). Et ne parlons même pas de Schopenhauer, qui voyait dans le monde le fruit d'une Volonté immémoriale, aveugle et irresponsable.

Pour ce qui nous concerne personnellement, nous pensons que même si notre raison nous conduisait à Dieu « source de l'Être », notre émotion et notre respect, notre révérence seraient plutôt de nature géographique, touristique presque, quoique d'un tourisme élevé. Un peu comme si nous visitions les sources du Clitumne, célébrées par les poètes ou si nous arrivions à celles, si longtemps inconnues, mystérieuses, du Nil Blanc.

L'autre mystère, vivement débattu dans les enquêtes citées, est celui de la mort. Et dans ce cas-là également, si les opinions des croyants péchent visiblement par *wishful thinking* (« Je crois parce que j'espère »), celles de leurs adversaires « laïques » (« Quand tu es mort, tu es mort ») apparaissent plus arrogantes que méditées. Car, en somme, qu'en savent-il ? Eux, personnellement, est-ce qu'ils sont jamais morts ? Ce qui rend effectivement la mort mystérieuse c'est que personne ne peut et ne pourra jamais en parler par expérience directe (si on laisse de côté la vogue des « ressuscités d'une mort clinique » qui font des déclarations). « Nous verrons bien », c'est tout ce que nous pouvons dire à propos de ce singulier phénomène. Sauf à envisager les hypothèses les plus extravagantes, dont aucune ne peut être démontrée, mais pas davantage récusée *a priori*.

Il n'en reste pas moins que, lorsqu'ils imaginent un

rapport entre l'existence de Dieu et la survie de leur propre moi, l'intérêt de bon nombre de croyants – et de la majorité des « tentés de croire » – semble plutôt dirigé vers la seconde que vers la première.

On retrouve ici le Dieu-tourne-broche d'Aristote, dans un rôle de Dieu-bouée-de-sauvetage, une sorte de maître-nageur de l'âme, c'est-à-dire du moi individuel, qui, sinon, se noierait dans la mer immense du non-être. Quant au Dieu néo-testamentaire, il conserve sa fonction salvatrice, mais non celle de condamner ou d'absoudre, sans appel, selon son propre jugement. Dorénavant, nous voici tous sauvés. Tous reçus.

La chose, vue du dehors, est humainement compréhensible. Mais elle paraît bien étrange de l'intérieur, une fois atteint l'âge où l'on commence, d'habitude, à penser à la mort, dès lors qu'on se place concrètement devant ce que nous appelons notre moi. Le voilà donc. C'est avec lui – avec ce mélange fortuit et au fond étranger, hétérogène, de médiocres vertus et de bien pauvres vices qui, aussi loin que remonte notre mémoire, sont restés déplorablement les mêmes – que nous avons vécu toutes ces années-là.

Est-il possible que nous n'en ayons pas encore assez ? Est-il possible de l'aimer et de le vénérer au point d'espérer qu'il soit immortel ?

Indépendamment de toute représentation de l'« au-delà », le culte dédié jusqu'à la fin (et même surtout à la fin) à l'image de ce moi, nous semble le plus stupéfiant de tous les cultes imaginables. La théologie la plus fantastique de toutes.

Musique à l'église

En recherchant l'origine du mot « profane », on apprend tout d'abord qu'un *fanum* (même racine que « fable », « fée » et « prophète ») était un lieu sacré, au sens de réservé aux prophéties, aux oracles d'une divinité. Et pour ce qui est du « fanatique », c'est-à-dire de l'intermédiaire qui rendait possibles ces oracles, ce pouvait être un prêtre, mais également un arbre *(arbor fanatica)*, car un arbre frappé par la foudre restait chargé de *fatum*. Et le *carmen fanaticum*, rappelé par Tite Live, ne différait pas, à cet égard, des livres prophétiques de la Bible.

A l'origine, donc, *profanus* signifia « consacré », et le verbe correspondant indiqua l'action de dédier, de consacrer à un dieu. Mais, ensuite, à cause de l'ambivalence classique des termes sacrés, le verbe et l'adjectif en vinrent à signifier exactement le contraire. Déjà pour Cicéron, le terme profane désignait ce qui n'avait jamais eu – ou n'avait plus – un caractère sacré ; et profaner prit le sens de déconsacrer.

Aujourd'hui, par exemple, la ville de Fano est « profanée », au sens où elle n'est plus le siège du sanctuaire de la déesse de la Fortune *(Fanum Fortunae)*, qui jadis lui donna son nom. L'antique *Sacrum Fanum*, près de Rome, qui en était misérablement réduit à s'appeler Scrofano, a tenté de retrouver une dignité au moins touristique, en se rebaptisant Sacrofano, mais n'en est pas consacré pour autant. Et il en va de même pour tant d'autres *fana,* et entre autres pour *Fanum Vacunae* dans la Sabine, que même les guides du Touring Club oublient, bien que Vacuna, comme son nom l'indique, n'ait été rien de moins que la déesse des Vacances et du Temps libre.

Maintenant se pose la question de savoir si le fait de jouer, dans un lieu sacré, de la musique non sacrée, constitue ou non une profanation du lieu lui-même. Les évêques de l'Émilie-Romagne ont estimé que oui. D'où leur refus d'accueillir dans leurs propres églises des « concerts de musique tant classique que folklorique, d'origine et de nature profanes ». Les églises doivent redevenir des lieux de culte, et non des « salles de théâtre ou de concerts », dit la note de l'évêché adressée aux curés, en précisant, d'autre part, qu'« elles sont le lieu naturel de la musique sacrée, composée expressément pour le déroulement des actions liturgiques ».

Plusieurs commentateurs, et pas tous laïcs, ont cru bon de faire de l'ironie sur cette mesure. « Donc, jamais plus Mozart, jamais plus Beethoven à l'église ? », se sont-ils écriés, scandalisés, au nom de la Culture (mais aussi de l'ignorance : il y a dans l'œuvre de Mozart assez de musique sacrée pour remplir toutes les églises d'Émilie et, quant à celles de la Romagne, si elles veulent programmer Beethoven, elles pourront toujours avoir recours à ses deux splendides messes (op. 86 et op. 123), sans compter l'oratorio *Le Christ au mont des Oliviers,* (op. 85).

Certains se sont plaints aussi, en estimant – mais jusqu'à quel point étaient-ils de bonne foi ? – qu'aller à l'église pour écouter un groupe de rock valait « mieux que de ne pas y aller du tout ».

Mais, avant tout, l'implication que, non seulement les Duran Duran, mais également *L'Héroïque* ou *Pierre et le loup*, par exemple, désacralisent les lieux de culte, a déchaîné une fois de plus les bavardages mortels sur le thème : si le beau est vraiment Beau et l'art vraiment de l'Art, ils n'ont pas de frontières, ne souffrent aucune limite, et sont chez eux partout, « n'importe qui peut en tirer profit à tout moment et de toutes les façons possibles », et ainsi de suite, dans le genre ennuyeux et sot. Alors que s'il existe une chose que le beau et l'art ne supportent pas du tout ce sont bien le laisser-aller et le désordre, la promiscuité, les cohabitations indues, les rapprochements gratuits et farfelus.

En ce sens, le principe du « lieu naturel » (musique sacrée dans les églises, profane dans les théâtres et les salles de concerts) correspond à un critère esthétique que peuvent également accepter croyants et non-croyants. Qui pourraient même en profiter, pour passer une sorte de *gentlemen's agreement*. D'accord, chassons les compositions profanes des églises. Mais alors chassons aussi certaines musiques et hymnes sacrés qu'on a adoptés à une époque récente ; ils ont, c'est vrai, été expressément composés (par de pieuses confréries, semble-t-il) « pour le déroulement des actions liturgiques », mais ce que nous sentons planer, flotter depuis bientôt quinze ans sur leurs eaux mielleuses, ne ressemble en rien à l'« Esprit de Dieu » ; mais plutôt – instrumentalement comme vocalement – à l'esprit le plus écœurant, le plus arrogant du festival de la chanson de San Remo.

Très bien. Nous voilà donc réunis, croyants et non-croyants, un soir, pour un concert dans (mettons) le solennel dôme de Modène. Les compositions pour solistes, chœur et orchestre, sont toutes sacrées, et en outre d'un « style sévère », loin de toute mode présente et passée. Les membres de l'orchestre et les choristes, selon les instructions de l'épiscopat, sont « en tenue correcte » et leur installation a été étudiée de façon à « ne pas détériorer ou cacher l'autel et l'ambon ». Les solistes sont renommés.

A part une plus grande affluence de touristes (mais des touristes, il y en avait aussi à l'époque, et parmi eux Jean Sébastien Bach qui était venu tout exprès d'Arnstadt), l'événement de Modène ne se distingue en rien, somme toute, des concerts en soirée – ou *Abendmusiken* – que le grand Buxtehude, en 1693, institua dans la Marienkirche de Lubeck, à la demande des marchands de la ville. La seule différence, éventuellement, réside dans l'attitude plus digne de l'assistance. (Car il semble qu'à Lubeck, dans la grande nef sombre et aujourd'hui détruite par les bombardements, on était gêné par un tas de gamins qui couraient partout tandis que certains des marchands pendant qu'ils y étaient se mettaient à parler affaires, en chuchotant, et il fallait les faire taire.)

La première partie du concert va commencer. Il s'agit du *Magnificat anima mea* de Buxtehude (en souvenir justement des soirées à la Marienkirche) que suivra le *Magnificat* de Bach dans sa seconde et glorieuse version en ré majeur. Comment penser que ces musiques, pourtant étrangères à tout rite ou cérémonie, ne vont pas renforcer la foi des fidèles ? Qu'elles n'ébranleront pas l'incrédulité de quelques non-croyants ? Et surtout, comment imaginer le moins du monde que cela puisse désacraliser le dôme de Modène ? L'expression que nous lisons sur les visages, pourtant sévères et intransigeants, des évêques émiliens, est, bien au contraire, celle de la satisfaction vive et bienveillante.

Mais voilà que survient, plus royaliste que le roi, Guido Ceronetti [1], son sac sur le dos, en agitant une de ses récentes et inspirées *Pensées du thé* (Éditeur Adelphi, Milan), ainsi draconiennement conçue : « Un moyen sûr pour éliminer tout souvenir du sacré d'un lieu sacré (intérieurs des cathédrales, pronaos, parvis, cryptes, colonnades, etc.), c'est d'en faire les résonateurs de concerts de musique sacré où les participants deviennent *un public.* »

Est-ce vrai ?

Franchement, cela nous semble une exagération ; nous allions même dire : un pur et simple paradoxe. Mais heureusement, nous nous retenons à temps. Voici en effet l'athée Valéry voler imprévisiblement au secours du mystique Ceronetti avec une de ses plus catégoriques (et irréfutables) *Mauvaises Pensées :* « Jusqu'à présent, je n'ai encore jamais rencontré personne qui utilisât le mot *paradoxe* à titre d'argument et qui ne fût pas un imbécile. »

Donc, par prudence, ce problème des concerts de musique sacrée dans un lieu sacré, nous le laissons au lecteur. Qu'il juge par lui-même, dans le cas où il fréquenterait habituellement cathédrales, pronaos, parvis, etc., en tant que fidèle, s'il risque ou non de les profaner en passant de la condition de *participant* à celle de pur et simple *public.*

1. Admirable essayiste et misanthrope dans la veine de E. M. Cioran, dont il est d'ailleurs très ami.

Noël selon saint Luc

« Elle mit au monde son fils premier-né, l'enveloppa de langes et le coucha dans une mangeoire, parce qu'il n'y avait pas de place pour eux à l'hôtellerie. »

Voilà ce que dit le septième verset du deuxième chapitre du troisième Évangile, écrit par saint Luc. Et il est stupéfiant de penser que, sans Luc, personne n'aurait jamais entendu parler de l'hôtellerie et de la mangeoire. Les autres évangélistes n'en soufflent mot. Mais comment est-ce possible ?

Après tout, ce n'est pas tellement étrange. On peut comprendre que des hommes pratiques comme Matthieu, ex-publicain, ou Marc, si minutieux pourtant et scrupuleux, n'aient vu dans cette mangeoire, dans cette « crèche », qu'une circonstance accessoire et tout à fait négligeable. Et, à plus forte raison, Jean, toujours attentif à réfuter les hérésies, toujours plongé dans ses spéculations théologiques, dut considérer que c'était un détail superflu.

C'est toutefois sur ce détail et sur un autre – tout aussi « superflu » – que repose le charme très spécial et miraculeux de la Nativité dont dépend ensuite, en quelque sorte, la coloration poétique tout entière du christianisme. En effet, enlevons l'enfant de la mangeoire, et faisons-le naître ailleurs que dans une étable (mais où ? tout autre lieu est désormais inimaginable) : toute l'iconographie chrétienne pâlirait, changerait complètement de couleur.

L'autre « détail superflu », c'est encore Luc, et Luc tout seul, qui le rapporte :

« Or, il y avait (quand l'enfant naquit) dans la contrée des bergers qui vivaient aux champs et qui la nuit veillaient tour à tour à la garde de leur troupeau. Et voici que l'Ange du Seigneur leur apparut... »

Bien sûr, il s'agit seulement d'un prélude. L'attention se déplace aussitôt sur l'Ange qui annonce la bonne nouvelle, ensuite sur l'« armée céleste », qui apparaît en chantant « Gloire à Dieu au plus haut des cieux », et enfin sur les bergers qui viennent en hâte à Bethléem pour adorer l'enfant dans la crèche.

Entre-temps, incidemment, et presque sans qu'on s'en aperçoive, Luc a donné au tableau de la Nativité un décor prodigieux. Mais, pour ce faire, il n'a eu nullement besoin de recourir au surnaturel. Il lui a suffi de rappeler avec le minimum de mots (les bergers qui *veillaient*, qui montaient *la garde de nuit*) un fait très simple, dont ni Matthieu, ni Marc, ni Jean n'avaient saisi la valeur poétique, l'immense portée figurative : le fait que Noël se passe la nuit. « La nuit de Noël », justement.

Dans les salles de L'académie de Saint-Luc, à Rome, à côté d'une *Annonciation aux bergers* de Jaccopo Bassano, il y a un tableau, habituellement attribué à Raphaël, dans lequel Luc est représenté devant un chevalet, dans l'atelier d'un peintre, alors qu'il fait le portrait de la Madone. D'autre part, on trouve des portraits de la Madone attribués, par la tradition populaire, à saint Luc, dans de nombreuses églises et sanctuaires d'Orient et d'Occident. Il y en a un, en particulier, à Treviri ; un autre à Oropa (mais il s'agit, en réalité, d'une statue amenée là, semble-t-il, par saint Eusèbe) ; un autre à Santa Maria Maggiore ; et un autre encore, à Rome, dans la chapelle de la Scala Santa, aux côtés d'une image *achiropoieta* (c'est-à-dire : « qui n'est pas peinte de la main de l'homme ») du Sauveur.

En effet, selon une très ancienne tradition, l'auteur du troisième Évangile était un peintre, même si saint Paul (dans la quatrième Épître aux Colossiens) dit qu'il était médecin. De toute façon, une chose n'exclut pas l'autre, et les peintres ont donc bien fait de le considérer toujours comme leur patron, en donnant son nom à leurs corporations, académies et confréries.

En effet, son livre – « le plus beau livre qui existe » selon Renan – est déjà en lui-même une succession de merveilleuses représentations picturales. Et que l'on pense à cet autre miracle figuratif, *l'Annonciation,* qui n'existerait même pas si Luc ne l'avait dépeinte dans son Évangile, au lieu de la description prosaïque et expéditive du « Songe de saint Joseph », faite par Matthieu.

Il est étrange, en revanche, que ce soit Matthieu et non Luc qui raconte *l'Adoration des mages* et *la fuite en Égypte.* Mais les deux épisodes sont étroitement liés au *massacre des Innocents,* et l'on comprend que quelqu'un comme Luc n'ait pas eu envie de représenter cette scène d'inspiration sanglante, bien plus proche de l'Ancien Testament que du Nouveau.

D'ailleurs, il avait déjà dépeint la crèche, avait représenté l'Adoration des bergers (qui avaient sans doute, eux aussi, amené quelque humble présent), et il n'était pas convaincu par l'idée de Matthieu, selon laquelle les mages auraient rendu visite à l'enfant dans *son logis* (« Entrant alors dans le logis, ils virent l'enfant avec Marie, sa mère... », Matthieu, 2, 11). Il y renonça donc, en laissant aux peintres futurs le soin – qu'ils prirent en effet – de refaire toute la scène selon ses indications.

Pour ce qui est de la fuite en Égypte, Matthieu en parle mais ne la décrit pas, il dit seulement que Joseph fut averti par un ange (en songe, comme d'habitude) après quoi il « se leva, prit de nuit l'enfant et sa mère, et se retira en Égypte ». Mais alors, d'où vient l'admirable petit âne dont on ne peut se passer ? Lui aussi, il vient de l'étable de Luc, dont les peintres, une fois de plus, se sont inspirés à juste titre. A tel point que, souvent, dans les plus anciennes représentations de la Fuite, le bœuf est également présent.

Or, à dire vrai, l'âne et le bœuf, ne sont pas cités explicitement même dans le troisième Évangile. Le premier qui les mentionne est un évangile apocryphe du VIIe ou VIIIe siècle. Or, à vrai dire, la *grotte* de la Nativité n'apparaît en toutes lettres que dans le *Livre de Jacques,* apocryphe qui date de la fin du IIe siècle.

En effet, Luc, tant dans la première scène que lors de l'arrivée des bergers, parle seulement de la crèche. Mais, comme dans les indicibles *nocturnes* de Rembrandt, la force évocatrice est telle qu'elle fait, peu à peu, émerger de l'obscurité tous les contours, en ne laissant dans l'ombre qu'un seul point : s'agit-il d'une grotte véritable, ou des restes d'un édifice en ruine servant d'étable ?

Cette seconde interprétation fut surtout en faveur pendant la Renaissance, lorsque les ruines, associées à la naissance du Christ, devinrent le symbole du déclin du paganisme. Les deux *Adorations* – des bergers et des mages – respectivement de Domenico Ghirlandaio à Santa Trìnita et de Botticelli aux Offices, en sont de typiques exemples. Et puis il y a le tableau inachevé de Léonard, le plus mystérieux, le plus fantastique de tous, lui aussi aux Offices, où la scène est dominée par les ruines d'arcades immenses et vertigineuses. Mais qui sait si Léonard lui-même, dans ce tableau, ne s'est pas inspiré de Luc et de ses « effets spéciaux » de Noël ?

QUATRIÈME PARTIE

BOURSE ET SPECTACLES

I

AUTEURS COTÉS EN BOURSE

De Benedetti achète-t-il l'Europroust ?

Paru à la une de la *Stampa,* le 14 février 1988, notre entrefilet provoqua immédiatement les coups de téléphone de journalistes étrangers auprès du secrétariat de De Benedetti à Paris, pour savoir « ce qu'il y avait de vrai ».

Il faut se préparer, le grand jour approche. Dans les maisons d'édition, à la foire du livre de Francfort, dans les agences littéraires, dans les bureaux juridiques spécialisés en droits d'auteur, dans le vocabulaire des pages culturelles, on a déjà pu en constater d'évidents symptômes, et beaucoup considèrent désormais que c'est un fait certain induit par l'évolution des choses : la littérature va entrer en bourse, ce n'est plus qu'une question de temps.

Il est difficile de croire en effet que de grands financiers internationaux négligent encore ce juteux et prestigieux marché, alors qu'on imagine presque trop facilement de quelle façon leur fantaisie, astuce, impétuosité, absence de préjugés sauront profiter de cet immense éventail combinatoire qu'offrent les catalogues des maisons d'édition.

Qui va commencer ? De Benedetti, bien sûr !

Ce dernier annonce de Paris qu'il a constitué l'Europroust, une société financière qui s'est déjà procurée 7,8 % de la Simenon suisse, 6,25 % de la Saul Bellow Estate, 4 % de la Ken Follett Corp, et 12,75 % de la Garcia Marquez Trading Company. Et l'Italie ?

Au journaliste de *Panorama* qui l'interviewe, monsieur l'ingénieur répond que son groupe n'a pas l'intention d'agir en Italie pour ne pas rompre les fragiles équilibres critiques qui se sont établis avec difficulté depuis les graves crises des années 60, 70, et du début des années 80. « Oui, c'est exact, admet-il, en souriant, la Cir, grâce à sa participation au sein des Assurances générales, détiendra bientôt une part minoritaire dans la Ceronetti S.S. (Société simple), 1 % environ. Mais il ne s'agit absolument pas de parler d'incursions ou de surenchères. C'est avant tout une acquisition symbolique, sentimentale, si l'on veut et, en un certain sens, nécessaire dans la mesure où c'est une entreprise qui a eu, comme moi-même, un début turinois. »

Mais le démenti de monsieur l'ingénieur n'a pas convaincu tout le monde, il en a même alarmé certains. Des bruits incontrôlés, d'évidente origine spéculative, circulent sur des valeurs en hausse présumée ou en chute supposée : on continue à répéter que la Bassanim et la Vas-y-Moravia sont sous-capitalisées, on parle d'un intérêt croissant du groupe Zanussi-Electrolux pour l'Alberoni-Vacuum, on exalte les plus-values latentes de l'Arbasinian Cosmopolitan, du Crédit Manganelli, on murmure à propos d'une rafle importante de Busi ordinaires et privilégiées.

La COB décide d'y voir plus clair et convoque séparément Asor Rosa et Citati ; elle les interroge pendant huit heures, mais n'obtient qu'une déclaration ambiguë à propos du plan de redressement de la Gadda Engineering et de réticentes précisions sur les contacts entre la Padania Bertolucci et le groupe Feruzzi.

La bombe explose le lendemain. Berlusconi a fondé la Manzoninvest, qui a déjà procédé à l'achat de 9 % de l'Ecoplastic, de 13 % de l'Harold Robbins Ult *(unlimited)*, de 4 % de la Bevilacqua Lt. *(limited)* et de 100 % de la Raboni Vlt *(very limited)*.

La chasse à l'auteur est ouverte, et de nouvelles sociétés financières très aguerries poussent comme des champignons et animent la corbeille. La Dantefund réussit à arracher 15,87 % de la Sanguinety oil company à la Foscolgest, qui, entre autres, après de fébriles transactions nocturnes avec la Svevorend, obtient la minorité de blocage de la Ginzburg general, dont 21,36 % appartiennent à la Montalcash, qui de son côté vise à s'assurer la majorité au sein de la Biagi BB *(big business)*.

Par l'intermédiaire de son administrateur, le groupe Fiat déclare être étranger à de telles opérations convulsives. « Nos dimensions, explique Cesare Romiti, lors du journal télévisé, nous obligent à regarder au-delà des Alpes, à considérer les poètes d'avant-garde du Tyrol, les jeunes expérimentateurs japonais et, à plus longue échéance même, birmans. Nous devons nous préparer au futur, dans l'optique d'une littérature sur grande échelle, qui sera évidemment dominée par une sorte de plurilinguisme interlinéaire entièrement automatisé, sur le modèle de notre établissement de Termoli. »

Le moment de clarification ultime arrivera enfin, avec une étonnante *compilation* conçue et dirigée encore une fois (mais l'adjoint à la Culture de Giuncarico l'avait prévu) par monsieur l'ingénieur pyrotechnicien. Grâce à un vertigineux jeu de participations croisées, il pourra annoncer la sortie simultanée dans le monde entier du premier livre rigoureusement boursier ; préfacé à 65 % par Bobbio et à 35 % par De Crescenzo, incipit de Calvino, quinze lignes et demi de Jackie Collins, trois de Sciascia, trente-six de Wilbur Smith, cinq de Zanzotto, neuf de Louis L'Amour, dix-huit de Borges, vingt-trois de Kundera, une page entière de Barbara Cartland, deux « points à la ligne » de Fallaci, une virgule de Fortini ; et ainsi de suite, vers une holding planétaire de la littérature sous le signe de l'ours et du taureau.

II

AUTEURS NON COTÉS EN BOURSE

Livres à roulettes

Dans un récent débat à la radio, consacré aux livres d'étrennes, une auditrice a suscité scandale et réprobation quand elle a affirmé ne jamais offrir de livres, mais « seulement des objets utiles, comme, par exemple, un mixeur ». Nous ne lui donnons pas entièrement raison, mais nous pouvons comprendre son point de vue.

Il est vrai que l'édition, au moment des étrennes (du latin *strena,* « cadeau à titre d'heureux présage »), a beaucoup contribué à la diffusion du livre-chose, du livre-objet-à-poser-là. Mais cet objet est ensuite resté décoratif, purement ornemental, aussi sa part de marché s'est-elle peu à peu restreinte par rapport à celle de l'objet d'art ; car, si un Rembrandt reste rigoureusement inutile, un Josef Beuys peut servir de porte-parapluie, un Robert Morris de roue de secours, et un Calder, correctement actionné, de ventilateur. Pourquoi les livres ne suivraient-ils pas la même voie ?

Ne nous laissons pas décourager par les difficultés envisagées, dans sa *Bibliothèque de Babel,* par Borges pour qui un livre « ne peut pas être aussi une échelle », et donc encore moins un mixeur. D'ailleurs, une bonne encyclopédie, une collection de classiques achetée en bloc, peuvent très bien servir d'échelle si on les range dans un petit meuble adéquat. Mais même pour des œuvres de format et de coût inférieurs, on peut imaginer toute une gamme d'applications utiles.

En substituant, par exemple, à l'habituelle couverture plastifiée une couverture en feutre ou en poils de sanglier, nous obtiendrons un livre-chiffon à poussière ou un luxueux livre-brosse, tous deux fort indiqués pour des romans, ou essais de peu d'ampleur. Une jaquette en amiante, avec résistance électrique incluse et prise de branchement, nous donnera un livre-grille-pain, à conserver sur sa table de nuit comme livre de chevet à double usage : méditation le soir et, le matin, petit déjeuner sain et nutritif. Il y aura aussi des livres-réveil, avec réveil à quartz incorporé ; des livres-pèse-lettres avec tarif postal sur le rabat ; des livres à roulettes pour le patinage et les courses ; de gros livres (imperméabilisés) pour le surf ; et tant d'autres, parmi lesquels les spécialistes de marketing n'auront que l'embarras du choix.

Mais attention. Il ne s'agit pas de remplacer le livre par quelque chose qui ne soit pas un livre, même s'il en a l'apparence extérieure. La culture est inaliénable. Il s'agit, au contraire, de conférer à des objets purement utilitaires, dépourvus jusqu'ici de dignité intellectuelle, le prestige d'une véritable étrenne que seule la littérature peut donner. Nous verrons alors les plus réfractaires

– comme l'auditrice en question – continuer à offrir des mixeurs, mais en préférant sans aucun doute, tout du moins au moment de Noël, ceux qui auront dans leur poignée les *Canti* de Leopardi, voire les *Œuvres complètes* de G.W.F. Hegel.

Livres sans roues

Une très haute vague s'abat sur le radeau, le détruit et en disperse les rondins. Un homme refait surface en crachant de l'eau et nage vers la rive, entre les lames ; il est projeté contre un rocher, s'agrippe, est tiré en arrière par le reflux, reprend son souffle et recommence sa lutte contre la mer en se confiant aux dieux (On sait que cet homme a fait naufrage sur une île où il est resté pendant dix ans, après avoir erré en mer pendant dix autres années ; mais son *odyssée,* il va nous la raconter lui-même à la première personne, dans le premier *ich-Roman* de la littérature universelle...).

Des milliers d'années passent et une très haute vague détruit un autre bateau contre un banc de sable, emporte sa mâture. Un homme (un autre ? le même ?) nage désespérement vers la rive, est projeté d'un rocher à l'autre, s'agrippe, est à chaque fois tiré en arrière par le reflux, mais il ne se rend pas et finit par mettre pied sur l'île où il restera, seul, pendant presque trente ans...

Un cavalier efflanqué sur un cheval fort maigre, suivi par un paysan enfourchant un âne, traverse une plaine poussiéreuse. Çà et là, de basses habitations, une taverne avec un puits et un chien tenu en laisse. Tous deux s'éloignent, disparaissent peu à peu vers un horizon de collines rocailleuses où se découpent les ailes de moulins à vent...

Un enfant en bois court dans la campagne, parmi les coups de tonnerre et les éclairs d'une « sale nuit d'hiver ». Plus tard, on le retrouve en train de nager le plus rapidement possible vers un récif, mais il est tiré en arrière, englouti, projeté dans un noir d'encre, où dans le lointain il aperçoit une lumière...

Encore un bateau (de pêche), mais l'abysse qui l'engloutit n'est pas noir, c'est le tourbillon phosphorescent, rugissant, immense du *Maelström* éclairé par la lune... Ou bien c'est le bateau, éternellement suspendu au bord du néant, d'où quelqu'un lancera le *Manuscrit trouvé dans une bouteille*... Ou encore le bateau qui, de Charleston, nous ramène, avec le nègre Jup, à Sullivan's Island et à l'énigme chiffrée du *Scarabée d'or*...

On ne peut admirer aucune de ces vieilles histoires – qui pourtant, par oral, ou par écrit, reliées ou brochées, avec ou sans illustrations, ont fourni à *l'homo sapiens* une bonne part de son « imaginaire » poétique – dans une vitrine en cette période d'étrennes. Et, tout bien considéré, il n'y a pas là de quoi se scandaliser.

L'« étrenne » qui autrefois signifiait pourboire, oblation puis prit le sens d'almanachs, calendriers et autres publications pour le nouvel an requiert la nouveauté. Autrement, on court le risque que ce livre, si bien présenté, jaquetté, empaqueté ait déjà été lu par son destinataire. Dans le cas où le livre est un classique, il y a en plus l'implication offensante que le destinataire ne l'ait jamais lu ; c'est pourquoi, Boccace ou Rabelais, par exemple, ne peuvent être offerts que dans des éditions de grand luxe parcheminées, non maniables, et illisibles.

Mais alors plus personne ne pourra nous les offrir, ces vieilles histoires dont nous parlions et nous ne pourrons plus les offrir à personne ?

Non, pas pour Noël. Et du reste, au milieu des somptuosités de cette fête, ils feraient, nous le craignons, pâle figure. Mais après Noël et le jour de l'an, il y a une fête plus modeste, qu'il serait fort indiqué de ressusciter dans ce but. Pour offrir et recevoir, non pas des livres-étrennes mais des livres-livres, et tant mieux s'ils ont déjà été lus et relus, quelle meilleure occasion que l'Épiphanie ?

Il suffit de penser à l'iconographie traditionnelle, familière de l'événement, pour comprendre que *Les Villas de Vénétie, L'Encyclopédie du Design, L'Atlas de la truffe, La Voile de A à Z* et autres publications par ailleurs estimables, détonneraient dans les mains des Rois mages. Alors qu'on peut fort bien, sans aucune irrévérence, imaginer la Madone qui, pendant les soirées d'hiver, après avoir accompli les travaux ménagers, s'intéresse aux aventures d'Ulysse ou de Don Quichotte, saint Joseph qui retrouve en Robinson ses expériences de charpentier, et l'Enfant qui passe fébrilement de la lecture de *Pinocchio* à celle des *Récits extraordinaires* de Poe.

Livre ou sexe, même complexe

Ce premier salon du Livre, qui s'ouvre à Turin, a fini par nous suggérer, voire, en un certain sens, par nous imposer, une curieuse expérience structuralo-linguistique. Nous en entendions parler, un peu par tout le monde et de maintes façons, depuis des semaines, et pas seulement à Turin, ni seulement en Italie ; et ces discours, ces accents, ce vocabulaire nous rappelaient autre chose, vaguement mais avec insistance. Perplexités, excitations, syllogismes, moralisme, pudeurs, regrets, péroraisons, âpres critiques « déjà entendues », qui tournaient autour du problème avec des cadences familières allusives, élusives, dont nous avions la grille de lecture sur le bout de la langue, comme quand on s'évertue à reconnaître une action mimée sur la scène.

Et, soudain, l'illumination. Nous avons essayé de substituer le mot « sexe » au mot « livre », et tout s'est éclairci.

« Mais, ma chère enfant, le livre (le sexe) est une chose très importante, cruciale, qui implique toute la personnalité ! »

« Vous savez comme c'est, le travail, les occupations... à la fin on ne trouve jamais le temps pour le livre (le sexe), hélas. »

« Pendant la journée, évidemment, il y a bien d'autres choses qui m'occupent, mais le soir, même si je suis fatigué, le livre (le sexe) est pour moi une nécessité ab-solue, ça me détend, me relaxe, m'aide à dormir. »

« Tenez, si un jour, simple hypothèse, je devais renoncer au livre (au sexe), je me flinguerais, et je parle sérieusement. »

« Ne compliquons pas les choses : le livre (le sexe) est une marchandise comme les autres, en définitive. »

« Pour moi, et je n'exagère pas, le livre (le sexe) est une passion totalisante, c'est ce qui a toujours provoqué en moi les stimulations, les curiosités, les aventures, les véritables satisfactions de la vie. »

« Je suis peut-être cynique, je suis peut-être simpliste, mais le livre (le sexe) est la meilleure façon de passer agréablement quelques heures. »

« Que voulez-vous, avec l'âge, le livre (le sexe) devient un peu contraignant, la télévision fatigue moins. »

« Bof, moi, je ne comprends pas toutes ces histoires sur le livre (sur le sexe), personnellement je m'en passe assez bien. »

« L'école a des responsabilités énormes, dans ce domaine. Seule l'école peut orienter les jeunes, les conseiller, faire naître en eux la bonne attitude à adopter face au livre (au sexe). »

« Son véritable intérêt pour le livre (le sexe), chacun de nous doit le former par ses propres moyens, hors de tout schéma scolaire, en suivant ses impulsions, et même en se trompant, en toute liberté. »

« Le livre (le sexe) appartient essentiellement à la sphère ludique, hédoniste, et il est absurde de vouloir lui donner une coloration solennelle, initiatique, en substance élitiste. »

« Le livre (le sexe) appartient essentiellement à la sphère des expériences intimes décisives, pour ne pas dire sacrées, et c'est une honte de voir qu'il est à ce point dégradé, prostitué par la société de consommation. »

« On en parle trop, du livre (du sexe), et de façon trop superficielle, vulgaire, trompeuse. »

« Tout le monde en parle, mais je voudrais bien savoir qui le pratique vraiment, le livre (le sexe). »

« Il y a encore certains milieux dans lesquels si tu parles du livre (du sexe), tu t'aperçois que tu gênes tout le monde. »

« Un salon du livre (du sexe) ? »

« Eh bien, je ne sais pas, vous, mais moi, tout ce qui concerne le livre (le sexe) me fascine (me lasse), m'amuse (me déprime), m'intrigue (ne me dit rien), m'enthousiasme (me répugne) ; somme toute, ça me fait penser d'une façon indéfinissable au sexe (au livre). »

En deçà de l'analphabétisme

La légende, d'évidente origine romantico-populiste, mais par la suite apparentée à Mao Tsé-Toung et Mike Bongiorno, veut que l'Italie pullule de talents littéraires ignorés, snobés par une oligarchie obtuse et méprisante de critiques, fonctionnaires, experts, lecteurs professionnels, etc., parvenus Dieu sait comment aux sommets de cet abominable empire connu sous le nom d'« industrie culturelle », et tout occupés à favoriser la réussite de leurs amis, parents, complices, adulateurs et pistonnés indignes ; à tel point qu'il suffirait de creuser ici et là avec une pelle en plastique pour voir jaillir, des humbles sables périphériques, récits, poésies, romans d'une qualité koweitienne.

Quiconque a travaillé dans le milieu de l'édition sait que cette vision ne ressemble en rien à la réalité. Fidèle à la règle du « on ne sait jamais », chaque maison, grande, petite, moyenne, examine ou du moins feuillette scrupuleusement tous les manuscrits inédits qu'elle reçoit, bien que ce soit là, sans aucun doute, entre toutes les activités liées à la littérature, la plus déprimante, celle qui stimule le plus la nostalgie de l'analphabétisme, le regret du grognement préhistorique. Du reste, les textes qui arrivent (par centaines, par milliers) sont même, pour la plupart, en deçà de l'analphabétisme, bourrés d'erreurs de syntaxe, de grammaire, d'orthographe. Il arrive aussi une masse de poèmes en prose qui sont, à l'évidence, des épanchements autobiographiques inspirés en général par un amour malheureux. Enfin, il y a la pile – bien fournie – d'inanités littéraires, ingénument, grossièrement inspirées tantôt de Gadda, tantôt de Kerouac, de Roth ou de Borges, selon la mode de la veille.

Tous réclament une réponse écrite, avec des jugements construits, des observations, des critiques, des suggestions. Autant demander au comité de sélection pour les jeux olympiques une appréciation méditée sur le simple fait de savoir marcher et d'arriver parfois à rattraper l'autobus en courant ; et ils ne s'en rendent même pas compte !

Comment leur expliquer que le trois mille mètres steeple n'a rien à voir avec marcher d'un bon pas dans un parc ? Il faudrait recommencer chaque fois dès l'école primaire, maternelle. Devant l'immensité et la vanité de la tâche, on envoie une brève formule de refus qui provoque indignations et protestations. On évoque polémiquement les cas (que l'on compte en réalité sur les doigts de la main) où un manuscrit envoyé par un inconnu et retourné à l'expéditeur s'avéra par la suite un chef-d'œuvre (mais, en fin de compte, quelqu'un a bien su le « voir », non ?).

La question envahit pour la énième fois les journaux, elle est débattue, tournée et retournée, coupée en quatre. Pour la énième fois, quelque âme généreuse se demande s'il n'y a pas un fond de vérité dans cette antique légende. La revue littéraire *L'Indice* organise alors un *prix Calvino* réservé aux auteurs inédits, attend qu'arrivent les manuscrits et, armée de petites pelles roses et jaunes, commence à creuser dans le sable en attendant que jaillisse le pétrole. Comme d'habitude, détritus et débris calcinés font surface ; purin, écume et émanations inutilisables émergent. Les « pétroliers » de *L'Indice* (ce qu'il y a de mieux en matière de compétence, expérience, intégrité, sinon de scepticisme) ne peuvent qu'en prendre acte, et le prix n'est pas décerné. Entre autres, parce que ça n'aurait aucun sens d'honorer la mémoire d'un écrivain comme Calvino avec quelque chose qui n'est, en aucune façon, de l'écriture.

Au temps de Palomar

Pendant l'été, il nous est arrivé souvent de penser à Italo Calvino, et toujours de façon effilochée, impressionniste, sentimentale, en contraste honteux avec sa concision d'écrivain, avec la vive et sévère méticulosité de son intelligence.

Par exemple, nous traversions la Sologne, région boisée autour d'Orléans, et nous nous demandions si Calvino l'avait visitée durant ses années de vie parisienne ; savait-il qu'Alain Fournier y avait situé son roman, que l'un des toits lointains, à peine visible entre les arbres serrés, pouvait être le *domaine* longtemps cherché par le romantique Meaulnes ; avait-il lu *Le Grand Meaulnes* dans son enfance à San Remo, et en avait-il été charmé, ou bien, à ce moment-là déjà, les sentiers de cette pathétique fable post-symbolique lui avaient-ils paru étrangers, fort à l'écart des sentiers de nids d'araignées...

Des choses comme ça, futiles et désormais invérifiables.

La route était droite et étroite, comme pour se faire remarquer le moins possible par les masses de pins qui la menaçaient, à droite et à gauche, jusqu'à ce qu'une autre route, identique, ne la coupe perpendiculairement ; c'est cette route que nous empruntâmes, en suivant la Renault de notre guide. Après quelques kilomètres, un bas portail en fer, à peine plus qu'une barrière, nous introduisit dans un agglomérat de petits édifices blancs reliés entre eux par des allées et des chemins, à demi cachés par les buissons. Cela ressemblait à un village touristique sans grandes prétentions, mais dans la première de ces villas la température était glacée de façon à satisfaire les ordinateurs alignés le long des quatre murs étroits, alors que sur un écran défilait sans cesse le profil découpé d'événements passés et grandioses.

Nous étions à l'intérieur d'un des plus grands observatoires d'astrophysique d'Europe et nous regardions ce qui se passe minute par minute dans la couronne du Soleil, sur une représentation graphique pas plus dramatique qu'un électro-encéphalogramme. Un radiotélescope, on le sait, ne concède à l'œil que ces tracés névrotiques dans lesquels on a du mal à lire la chronique des ébullitions formidables, des explosions terrifiantes, des prodigieuses secousses thermiques et chimiques.

Mais un de ces pics ou de ces ravins dessinés par le crayon électronique concernait peut-être Qfwfq, le héros des *Cosmicomics ;* signalait peut-être la naissance, la mort ou la métamorphose d'un de ses étonnants cousins, amis, ennemis, compagnons d'univers. Et Palomar, ici *Monsieur Palomar,* aurait noté avec diligence ce que nous expliquait l'accompagnateur à propos des deux horloges, TU et TS, accrochées au-dessus de la porte et dont les banales aiguilles indiquaient des heures mystérieusement différentes des nôtres.

Cinq heures et quart ? Mais c'était le temps universel ! Onze heures dix ? Ah, mais il s'agissait du *temps sidéral !*

Monsieur Palomar aurait fait son miel de ces noms

inquiétants, de ces concepts, de ce vent spatio-temporel qui soufflait aussi dans la pièce grise des contrôleurs du soleil. Il se serait arrêté avec nous, stoïque et attentif sous les rayons directs et implacables (et punitifs envers les fouineurs ?) du monstre brûlant, pour contempler les rails rouillés le long desquels sur des kilomètres, en double file, s'alignaient les conques mobiles et rouillées des radars. Son œil, tout aussi sensible, tout aussi inquisiteur, l'aurait guidé au cœur de la forêt jusqu'à une vaste clairière de fable. Au centre, se dressait une cabane de fable, mais aux deux extrémités, surgissant directement de la bruyère, deux immenses structures scintillantes se faisaient face : deux *miroirs* de trois cents mètres de long et de trente mètres de haut, l'un légèrement concave, l'autre rigoureusement plat, chargé de capturer dans leurs mailles argentées et de se renvoyer l'un l'autre les signaux provenant des galaxies.

Ici aussi, dans la cabane de la sorcière, il y avait une pièce remplie d'ordinateurs, un écran où défilaient les nouvelles dentelées du cosmos, les deux horloges TU et TS.

Nous imaginions des dialogues un peu embarrassés, un peu saugrenus, entre Palomar et les espions de l'infiniment loin.

– Et alors, et alors, qu'est-ce qu'elle fabrique votre galaxie ?

– Elle est jeune, mais c'est vraiment une brave fille, *cher monsieur*. Pendant trois semaines, elle a toujours filé droit.

– Bien sûr, trois semaines par rapport au temps universel, ce n'est pas grand-chose...

– A qui le dites-vous ! Et dans cinq jours nous devrons la laisser tomber ; les *miroirs* sont déjà réservés pour la filature d'un *quasar* très douteux...

Devant la maisonnette, un drapeau compliqué pendait d'une hampe ; Palomar (à l'aide de ses notes scrupuleuses) saurait maintenant le décrire dans le détail : il y avait du jaune, du bleu, du blanc, deux triangles, quelques cercles. Le drapeau d'un club – nous expliqua notre ami Syd, organisateur de cette visite – inventé par les astronomes et astrophysiciens qui, de la terre, envoient, patiemment, vers le cosmos, des signaux *intelligents* dans un code conçu pour être déchiffré par d'autres êtres intelligents, par quelque Monsieur Qfwfq patient, curieux et plein de fantaisie.

Abasourdis par ces distances abyssales, nous regardâmes la superficie de la troisième planète ; mais, dans l'optique de Palomar, le tapis de bruyère était lui aussi dense d'innombrables nuances ; c'était une vertigineuse galaxie de minuscules sphères rouges, violettes, mauves, cramoisies, roses, où s'élevait, aux frontières, un autre *ensemble* numériquement impénétrable, la forêt de pins. Un écureuil, qui sautait, dansait presque, agile et infaillible, élégant, étonnamment seul parmi les hautes branches enchevêtrées, allégea toutes ces multiplicités écrasantes.

Les écureuils ne manquent pas dans la pinède, au bord de la mer, en Toscane, où Calvino passait la plupart des mois d'été. Les pins sont, naturellement, différents de ceux du nord, leurs fûts sont plus espacés, et seuls leurs larges ramures en parasols méditerranéens se touchent pour former une couverture continue.

Là-dessous, à quelques dizaines de mètres de la plage où Palomar scrutait les constellations et sélectionnait les ondes, au milieu du pré où Palomar décodait les signaux des merles et classait les brins d'herbe, est tapie une maison en style rustico-piranésien. Comprimé entre un toit de tuiles rouges, qui surplombe troncs et poutres disposés suivant des angles différents, et un plancher à carreaux rouges en terre cuite, l'intérieur est riche en dénivellations, recoins, niches, absides, marches, escaliers, échelles volantes et circonlocutoires qui, en un sens, dissimulent l'absence d'Italo, mais qui, en même temps, suggèrent continuellement et cruellement son apparition. Descendant, grave, avec le plateau du café. Enjambant, maladroit, un escabeau. Montant, courroucé, chercher un livre. Sautillant, empressé, pour tendre un cendrier. Accourant, résigné, au téléphone.

C'est une maison pleine d'agitation, comme on dit, qui favorise les souvenirs agités ; ces jours derniers, qui sait par quel caprice animal, un écureuil a réussi à y entrer en se faufilant entre les lames vertes des persiennes ; il s'est beaucoup agité, s'est mis à courir frénétiquement de tout côté, terrifié ou heureux, on ne sait. C'était le 6 septembre, le jour même où les *miroirs* d'une Sologne galactique captèrent, sans doute, un signal venu de notre coin de cosmos et où un crayon électronique dessina sur l'écran un pic imprévu, une explosion, un tourbillon anormal de cellules, puis une chute, un aplatissement : la vie d'Italo Calvino s'éteignait peu à peu. Voilà deux ans, selon l'horloge du temps terrestre, bien limité, bien triste.

« Ah, oui, Tozzi... »

« Guido Gozzano, ce petit poète insipide... s'est imposé à l'ambiguïté des demoiselles et à l'impuissance intellectuelle à la mode... Minuscule Gozzano : bouchon de liège qui flotte devant les voiles de l'horizon... Il serait digne de compassion s'il n'avait pas réussi à imposer ses tentatives désordonnées et insignifiantes comme des formes nouvelles de notre littérature... L'impossible idiotie, les insupportables déchets d'un crève-la-faim malodorant, et maladif par ostentation... Ah, Gozzano ! Vous avez réussi à habiller de poésie votre oisiveté mentale... à faire apprécier ce qu'il y a de plus faux dans la vie à tel point que nous ne vous pardonnerons jamais la puanteur de votre médiocrité. Vous n'êtes rien ; croyez-le et vous vous en rendrez compte très vite, quand bien même vous voudriez avoir fait quelque chose. Devenez donc avocat ! »

Sainte mère, mais où sommes-nous ? Certainement pas dans le monde littéraire d'aujourd'hui, où l'envie, la rancœur, le mépris, le désir de nuire ont la même intensité qu'hier et avant-hier, mais où les rivalités vont rarement jusqu'aux polémiques ouvertes et truculentes, non pas tant parce que la tolérance serait plus diffuse ou la perfidie plus légère, plus raffinée, mais plutôt parce que les duellistes donnent l'impression de partager un secret mélancolique : c'est comme s'ils savaient qu'ils devaient combattre désormais en marge de l'immense et confuse mêlée, silhouettes à demi cachées entre les arbres, affaiblies par le doute de s'être trompé de drapeau, d'uniforme, d'adversaire, dans un combat qui, de toute façon, n'en valait pas la peine.

Mais ce spadassin qui s'aventure contre le poète de *Grand-Mère Espérance* n'a rien de faible, de maniéré. Ses coups veulent faire gicler le dernier sang, ils visent au cœur. C'est donc, sans doute, le fils d'une époque où l'on conservait encore, avec la littérature, des rapports passionnels, viscéraux, avec prises de position, défis, anathèmes. Évidemment, c'est un contemporain de Gozzano. Mais d'où viennent tant d'animosité, tant de bave à la bouche ?

De la province, semble-t-il. C'est le ton de quelqu'un qui, tout en étant exclu, suit, avec maniaquerie, ce qui se décide dans les centres (vrais et plus souvent présumés) du pouvoir culturel, à Florence, Rome, Turin, Milan, et qui ne peut rien faire sinon accumuler rage et impuissance pour exploser enfin en épanchement désordonné, excessif, ingénu et de *très mauvais goût.*

Quoi qu'il en soit, ce n'est pas un critique. Un écrivain lui aussi, inévitablement frustré, rongé par la jalousie : Gozzano plaît, Gozzano fait parler de lui, Gozzano charme avec ses fadaises, alors que moi, qui vaut mille fois mieux que lui... Il y en a toujours eu par centaines, par milliers de ces pathétiques personnages : employés, enseignants, médecins, avocats de stature médiocre qui impriment à leurs frais de petits volumes en vers et en prose, collaborent à de petites revues locales, couvent pendant toute leur vie leurs amertumes de marginaux et meurent sans laisser de trace mais convaincus d'avoir été victimes d'une intolérable injustice. Pourquoi alors prêter l'oreille à cette voix-là venue du sous-sol de la littérature ? Et comment se fait-il qu'elle soit arrivée malgré tout jusqu'à nous, qui ne sommes pas des érudits, ni des rats de bibliothèques, ni de doctes chercheurs de curiosités marginales ?

Le fait est que le portrait-robot que nous avons tracé correspond point par point à la réalité, à un détail près : nous sommes effectivement en province, à Sienne, en 1913 ; ces vitupérations contre Gozzano sortent en effet d'une petite revue locale à la vie brève, *La Torre ;* et le vitupérateur est effectivement un auteur de poèmes, nouvelles, comédies, qu'il garde, en grande partie, dans son tiroir. Mais ce provincial bilieux et inconnu est un des plus grands écrivains du XXe siècle italien : c'est Federigo Tozzi (1883-1920), dont nous avons en main le volume anthologique, excellent et complet, publié par Mondadori : Federigo Tozzi, *Romanzi, Prose, Novelle, Saggi*[1], préfacé par Marco Marchi.

C'est un volume auquel nous ne pouvons que souhaiter la meilleure chance possible, la diffusion la plus étendue sur les rayonnages des Italiens qui lisent. Nous ne voulons évidemment pas ajouter notre nom à la longue liste (plus de quarante-quatre pages) des exégètes de Tozzi qui, salué, dès la parution de *Bestie*[2], en 1917, comme un narrateur de haut rang, vit ensuite son succès d'estime croître exponentiellement d'année en année, de séminaire en congrès, de symposium en cours universitaire ou en célébration, à tel point qu'on peut dire qu'il

1. Romans, proses, nouvelles, essais.
2. *Bêtes.*

n'y a aucun critique ou écrivain italien de la dernière moitié du siècle qui n'ait manifesté son admiration pour le grand écrivain de Sienne.

Pourtant, malgré cette impressionnante bibliographie, Tozzi reste encore pratiquement inconnu du soi-disant *lecteur de masse.* Ses trois romans, *Con gli occhi chiusi*[1], *Il Podere*[2] et *Tre Croci*[3] ne figurent jamais dans les listes des best-sellers de l'été dressées en fonction des choix scolaires, avec, par exemple, Pirandello, Svevo, D'Annunzio, Verga ; et des nouvelles comme *Il Ciuchino*[4] ou *Pigionali*[5], qui, si elles étaient signées par Conrad, Tchekhov ou Joyce, seraient considérées comme des chefs-d'œuvre absolus, ne trouvent jamais place dans les manuels des collèges, remplis de textes de Brecht et de Prévert. Même chez un lecteur d'une culture sophistiquée, habitué à fréquenter Musil et Roth, Wolf et Proust, le regard devient vague, aqueux, quand on prononce le dissyllabe : « Ah, oui, Tozzi... »

Le mystère de cette impopularité hante depuis toujours ses fidèles qui en ont cherché la clé un peu dans toutes les directions. Serait-il, par hasard, un de ces écrivains dits *pour écrivains* ? Pas du tout, car le monde de Tozzi, sa vision esthétique, ne sauraient être plus éloignés du clin d'œil exquis, élitiste et initiatique. Est-ce, alors, un de ces narrateurs étroits, à l'esprit de clocher, enfermés à l'intérieur des murs indigènes du *strapaese* ? Non plus, car son lexique imite avec discrétion et spontanéité le toscan, sans complaisances puristes génantes. Sa prose rude, saccadée, rocailleuse, mais capable de

1. *Avec les yeux clos*
2. *Le Domaine*
3. *Trois croix*
4. *Le Petit Ane*
5. *Pensionnaires*

miraculeuses finesses, n'est pourtant jamais *difficile,* expérimentale, au sens où l'est celle d'un Gadda. Ses histoires, des villes ou des champs, sont en général tristes, mais pas plus que celles d'un Pavese ou d'un Pasolini. Ses œuvres, il est vrai, ont eu, dans l'édition, une vie tourmentée et elles ont été pratiquement introuvables pendant de longues périodes ; mais, en compensation, que de sonneries de trompette pour annoncer périodiquement sa redécouverte, sa revanche, son *moment* enfin venu ! Et puis, rien. Après deux ou trois ans, à nouveau la réponse embarrassée : « Ah, oui, Tozzi... »

On peut se consoler en renversant le problème, en affirmant que sa grandeur réside dans le fait qu'il ne fut jamais *à la mode,* qu'il ne fut jamais en syntonie avec l'une des nombreuses vagues idéologico-littéraires auxquelles des auteurs d'un calibre bien plus modeste durent et doivent leur succès. Aucune écurie ne put jamais présenter ce cheval solitaire et ombrageux comme l'un des *siens :* ni les héritiers de D'Annunzio, ni, bien sûr, les crépusculaires ; ni les disciples de *La Voce* ou de *La Ronda,* ni le fascisme (qui le trouvait sombrement défaitiste), ni le marxisme (qui le trouvait sombrement réactionnaire), ni le futurisme, l'hermétisme, le surréalisme et même pas le néo-réalisme (vu qu'il n'y avait chez Tozzi aucune vibration social-populiste). Et puisque Sienne n'est pas Paris, il ne fut pas adopté, plus récemment, par les existentialistes, ni disséqué par les structuralistes, les sémiologues, les narratologues et les post-modernes.

Il rata, en définitive, tous les rendez-vous *mondains,* c'est pourquoi il ne réussit jamais à *percer* dans un monde qui demande à l'artiste d'être toujours quelque chose de plus et de moins qu'un artiste.

Son épanchement contre Gozzano peut alors se lire

comme une espèce de pressentiment de son propre destin littéraire, où le fascinant poète Piémontais devient, en quelque sorte, l'Antagoniste absolu, l'incarnation des traits à venir d'un siècle culturellement dominé, pour le bien et pour le mal, par l'Ironie, qui, pour Tozzi, était une broderie vaine, un ballet maniéré, un pastiche frivole, et signifiait fausseté, inauthenticité, impuissance.

De ses (très nombreux) amours, purs et abjects, de ses rapports tourmentés avec sa famille, ses amis, ses collègues, les gens en général, des champs et des sentiers de sa terre, des ruelles escarpées de sa ville, des bureaux des chemins de fer et des pensions romaines où il vécut, il ne voulait saisir, fixer sur la page, que le déchirement incessant, la nature amère, profonde, la tragique, l'inéluctable tension. Il y réussit à merveille. Mais les collégiennes plus ou moins sentimentales qui apprennent, encore aujourd'hui, les vers ironiquement sinueux et exquis de l'insipide avocat turinois ne savent rien de Federigo Tozzi.

D'Annunzio, de l'avion au métro

Vers 1930, l'un de nous fréquenta – mais un jour seulement, en refusant d'y retourner – une école primaire *avancée* qui faisait pratiquer *l'exercice récréatif* suivant : Les enfants se mettaient au fond de la salle par groupe de quatre ou cinq à chaque fois et, au signal de la maîtresse, ouvraient les bras, les battaient comme des ailes, et couraient en chantant :

L'aéroplane est prêt,
Il s'ébranle, roule et avance,
Roule et avance, puis s'élance
Dans le ciel immense.

Une fois arrivés de l'autre côté, ils sautaient et se tournaient pour regarder en l'air, saluaient en applaudissant l'appareil imaginaire qui se perdait dans un ciel hypothétique. Et tous les autres aussi d'applaudir.

L'atroce imbécillité de cet *exercice* peut avoir contribué, sans doute de façon infinitésimale, à la disparition progressive du mot *aéroplane* dans le langage quotidien. Aujourd'hui, à la question : « Tu prends le train ? », personne ne songerait à répondre : « Non, l'aéroplane. »

Même Alitalia, dans ses horaires trimestriels, utilise le mot *avion* pour désigner les appareils de sa flotte, en réservant le terme *aéronef,* plus technique et plus générique, à ses Informations pour les passagers.

D'ailleurs, selon le *Dictionnaire moderne* de Panzini, édition de 1922, on utilisait déjà le terme *avions* pendant la Première Guerre mondiale pour désigner toutes sortes de machines volantes, dirigeables compris ; l'utilisation du mot *aéroplane,* au contraire, était interdite par l'état-major en hommage à D'Annunzio, qui le considérait comme un gallicisme et avait inventé le terme *vélivole* (du latin *velivolus* et *velivolans,* épithètes poétiques des bateaux à voile).

Mais ici, il faut faire la distinction entre le D'Annunzio aviateur, dont témoignent les très beaux carnets de guerre, et le D'Annunzio auteur de l'héroïco-érotico-aéronautique *Peut-être bien que oui, peut-être bien que non.*

Dans ce roman de 1910, pas franchement exceptionnel, la moitié de la première partie est consacrée à un concours d'aviation qui est supposé se dérouler à Montichiari, dans la région de Brescia, et où deux *Latins* (le protagoniste Paolo Tarsis et son ami Giulio Cambiaso) disputent les records de vitesse, d'altitude et de durée de vol à un *Barbare* (le pilote britannique John Howland).

Bien sûr, ce sont les Latins qui gagnent, bien que Cambiaso paye de sa vie sa hardiesse. Et, dans tout l'épisode, l'auteur ne lésine pas sur la rhétorique des *vélivoles* appelés *engins dédaléens,* qui partent du *terrain d'élan* pour *conquérir le ciel magnifique* et célébrer ainsi *L'Assomption de l'Homme.* A la fin du roman, quand Tarsis s'arrache à ses fantasmes érotiques pour battre un nouveau record, on n'échappe pas au vélivole qui s'élance *dans le ciel immense* comme dans la comptine citée.

Dans les *Carnets,* au contraire – de la première mission en 1915 avec le lieutenant Miraglia au vol sur Vienne en 1918 –, les vélivoles diminuent rapidement, faisant place aux moins emphatiques *appareils.*

L'appareil danse...
L'appareil descend...
Nous sommes à 1500, l'appareil ne monte plus...
Un de nos appareils est resté en arrière...

Sur un billet échangé pendant le vol entre le mitrailleur et le pilote, on trouve même le terme proscrit *aéroplane :*

Il y a un aéroplane.

Aéroplane ennemi. Peut-il nous rattraper ? Je prépare la Mauser.

A Montichiari, d'ailleurs, en 1909, D'Annunzio avait effectivement assisté au premier *circuit aérien internationnal* organisé en Italie, et il y avait même participé aux côtés de l'Américain Curtiss et de l'Italien Calderara pour deux vols d'essai. Aussi, la transposition, qu'il en effectua dans *Peut-être bien que oui* n'a rien de techniquement discutable. Elle est seulement poétiquement outrée – et irrémédiablement vieillie – car surchargée de teintes héroïques pour surhommes à la Zarathoustra.

La situation est bien différente pour ce qui concerne non plus les avions mais les autos qui, dans le roman, après la dramatique conclusion du circuit finissent par embouteiller toutes les routes pour Brescia. Qui pouvait bien imaginer ça en 1909 ?

C'était maintenant dans toutes les rues l'enfer du fer et du feu.

Les véhicules se poursuivaient, se pressaient dans un grand fracas. Avertisseurs et sirènes (c'est-à-dire avertisseurs et Klaxons) *se répondaient comme les voix du danger et de l'alarme. Une odeur âcre empoisonnait l'air.*

*« Ah, on n'*arrivera *jamais ! », se plaignit Isabelle, « Aldo, passe devant, passe, passe ! », « A droite, il y a le fossé », « Ça ne fait rien ! », « Ça y est, on repart. »*

La voiture avançait un peu, les phares contre le réservoir de celle de devant, puis s'arrêtait. L'âcreté était irrespirable.

Il se peut que l'auteur ait eu ici aussi la main un peu lourde. Mais le résultat est prophétique, comme ça arrive quand le vitalisme dannunzien se convertit en ennui, mélancolie, angoisse. Dans *Peut-être bien que oui,* l'automobiliste qui, aujourd'hui, pour fuir les embouteillages du tronçon des Apennins de l'autoroute, aurait l'intention de s'aventurer dans le col de la Futa, pourra revivre avec profit les *funestes pressentiments* de Paolo Tarsis et son désespoir quand, à quelques kilomètres de Covigliaio, il se retrouve inexorablement bloqué : aux prises avec une magnéto (un allumeur) en panne, un mécanicien incompétent, et une voiture « inerte, qui a l'aspect obtus des brutes entêtées ».

Dès les premières pages, d'ailleurs, l'auto apparaît sous un jour de perdition ; Tarsis, avec sa « rouge voiture impétueuse », est tenté de se détruire lui-même avec sa perverse et démoniaque compagne en allant s'écraser à cent à l'heure contre une charrette chargée de troncs.

La vision n'était guère différente dans le récit *Leda sans cygne* (1913), où on entrevoit un petit pistolet « d'ivoire et d'acier » et un dénouement sanglant au moment même où la protagoniste – la plus mystérieuse et fatale, la plus moderne et photogénique de toutes les héroïnes de D'Annunzio – se dirige vers sa voiture après le concert :

« Bonsoir », dit-elle en marchant vers l'automobile, à petits pas lents à cause de sa jupe serrée.

Quelle pathétique ironie dans le contraste de cette volonté obscure gênée par ces élégantes entraves !

« Nous reverrons-nous ? »

La main armée resta toujours cachée dans la douce fourrure.

« Peut-être ! »

Dans le rugissement du moteur, j'aperçus derrière la vitre un geste de salut de l'autre main gantée de blanc. Un instant après, l'inconnue avait disparu. Pour toujours ?

Leda, une des dernières œuvres narratives de D'Annunzio, est sans l'ombre d'un doute la plus à la page en matière de transports. Il est nécessaire de rappeler que la fascinante inconnue, possédait, outre son automobile, « un de ces légers canots de compétition que l'on voit aux courses de Monaco, muni d'un moteur à seize cylindres », avec lequel, en compagnie « de son âme damnée, un mécanicien », elle tentait presque chaque jour la mort.

Il faut noter également, dans les dernières pages, « un train, immobile sur les rails, noir, stupide et massif sous le hangar sordide ». Et il est intéressant de déduire d'un carnet de 1912, développé ensuite dans le *Livre secret,* les précédents réels de cette grisaille ferroviaire :

Gare de Lamothe – La voie abandonnée, avec ses fossés et ses traverses branlantes – Les ferrailles et les vis – Les gens qui attendent – Les hirondelles qui volettent, entre les voies, au-dessus de l'herbe triste – Les trains express qui passent avec grand bruit sans s'arrêter, et se perdent dans la lande sauvage – Le fanal qui luit, accroché à la dernière voiture – La tristesse qui reste dans l'air – L'insatisfaction (Soir du 20 juillet 1920 – sur la route de Saint-Jean-de-Luz).

Ici, d'ailleurs, nous serions tentés de revenir en arrière jusqu'à *Le Feu* (1900), jusqu'au *Triomphe de la mort* (1894) et à *L'Enfant de volupté* (1889) pour compléter un essai exhaustif qui pourrait s'intituler : *Moyens de transport, évolution et modalités poétiques de leur utilisation dans l'œuvre romanesque de D'Annunzio de 1889 à 1913*.

Malheureusement, et heureusement pour le lecteur, la place qui nous est impartie ne nous le permet pas. Mais comment ne pas évoquer, au moins, le rôle fondamental des voitures à cheval dans *L'Enfant de volupté* ? Voitures de maîtres avec écusson, fiacres de louage recherchés – avec non moins d'angoisse qu'un taxi de nos jours – à leurs stations, piazza Barberini, piazza di Spagna, piazza San Silvestro ; leur prédominance est écrasante non seulement dans le décor mais également dans la trame et même dans les dialogues. A tel point que le héros du roman, à un certain moment, se sent en devoir d'observer que l'héroïne « abusait des voitures à cheval dans l'exercice de l'amour ».

Dans *Le Triomphe de la mort,* en revanche, le même exercice (« “ Veux-tu ? ” Elle ne répondit pas, mais s'abandonna ») se fait même dans le train, mais par erreur, et après un long arrêt dans une petite gare du Latium, qui préfigure la désolation de la gare française de Lamothe :

> *Comme il bruinait, les deux égarés se réfugièrent dans la gare, dans une petite salle où il y avait même une cheminée, mais éteinte. Sur un mur, une vieille carte géographique, sillonnée de lignes noires, pendait en lambeaux ; sur un autre mur, pendait un carton carré qui faisait l'éloge d'un élixir.*

En ce qui concerne *Le Feu,* enfin, il est inutile de rappeler que c'est la gondole qui triomphe, et accessoirement le canot et la barque de pêche. La seule fois que le protagoniste met un pied sur le *vaporetto* (« Cette ignoble carcasse grise qui fume et ronronne comme une marmite »), c'est pour les exigences absolues de l'intrigue. Mais il serait intéressant de savoir si, lors de ses longs séjours à Venise, D'Annunzio a personnellement pris une fois le *vaporetto.* A en juger par l'aversion analogue et inébranlable que lui inspirait le métro pendant ses années parisiennes, il y aurait fort à parier que non.

En suivant *ce bon vieux Chiara*

Nous fîmes vraiment connaissance de Pietro Chiara en 1972, à Turin, un soir de la fin mai ou de début juin. Chiara présentait son dernier livre dans une chaleureuse petite librairie, qui se trouvait jadis cours Moncalieri, et à laquelle on accédait, en descendant trois ou quatre marches, par une petite porte vitrée à un seul battant qui aurait pu être, et avait peut-être été, celle d'une vieille mercerie ou d'une droguerie. Il pleuvait à verse et les gens arrivaient par petits groupes, s'arrêtaient un moment sur le seuil pour secouer leurs parapluies ruisselants et se faufilaient ensuite à l'intérieur avec des gestes hâtifs et vaguement furtifs, comme s'ils participaient à une réunion de conjurés.

On avait disposé des chaises et des bancs, pour le public, sur des passerelles et des estrades qui descendaient depuis le fond de la pièce, alors que l'invité était installé au niveau le plus bas sur une chaise étroite derrière une table étroite, dans un coin, à côté de la porte. Là-bas, Chiara – minuscule, recroquevillé, gris – semblait collé au mur de tous les désavantages.

Or il est naturellement impossible de savoir comment il se serait comporté, ce qu'il aurait dit dans le salon d'un cercle, dans un théâtre, sur l'estrade d'une université, micro en main. Peut-être aurait-il parlé des mêmes choses avec les mêmes mots et sur le même ton, en suivant un schéma bien précis, prévu dans les moindres détails. Mais notre impression, ce soir-là, fut d'assister à un extraordinaire *numéro* improvisé sur le moment, comme si l'écrivain, parti pour Dieu sait quelle ville avec l'idée d'entretenir doctement une docte assemblée sur les rapports, par exemple, du pouvoir et de la littérature, était arrivé, par erreur, à Turin, dans cet endroit humide et étroit au milieu d'une cinquantaine d'inconnus aux pieds trempés qui le regardaient de bas en haut.

On le vit soupirer, déplacer la table pour pouvoir croiser les jambes, hausser davantage les épaules, redresser ses lunettes sur son nez, adresser une espèce de salut de la main à un retardataire qui entrait, dégoulinant. Il commença à parler, et nous nous sentîmes soudain tous transportés dans un de ses cafés ou dans une de ses boutiques entre Luino, Varese, Intra, Mendrisio, ou assis dans la salle d'attente d'une lointaine gare lombarde ou tessinoise. Avec la complicité de la pluie, des voitures qui passaient sur le cours en crissant, du crépitement des gouttières sur le trottoir, nous étions devenus les silhouettes qui accompagnaient l'un de ses récits, un groupe de vieux amis réunis autour du narrateur de la compagnie, devenu à son tour *ce bon vieux Chiara,* pour nous faire passer agréablement cette heure de chien.

Situation des plus antiques, à l'origine même de la littérature, à laquelle Chiara, d'instinct, savait ramener son public de lecteurs ou d'auditeurs, en garantissant, dès les premiers mots, que cette fois-ci non plus il ne le priverait pas de l'essentiel, c'est-à-dire de personnages curieux et d'événements intéressants avec un début, un développement, une fin, et peut-être même une modeste morale. Seules les châtaignes et les bouteilles de vin manquaient, et c'est justement cette impression de chaleur familiale, cette atmosphère d'immédiateté simple, facile, pauvre (mais on pourrait dire aussi « classique ») qui expliquent, d'une part, le succès de Chiara auprès d'un public très vaste, et d'autre part, le peu d'estime que lui attribuent ceux qui préfèrent associer l'art de l'écriture à des canapés élaborés, à des boissons aux reflets diaprés.

Il commença à parler du métier de raccommodeur de parapluies exercé jadis dans tous les villages autour du lac Majeur, et de son oncle, lui-même raccommodeur de parapluies, qui était venu chercher fortune à Turin, et avait ouvert une boutique rue des Artistes. Par la suite, il n'avait plus donné de nouvelles pendant une longue période, jusqu'à ce qu'arrivent, au village, des bruits alarmants sur son compte : il se laissait aller, il buvait, il vivait avec une femme de mauvaise vie. Alors, sa sœur, la mère du narrateur, avait décidé qu'il fallait qu'elle aille se rendre compte par elle-même et elle était venue à Turin en amenant avec elle son petit Piero...

On peut lire aujourd'hui cette minuscule aventure d'enfance, avec sa suite et sa fin, dans le livre *De maison en maison, la vie* (Mondadori), qui regroupe trente récits de l'écrivain de Luinon, dispersés dans une infinité de journaux de tout genre, et qui étaient jusqu'ici introuvables bien qu'ils ne fussent pas inédits à proprement parler. Mais, outre le texte écrit, nous aimerions posséder la version orale, celle que *ce bon vieux Chiara* distilla ce soir-là, avec tous ses silences savants, sa voix posée et pourtant gourmande, qui semblait tourner et retourner, entre la langue et le palais, une pastille à la menthe verte ou rose en évoquant à nouveau le très long, le très lent voyage en troisième classe avec sa mère, le débarquement dans la grande ville, la marche, main dans la main, à la recherche de la rue, le couloir plein d'ombres et d'odeurs accumulées.

Beaucoup de ses amis lettrés, auxquels, comme l'on sait, Chiara devait les premiers encouragements chaleureux à transposer sur le papier son génie de *cantastorie* de province, nous avaient parlé, avec enthousiasme, de cet extraordinaire talent de conteur au *coin du feu*. Mais, par la suite – c'est ce que nous entendîmes dire –, les choses prirent une autre tournure. Avec le succès, les prix, les films, les invitations aux congrès et aux tables rondes, *ce bon vieux Chiara* changea. Il ne soumettait plus ses manuscrits à ses vieux amis, il ne demandait plus conseil, et sur son compte couraient des bruits alarmants : qu'il allait et venait entre Rome, Paris, Venise dans une grosse et puissante voiture, qu'il descendait dans des hôtels de luxe, qu'il avait commencé à pratiquer (« Pensez donc ! ») le baise-main aux dames. Il était devenu – déplorait-on – un mondain frétillant, il s'était monté la tête, il avait trahi le café de province pour le salon métropolitain.

Or, quand il nous arrivait de le rencontrer, nous n'avions pas cette impression de métamorphose, mais plutôt d'évolution parfaitement cohérente avec le personnage, et nous suivions son histoire un peu comme s'il s'agissait d'une histoire qu'il aurait lui-même imaginée ou racontée : la carrière mirobolante d'un petit provincial, des tables de billard de Luino aux salons du Ritz. Il n'y avait là aucune contradiction, aucune trahison.

Et sur ceux qui avaient douté de lui, Chiara prit sa revanche, pour ainsi dire, *a posteriori*. Souffrant pendant des mois d'un cancer et des soins reçus, il continua à écrire obstinément et réussit à porter à son terme son dernier roman, *Saluts nocturnes du col de la Cisa,* avant de mourir, à Varese, où il habitait. Mais puisqu'il avait pris des dispositions pour être enterré dans sa ville natale, le cortège, après la fermeture du cercueil, partit pour Luino, où devait avoir lieu une cérémonie solennelle, avec messe, cierges, fleurs, oraison funèbre. De nombreuses personnes partirent rapidement en voiture et, arrivées en avance devant l'église, attendirent le cortège des intimes qui s'en venaient à plus digne allure à travers les paysages de collines si souvent décrits par Chiara.

Et voilà finalement les notes d'un orchestre qui s'approche le long de la rue, voilà les étendards et les bannières, voilà le corbillard recouvert de couronnes qui avance à pas d'homme, voilà, derrière, la foule vêtue de noir. Le cortège arriva à la hauteur de l'église mais, au lieu de s'arrêter, il continua et prit, sur la droite, le chemin du cimetière. Bien qu'un peu perplexes, ceux qui attendaient sur le parvis se joignirent au cortège funèbre : peut-être n'avaient-ils pas bien compris, ou bien, y avait-il eu un changement de programme, comme il arrive souvent en de semblables circonstances. Certes, il était étrange que l'orchestre joue à tue-tête *Bella Ciao,* que les drapeaux rouges soient les plus nombreux, et qu'en tête, derrière le corbillard, marche Dario Fo, visiblement ému. Personne ne savait que l'acteur avait été un ami ou un admirateur de l'écrivain disparu...

Quand les grilles du cimetière furent en vue, quelqu'un, plus soupçonneux ou moins passif que les autres s'informa mieux et la nouvelle se répandit, murmurée de bouche à oreille : il y avait eu un malententu, une erreur de cortège, la dépouille qui avançait vers son ultime demeure au rythme martial de *Bella Ciao* était celle du père de Dario Fo, lui aussi de Luino, ex-partisan et communiste, mort la veille.

En ralentissant discrètement le pas, tous ceux qui avaient suivi le *mauvais* mort se défilèrent l'air de rien, firent demi-tour et dès qu'il leur fut décemment possible de le faire, se mirent à courir vers l'église de Luino où les attendait le héros et l'auteur (involontaire ?) de cette histoire, ultime et signée, à raconter *au coin du feu :* le *bon* mort, notre *vieux* et glorieux Chiara *in saecula saeculorum* [1].

1. Ce qui peut paraître facétieux mais est littéralement vrai ; car Chiara, avec Calvino, est et restera assurément l'un des « deux grands » de la littérature italienne de la seconde moitié du XXe siècle *(Note des auteurs).*

III

TRISTES SPECTACLES

Les pulsions d'un metteur en scène

Nous ne nous sommes jamais occupés du *Teatro stabile* de Turin, de ses choix, statuts, financiers, administrateurs, programmateurs, metteurs en scène. Nous ne savons rien des disputes compliquées, des rivalités politiques et professionnelles occultes qui le déchirent. Nous ne lui devons rien, même pas deux fauteuils gratuits pour les *premières* des spectacles.

C'est donc en qualité de simples citoyens que nous avons lu l'interview de son directeur actuel, Ugo Gregoretti, publiée samedi dernier dans ce même journal. Et nous nous sommes sentis encore plus simples.

Nous croyions, dans notre ingénuité d'authentiques contribuables, que le devoir primordial d'un centre dramatique financé par la commune était de garantir au plus grand nombre possible d'habitants une série de spectacles d'un niveau moyen et honorable, choisis dans le répertoire *classique*.

Parce que s'il est vrai que Turin, capitale de la maison de Savoie, abrite une *crème* de spectateurs très cultivés, raffinés, cosmopolites, éperdument *blasés*, à qui désormais *Macbeth* et *Oncle Vania* ne disent plus rien, qui soupirent ennuyés quand ils entendent prononcer le nom d'Ibsen ou de Wilde, il est vrai aussi, malheureusement, que Turin, métropole prolétaire, est le domicile d'une vaste masse d'ignorants, de naïfs qui, avant de se désaltérer à la génialité de l'avant-garde expérimentale, voudraient absorber quelques gorgées d'un goût humblement traditionnel, se faire une idée sur ce que l'on considère en général, pour banal que soit ce goût, comme les grands textes d'hier, d'avant-hier et quelquefois d'aujourd'hui.

Nous croyions, en somme, qu'un centre dramatique était une sorte de *service public,* voire *démocratique,* s'il est permis d'emprunter un terme confisqué par les accessoiristes de la gauche ; un service sans prétentions excessives, bien sûr, attentif surtout à conjuguer des verbes peu élégants comme informer, jeter les bases, habituer, diffuser.

Aimable ingénuité ! Invraisemblable balourdise ! L'interview de Ugo Gregoretti nous a ouvert les yeux : un centre dramatique sert essentiellement à stimuler les *pulsions* de son directeur qui, d'ailleurs, est le premier à admettre l'échec de ses deux propositions de la saison, *I Figli di Iorio*[1] et *Itala film,* qui n'ont pas réussi à *intriguer* la plèbe défiante. Au vrai, le perspicace directeur reconnaît qu'« aucun de ces deux spectacles n'avait les éléments nécessaires pour attirer les spectateurs au théâtre ». Mais

1. *Les Enfants de Jorio* (parodie du titre d'une tragédie de D'Annunzio).

pourquoi n'y avez-vous pas pensé avant ? lui demande le journaliste. Parce que, répond imperturbable l'homme qui dirige un théâtre public, financé par de l'argent public : « J'ai considéré le public comme une entité abstraite. Je ne me suis pas posé le problème de ce qui aurait plu au public. C'est une de mes façons constantes de faire. »

Quelles sont les conséquences logiques ? Mais évidemment, la ferme intention de monter un troisième spectacle, *Il Vittoriale degli Italiani*[1], qui s'annonce aussi peu *intrigant* que les autres, qui promet, en d'autres termes, un troisième fiasco, trou, four ou (pour être moins provincial) un troisième *flop* sur le dos du public.

De mystérieux ennemis semblent vouloir entraver cette nouvelle *proposition,* et le fier directeur de déficit, l'orgueilleux metteur en scène endetté, menace alors de faire ses valises. Il confesse du reste : « Dès le premier jour, une envie enfantine de m'en aller m'a envahi. J'ai dû lutter quotidiennement contre mes pulsions de fuite. » Et il révèle qu'il a accepté, puis conservé son stable fauteuil surtout parce que, dit-il : « Je voulais jouer un tour à ceux qui ne voulaient pas de moi. »

En tant que Turinois faux et courtois, nous ne dirons pas à Ugo Gregoretti si c'est dans notre cœur ou ailleurs que de telles déclarations font naître des pulsions. Mais nous nous permettons de lui faire à notre tour une proposition qui, nous l'espérons, l'intriguera : si vraiment son œuvre *pleased not the Million,* comme le déclame le traditionnel Hamlet, si les masses locales ne savent pas apprécier son constant *caviar,* qu'il ne perde pas davantage son temps chez nous, qu'il tire un trait sur cette ville qui ne le comprend pas, qu'il ne lutte pas contre ses propres désirs

1. C'est le nom du monument au soldat inconnu, place de Venise, à Rome.

enfantins. Qu'il se fasse accompagner par sa nounou à la gare Porta Nuova où il trouvera tout plein de jolis petits trains dont les mignonnes pulsions sont prêtes à l'emmener loin d'ici.

L'affaire Fabris

En fait de spectacles non moins tristes que subventionnés, nous n'en avons contre personne en particulier. Quand, par exemple, l'impulsif metteur en scène dont nous avons déjà parlé, passa du théâtre en prose à l'opéra et revint à Turin pour mettre en scène *Don Pasquale* nous encaissâmes sans mot dire. Il est vrai que Massimo Mila[1] s'occupa personnellement de liquider cette tapageuse mise en scène *en plein air,* et d'en souligner l'ineptie avant tout musicale. Mais il est vrai également que les pitreries de mise en scène ne se comptent plus, et qu'elles ne se prêtent même plus à un commentaire ironique. Aussi, dans l'histoire pas tout à fait imaginaire qui suit, sommes-nous revenus un peu en arrière dans le temps.

Le 7 décembre 1980 était un dimanche, et c'était aussi la fête de saint Ambroise et le jour de l'inauguration de la saison de la Scala. Mais une tempête monétaire était déjà en cours depuis le vendredi : son aggravation impromptue obligea le président-directeur général Fabris à s'envoler à Zurich, pour une réunion interbancaire d'ur-

1. L'un des plus illustres musicologues italiens, récemment disparu (N.d.T.).

gence. Dans son avion privé, deux sous-directeurs généraux et son secrétaire musical Armellini l'accompagnaient.

La réunion se poursuivit tout l'après-midi, et le soir elle durait encore, vu l'incertitude des nouvelles qui filtraient, toutes Bourses fermées. Armellini avait fixé l'heure limite à 18 h 40. A 18 h 39, le président Fabris, qui résumait les thèses de son institut, passa la parole à ses directeurs, et se leva :

– Messieurs, dit-il en s'inclinant devant les autres, vous comprenez et vous voudrez bien m'excuser.

– Nous vous comprenons parfaitement, sourit M. Von Hentze, du Crédit suisse, en l'excusant au nom de tous, et nous vous souhaitons une excellente exécution.

Une minute après, le président Fabris, dans la grise et sévère Mercédès mise à sa disposition par l'Union des Banques suisses, se dirigeait, avec Armellini, vers l'aéroport de Kloten. Il profita du bref parcours pour étudier le programme que lui avait présenté son secrétaire.

– Espérons que tout ira bien..., hasarda ce dernier.

– Mais il semble que Strehler s'en soit pris à Maazel, lors de la générale, parce que...

L'autre leva la main. Il n'était pas dans ses habitudes de prêter l'oreille à la polyphonie des bavardages, au concert des voix enthousiastes, alarmistes ou dubitatives qui accompagnaient chaque nouvelle mise en scène, particulièrement celle qui ouvrait la saison. Il attendait d'être dans la seconde loge d'avant-scène – où, depuis trente ans, il n'avait jamais manqué une ouverture ni une *première* importante – pour juger par lui-même, de façon inflexible. Après quoi, éventuellement, il courait aux abris.

Ces abris ou ces *astuces* (comme il les appelait lui-même, selon le géomètre Armellini, dont la veuve nous a transmis tous les détails de l'histoire), n'avaient rien d'ostentatoire ou de provocant. Il n'était jamais arrivé, par exemple, qu'il se lève et s'en aille, indigné, au milieu d'un acte, ni qu'il s'associe aux sifflets, « chut ! », « hou » et autres désapprobations sonores du poulailler. Jusqu'en mai 1972, c'est-à-dire jusqu'à la dernière des vingt-quatre mémorables saisons dirigées par M. Ghiringhelli, il ne s'était jamais rien produit.

C'est seulement pendant la saison 1973-1974, à une *première* de *Fidelio,* que le président Fabris, au beau milieu de la représentation, mit les lunettes à verres fumés qu'il portait parfois dans le foyer ou dans le hall dont les lumières excessives le gênaient.

Toutefois, personne n'y prêta attention. Personne ne mit en relation son geste avec la trouvaille lumineuse du metteur en scène Gunther Rennen qui, pour ajouter du piquant idéologique à l'œuvre de Beethoven, avait déguisé le gouverneur Pizarro en *obersturmbannführer* et ses prisonniers en internés cadavériques d'un camp de concentration nazi. D'ailleurs, il ne mit pas immédiatement ses lunettes noires. Il les mit quand les cadavres présumés, à peine libérés et peut-être pour démontrer que le régime des camps était bon pour la santé, se lancèrent dans une espèce de ballet fort animé avec la foule des figurants.

A partir de ce jour-là, quoi qu'il en soit, les lunettes réapparurent souvent et M. Armellini en eut toujours plusieurs paires toutes prêtes, numérotées selon le degré d'obscurité, à tendre selon les urgences.

« Numéro un... Numéro deux... Numéro quatre... » indiquait avec ses doigts le président Fabris. Et il tendait la main d'un geste sec, comme un chirurgien à son assistant ou à l'infirmière.

En 1976, d'autre part, après un *Così fan tutte,* systématiquement massacré par le prestigieux Karl Böhm, il ajouta aux astuces optiques une astuce acoustique : une boîte rose qui contenait, comme on put le constater dans les loges les plus proches, des boules Quiès que le président Fabris commença à utiliser conjointement ou en alternance avec les verres fumés.

Durant la même saison, pour le *Pelléas et Mélisande,* dirigé par le *maestro* Prêtre, la petite boîte resta hermétiquement fermée mais de robustes lunettes numéro quatre censurèrent la symbolique psychanalo-structuraliste du metteur en scène Ponnelle. Pour le *Don Carlos,* qui ouvrit la saison suivante, en revanche, les boules et les lunettes servirent conjointement : les unes contre l'indécence de deux chanteurs d'importation, les autres contre un metteur en scène à la mode qui fut aussi, chose étrange, sifflé avec insistance par le poulailler.

Mais s'agissait-il vraiment d'un hasard ? Selon le secrétaire musical, les réactions du président Fabris et celles du poulailler coïncidaient un peu trop désormais. On pouvait soupçonner que le public du poulailler eût commencé à épier, avec des jumelles, le dosage des astuces du président Fabris pour y trouver des encouragements et en aviser les peureux, les hésitants, les incertains. Le fait est que, pendant la *Butterfly* de 1978, quand, au milieu des applaudissements du public le plus sophistiqué, le metteur en scène Lavelli fit descendre sur Okane-san un grand entonnoir en nylon pour expliciter son isolement et sa marginalité, les sifflets du poulailler, par leur intensité, rivalisèrent avec les lunettes numéro cinq – d'un noir absolu, pour non-voyant absolu – que le président Fabris avait mises.

Mais ce 7 décembre 1980 allait marquer un véritable

tournant. Quand les deux hommes, déjà en smoking, débarquèrent du jet privé à Linate, M. Armellini n'avait plus sous le bras son habituelle serviette en peau. En revanche, il portait une malette noire de médecin où il y avait toujours des verres fumés, mais où il avait remplacé les boules Quiès par quelque chose de moins déprimant.

En effet, la saison précédente, à force de passer des heures et des soirées entières dans une surdité et une cécité volontaires, le président Fabris avait risqué une grave dépression. De plus en plus souvent, tandis que Domingo ou Caballé s'époumonaient pour eux-mêmes :

Ah ! mon cœur est le plus joyeux, le plus heureux
De tous les cœurs amoureux...
Ah ! aucune pensée humaine ne saisit
Le bonheur dont je suis emplie...

dans ses oreilles bouchées, c'était l'air d'Elvire des *Puritains* (avec la voix de la Callas) qui avait retenti :

Ou rendez-moi l'espoir,
Ou laissez-moi mourir...

Mais on ne voyait pas très bien, vu la situation, qui pourrait lui rendre cette espérance ; et il n'avait guère envie de mourir. Quant à abandonner sa loge et à abdiquer ses droits de surveillance et de censure, cela lui aurait paru une désertion. D'où cette nouvelle et radicale « astuce » qui entra en fonction le soir-même.

Mais pas tout de suite.

Bien que le rideau, en s'ouvrant sur le hangar d'une entreprise agricole, et non sur la taverne de la Jarretière, eût révélé que le metteur en scène et le décorateur avaient transposé le *Falstaff* de la Tamise à la basse plaine du Pô, le président Fabris se borna à tordre le nez et à demander les lunettes numéro deux. Avec un peu de bonne volonté, selon M. Armellini, ce décor incongru « était encore supportable ».

Mais (toujours selon le secrétaire) « on vit bientôt que ce Falstaff *alla parmigiana,* pur et simple ivrogne et goinfre de village, non seulement dénaturait le personnage, mais détonnait horriblement avec la direction de Maazel, encore plus éthérée et désincarnée que d'habitude ». Pour tout dire, le gâchis combiné par Strehler ne pouvait pas être pire.

« Numéro cinq », dit le président Fabris entre ses dents, au milieu de la deuxième scène. Et en tendant la main, il ajouta sèchement quelque mots de plus.

Alors Armellini ouvrit promptement la malette noire, et ceux qui épiaient depuis le poulailler virent qu'il tendait d'abord les lunettes, puis deux petits objets que le président Fabris se mit dans les oreilles, mais qui n'étaient pas, semblait-il, les habituelles petites boules. En effet, à quoi servait donc le fil relié à la malette dans laquelle le secrétaire fouillait encore ?

On pensa à un appareillage spécial destiné non à exclure, mais plutôt à sauver, à mettre en relief la part instrumentale de l'exécution. Le sourire ravi qui illumina le visage de l'auditeur durant tout le spectacle sembla confirmer cette hypothèse. Grâce aux mérites présumés de l'orchestre, la mise en scène et le décor furent épargnés.

Plus tard, toutefois, venu du foyer, un bruit se répandit, jusque dans le poulailler : le mystérieux appareillage n'avait rien de spécial ; c'était un banal *Walkman* stéréophonique, dans lequel le secrétaire avait inséré, acte par acte, l'enregistrement sur bande de l'immortel *Falstaff* de Toscanini sur disque.

Donc, quand le *Walkman* refit son apparition – lors de la première de *La Kovantchina* sinistrée, entre autres, par un effroyable mime que le metteur en scène Ljubimov envoya en scène, torse nu, avec un béret de Polichinelle pour y accomplir « des gestes adéquats de commentaires » –, les premiers et fort vigoureux sifflets de la saison résonnèrent également. Même chose pour d'autres œuvres, comiques ou dramatiques, massacrées durant la même saison par des célébrités de la mise en scène ou de la musique. Même chose, et même plus, pour l'*Hernani* qui ouvrit la saison suivante, et qui vit le public du poulailler, au premier rang, se boucher les yeux avec les mains tandis qu'éclataient hurlements et moqueries sans précédents.

Au milieu de l'apathie du public le plus peureux, la solidarité entre le *Walkman* et le poulailler promettait, en somme, de se faire chaque année plus étroite.

Voilà deux ans, comme beaucoup s'en souviennent sans doute, le président Fabris et M. Armellini périrent dans le désastre d'un jet de ligne qui les ramenait du Moyen-Orient. Mais on ne peut pas dire qu'au poulailler de la Scala, depuis lors, leur collaboration fasse complètement défaut.

Tout d'abord, leur mémoire continue d'être honorée et transmise aux plus jeunes. Et puis, même si elle est occupée par d'autres, leur loge conserve de singulières propriétés que le jeu des lumières de scène met parfois en relief. On raconte, par exemple, que pendant un *Idomenée* terriblement mal chanté, en 1984, une cassette phosphorescente (pas de cette œuvre mais de la *Finta Giardiniera)* apparut sur la balustrade, comme pour suggérer que, d'accord, Mozart est toujours Mozart, mais qu'on aurait pu éviter de ressortir ce très ennuyeux *Idomenée.* Et certains jurent que ce fut ce qui inspira, au poulailler, une avalanche de sifflets.

Plus récemment enfin, le retour à la Scala d'un des metteurs en scène-scénographes les plus fertiles en trouvailles idéologiques, ajouts mimiques, costumes anachroniques, vulgarités et autres « provocations », aurait provoqué à son tour un impressionnant phénomène médiumnique parfaitement perceptible depuis le poulailler. Les ombres du président Fabris et de M. Armellini seraient apparues dans la loge et, en accompagnant leurs paroles de gestes adéquats, auraient réuni *Macbeth* et *Don Giovanni* dans le final suivant :

ARMELLINI : *Oh, vision horrible !*
Détourne donc ton regard !
FABRIS : *Quel spectacle funeste, ô dieux*
s'offre à mes yeux !
ARMELLINI : *Cachez, éloignez de sa vue*
cet objet d'horreur...

RIDEAU

Au théâtre de l'intérieur

Benedetto Croce pensait qu'il est toujours préférable de *lire* les grandes œuvres de théâtre de tous les temps, plutôt que de les voir représentées. Toujours ? C'est peut-être excessif. Mais par les temps qui courent, et en particulier dans le cas de Pirandello...

DES VOIX, DANS L'ANTICHAMBRE : *Oh, mon Dieu, la voilà, la voilà !*

Qui arrive et où sommes-nous ? Nous sommes, comme tous les amateurs de Pirandello s'en souviendront, au moment où madame Ponza arrive chez le conseiller Agazzi, à la fin de *Chacun sa vérité*. Madame Ponza, dont on a beaucoup parlé et que jusqu'à présent on n'a jamais vue, s'avance, raide, en deuil, le visage caché par un épais voile noir.

Et voici le cri de madame Frola, qui la prend pour sa fille Lina :

MADAME FROLA : *Ah, Lina !... Lina... Lina...*

Tandis que monsieur Ponza, qui, se croyant veuf de Lina, la prend pour une *deuxième* madame Ponza, crie pour sa part :

MONSIEUR PONZA : *Giulia... Giulia... Giulia...*

Après quoi, la mère présumée et le veuf présumé s'en

vont, enlacés, sans qu'on n'ait pu comprendre lequel des deux est fou ; le préfet, lui, n'a plus qu'à s'adresser à madame Ponza pour lui demander...

MADAME PONZA (l'interrompant) : ... *Quoi ? la vérité ? la voici, elle est simple : je suis bien la fille de madame Frola...*

TOUS : ... *Ah !*

MADAME PONZA : ... *et la seconde femme de monsieur Ponza...*

TOUS : ... *Oh ! Mais comment donc ?*

MADAME PONZA : ... *Oui ; et, pour moi-même, je ne suis personne ! personne !* (Elle les regarde tous, pendant un instant, à travers son voile, et sort.)

RIDEAU

« Rideau ? Mais comment donc ? » se demanderont, perplexes, les amateurs de Pirandello. « Il nous semblait qu'il y avait encore plusieurs répliques, celles du préfet qui insiste et de madame Ponza qui... »

LE PRÉFET (revenant avec autorité sur la scène avec madame Ponza) : *Ah, non, pour vous-même, madame, vous devez être l'une ou l'autre.*

MADAME PONZA : *Non, messieurs, moi, pour moi-même, je suis celle que l'on croit.* (Elle sort, suivie du préfet.)

LES AMATEURS (envahissant la scène de façon pirandellienne) : *Ah, voilà, c'est bien ce qu'on pensait ! C'était cet imbécile de metteur en scène qui avait manipulé le texte !*

LE METTEUR EN SCÈNE (descendant à la Pitoëff, en monte-charge) : *Pardon, il n'y a aucune manipulation. J'ai simplement voulu fournir...*

LES AMATEURS : *Charlatan, du vent !*

Sans perdre contenance, le metteur en scène explique aux critiques et au public, sans oublier l'adjoint compétent, qu'il a voulu fournir une relecture personnelle, féministe, de la pièce. Il a donc allégé le dialogue des dernières répliques, d'un intellectualisme dépassé, pour conclure sur ce douloureux cri de protestation, tout à fait actuel : « Et pour moi-même, je ne suis personne ! personne ! ».

LE METTEUR EN SCÈNE (concluant) : *Voilà tout.*

LES AMATEURS (hors d'eux) : *Et vous trouvez que ce n'est rien. Vous nous avez refilé un* Chacun sa vérité, *sans la vérité des autres, de cette façon-là !*

LE METTEUR EN SCÈNE (goguenard) : Chacun à sa manière, *messieurs ! Tout est donc pour le mieux, et même* comme avant, mieux qu'avant, *n'est-ce pas ?*[1]

LES AMATEURS (dont les yeux s'illuminent) : *Excellente idée. Dorénavant, au lieu de venir ici pour entendre votre « relecture » des* Masques nus *de Pirandello, nous resterons chez nous pour les lire tranquillement tout seuls !*

En présentant la nouvelle édition des *Masques nus,* parue dans la collection « les Meridiani » et préfacée par Alessandro D'Amico – dont le premier volume est déjà en librairie –, Giovanni Macchia écrit, de façon quelque peu énigmatique : « Il faut considérer le théâtre de Pirandello de l'*intérieur.* »

Qu'est-ce que cela veut dire ?

Selon nous, ça veut dire, qu'à force d'effectuer des « relectures » charlatanesques, il s'est déposé sur les masques jadis « nus » de Pirandello, une telle couche d'immondices qu'ils sont devenus méconnaissables. Et donc, c'est seulement *de l'intérieur* – c'est-à-dire justement en restant chez soi pour les lire tranquillement tout

1. Les deux phrases soulignées (en romain) correspondent aux titres des deux autres pièces de Pirandello.

seul – que nous pourrons avoir cette extraordinaire révélation.

Mais avant, n'y avait-il pas d'autres éditions des *Masques nus* ?

Il y en avait et il n'y en avait pas. C'est-à-dire qu'il y en avait même trop, de la première chez Treves en 1918-1921 (avec onze pièces) à la dernière chez Mondadori en 1958 (avec quarante-trois pièces). C'est là que résidait la difficulté pour ceux qui auraient voulu contrôler dans le texte ce qu'on leur refilait au théâtre en échange de leurs sous. Le fait est que Pirandello lui-même n'avait jamais cessé de revoir et corriger ses œuvres, souvent de façon draconienne et ouverte aux suggestions des critiques, directeurs de troupe, acteurs. Il avait fait des transformations totales. La quatrième édition « revue et corrigée », en 1925, d'un texte comme *Six Personnages en quête d'auteur* différait tellement de la première rédaction de 1921 qu'elle se présentait comme un remaniement pur et simple.

Mais une édition qui signalait toutes ces variantes n'existait pas, et l'on comprend comment une situation de ce genre pouvait favoriser toute sorte de contrefaçons. De plus, il manquait une chronologie précise, fort peu aisée à établir. Il manquait une introduction générale et des introductions particulières à chaque pièce pour clarifier les multiples interactions avec les nouvelles et les romans ; pour, dans la mesure du possible, informer sur la genèse et la gestation de chaque œuvre, et sur les circonstances, le succès de chaque « première », ainsi que sur les reprises et les nouvelles mises en scène en Italie et à l'étranger ; pour préciser, enfin, les « différents moments du Pirandello critique, théoricien et historien de la dramaturgie, et du Pirandello auteur et directeur de troupe, metteur en scène, polémiste, réformateur du théâtre... »

C'est ce que Sandro D'Amico a fait, sur la base de recherches documentaires d'une ampleur presque incroyable. Ce n'est pas seulement une édition critique, c'est l'histoire complète du théâtre de Pirandello et de ses vicissitudes jusqu'à nos jours qu'on lit en retenant son souffle. C'est bien, pour cette raison aussi, une extraordinaire révélation. Et on peut donc espérer que les *lecteurs* de Pirandello, ses *spectateurs de l'intérieur* l'emporteront finalement sur ses « relecteurs » abusifs.

La « relecture » de *Chacun sa vérité* que nous avons citée, n'était même pas des plus saugrenues. Nous avons dû refouler si profondément dans notre inconscient une « reconstruction » psychanalytique de la même pièce, vers la fin des années 70, que nous ne nous rappelons même plus comment elle pouvait bien finir. En revanche, nous nous rappelons fort bien comment finissait la relecture « moderne et avancée » (*sic* ; voir l'autocompte rendu du *Piccolo Teatro* de Milan) des *Six personnages en quête d'auteur* que le metteur en scène Strehler présenta à Paris en 1953. Et où...

Mais examinons tout d'abord le final de Pirandello, qui, dans les deux éditions de 1921 et 1925, ne présente aucune différence entre les répliques. Et nous voilà au coup de revolver sec et dramatique. Le Jeune Homme s'est tiré dessus et est tombé inanimé. Mais est-ce une fiction ? Est-ce la réalité ? Pendant que le cadavre (?) est enlevé, les vérités (vu que « chacun » en a une) se divisent :

CERTAINS ACTEURS (réalistes) : *Vraiment ! Vraiment ! Mort ! Il est mort !*

D'AUTRES ACTEURS (irréalistes) : *Non ! Fiction ! N'y croyez pas ! Fiction ! Fiction !*

LE PÈRE (hyperréaliste dans son désespoir) : *De la fiction ? Non, messieurs, Réalité, Réalité !*

LE DIRECTEUR DE LA TROUPE (relativiste) : *Fiction ! Réalité ! Allez au diable, tous autant que vous êtes ! Je n'ai jamais vu une chose pareille ! Et ils m'ont fait perdre une journée entière !*

RIDEAU

Mais le relativisme nihiliste et sarcastique de Pirandello ne convenait guère à une relecture engagée sur fond de réalisme socialiste. En tant que personnages « bien caractérisés même sous l'aspect social » (voir l'auto-compte rendu déjà cité), les *Six* ne devaient pas se prêter au jeu métaphysique de l'auteur : ils devaient, au contraire, de façon brechtienne, « demander des comptes sur leur véritable tragédie à la société elle-même ».

Et donc le relecteur progressiste (un personnage, si l'on y pense un instant, qu'il est étrangement difficile de distinguer de la figure désuète du censeur) ne fit ni une ni deux. Il supprima la réplique finale du Directeur de troupe et laissa le dernier mot au malheureux Père, transformé en une espèce de Père Courage qui criait vengeance au ciel en tenant dans ses bras le cadavre (mort) du Jeune Homme.

C'était, toujours selon l'auto-compte rendu cité, la conclusion non seulement plus progressiste mais *plus juste.* Et d'ailleurs, parmi toutes les variantes introduites ou reconnues par l'Auteur, une de plus, une de moins... qui serait allé vérifier ?

Dorénavant, édition critique en main, on pourra aller vérifier. Et en faisant même attention aux didascalies, aux indications de mise en scène ! Pour contrôler, par exemple, sur la base de quelles « variantes », l'année dernière, à l'occasion du cinquantenaire, l'ex-Père Courage est revenu à Paris, une main dans la poche pour manier avec désinvolture (interprétation néo-vériste ?, hyper-symboliste ? post-moderne ?) ses parties génitales devant sa Belle-fille.

Une « adaptation » d'*Henri IV*

Durant notre carrière improvisée de critiques cinématographiques (pour l'hebdomadaire *Epoca*) nous avons souvent dû distinguer entre les films d'horreur au sens propre, et les films d'horreur plus grande encore, mais au sens figuré. Cette « adaptation pour l'écran » d'*Henri IV* de Pirandello, réalisée par le metteur en scène Bellocchio, appartient à la deuxième catégorie.

Il ne s'agit pas de « théâtre filmé », dans la mesure où dans les lambeaux exsangues, lacérés de l'original qui sont restés collés sur la pellicule, il n'y avait plus rien de théâtral. Mais on ne peut pas parler non plus d'adaptation pour l'écran, de « transposition filmique », puisque malgré l'incessant *piétinement sur place* ou mouvement brownien des personnages – dans une mise en scène toute en grimaces et sursauts, écarquillement des yeux, ricanements, gesticulations, sautillements, pirouettes, courses – on ne pouvait rien imaginer qui ressemblât plus à la statique qu'à la cinématique.

Restent l'affront à Pirandello en général et à son *Henri IV* en particulier, dont non seulement l'ambiance et l'intrigue mais aussi le langage, aussi bien par la syntaxe que par le lexique, portaient la date indélébile de

1922, et le fait que cette sinistre contrefaçon (histoire de changer !) a été transposée de nos jours, dans le seul but, semble-t-il, d'insérer des mots d'esprit et des plaisanteries de ce genre :

LE PSEUDO-COURTISAN (en dialecte romain, à son collègue qui a peur de « perdre sa place » au cas où le pseudo-empereur retrouverait la raison) : *Tu as une mentalité syn...* (écrasé par le comique de sa réplique), *ah, ah, une mentalité synd... ah, ah, une mentalité syndicale !*

SON COLLÈGUE : *Eh, y'a pas de quoi rire, avec le chômage qu'il y a...*

HENRI IV (avec un clin d'œil, en demandant à la façon d'Ibsen plus de lumière) : *Lux... Dux !*

Au milieu de ces obscénités, les quelques restes pirandelliens, récités par Mastroianni à la manière traditionnelle, font l'effet écœurant d'un pot-au-feu qui flotterait entre l'écume et les yeux du bouillon. Comment expliquer un massacre aussi futile ? A quel mobile ou impulsion, certainement obscurs à lui-même, peut avoir obéi le metteur en scène ?

Voilà quelques années, dans un article intitulé « Les pillards » (réédité dans le volume *La Prédominance du crétin* [1]), nous attribuions à un parasitisme congénital ce type de séquestration et de tripatouillage des auteurs classiques, théâtraux ou non. « Ce sont des gens, écrivions-nous, qui sont nés pour répéter des slogans et remâcher des lieux communs, des gens incapables par constitution d'avoir une idée à eux ; ils gribouillent avec un morceau de charbon ou de goudron, un pinceau ou une bombe à peinture des sottises rabâchées sur des textes célèbres et y ajoutent leurs pauvres noms et prénoms dans l'espoir

1. Arléa, 1988

(pas toujours déçu) d'attirer ainsi l'attention sur eux-mêmes. »

Mais, ces jours-ci, en feuilletant les *Sonnets* choisis de Belli [1], qui viennent d'être publiés dans la collection des Meridiani, avec une préface de P. Gibellini et le commentaire classique de Vigolo, nous en avons trouvé un (*Un ber gusto romano*, Un bon plaisir romain, du 22 juin 1834), qui jette sur ce phénomène une lumière nouvelle, et où le goût pour l'outrage et l'affront se révèle fin en soi, pure revanche du bas, du sale, de l'ignoble, contre le noble et l'illustre ou même seulement le propre.

Le sonnet que nous reproduisons ci-dessous avec sa traduction se passe de commentaire.

Tutta la nostra gran soddisfazione
De noantri quann'erimo regazzi
Era a le case nove e a li palazzi
De sporcajje li muri cor carbone.

Qua disegnamio o ziffere o pupazzi
O er nodo de Cordiano e Salamone ;
Là nummeri e giucate d'astrazzione,
O parolacce, o fiche uperte e cazzi.

Oppure co un bastone, o un sasso, o un chiodo
Famio a l'arricciatura quarche segno
Fonno in magnera c'arrivassi ar sodo.

Quelle so' bell'età, per dio de legno !
Sibbè c'adesso puro me la godo,
E si c'è un muro bianco je lo sfregno.

1. Poète dialectal romain du début du XIXe siècle dont la puissance expressive et la grandiose imagination sont comparables (et souvent comparées) à celles de Dante lui-même. Il est regrettable que dans le *Dictionnaire des œuvres*, Laffont, adaptation de l'édition italienne publiée par Bompiani, l'article le concernant ait été purement et simplement supprimé *(N.d.T.)*.

(Toute notre grande satisfaction à nous autres / quand nous étions gamins / était de salir avec un morceau de charbon / les murs des maisons neuves et des immeubles. / On y dessinait des chiffres ou des bonshommes, / Le nœud Gordien et celui de Salomon / ici, des numéros, à jouer au loto, / là des gros mots, des chattes ouvertes et des queues. / Ou alors, avec un bâton, un caillou, ou un clou / on faisait des marques sur le plâtre / de façon à atteindre la pierre. / Quelles belles années, bon sang de bois / et même maintenant cela me plaît / si je trouve un mur blanc, je le balafre.)

Il est pourtant étrange que les premiers vers de Belli en dialecte romain remontent à 1819, l'année de la parution de *Le monde comme volonté et comme représentation :* parce que, ici, le « plaisir » que Belli attribue à la populace romaine trouve sa vérification la plus nette et la plus précise en termes d'esthétique et de théorie du goût en général.

« L'œuvre d'art, écrit Schopenhauer dans l'ouvrage cité, parle à chacun dans la mesure de ses capacités intellectuelles. En conséquence, les œuvres les meilleures, les plus nobles produits du génie, restent éternellement inaccessibles aux esprits vulgaires, qui sont plus attirés par ce qui est insensé et plat, car ils le trouvent plus conforme à eux-mêmes... Or, il est vrai que même les plus bornés approuvent, par ouï-dire, les grandes œuvres ; mais ils sont toujours prêts à les outrager, dès qu'on leur laisse espérer qu'ils pourront le faire sans risque. C'est alors que se libère avec joie leur rancœur, longuement cachée, contre les créatures et contre toutes ces choses grandes et belles, qui les humiliaient parce qu'elles ne les avaient jamais touchés, et contre leurs créateurs. »

Deux chefs-d'œuvre de Jean-Luc Godard

Lorsque l'on parle avec les « fans » du metteur en scène Jean-Luc Godard, il est impossible de faire la moindre critique sans qu'ils répondent que « son œuvre requiert un discours plus complexe ». Peut-être bien. Ici, de toute façon, après avoir vu ses deux derniers films, nous avons tenté de faire le discours le plus simple possible.

PRÉNOM CARMEN

Nous n'avons pas vu cette *Carmen* à la Biennale (nous ne sommes jamais allés à la Biennale), où elle a obtenu le Lion d'Or, mais en France, où elle a été accueillie assez froidement par la critique mais chaleureusement par un public qu'on pourrait qualifier de post-juvénile. Dans la queue où nous nous trouvions à Montparnasse, et dans celles que nous avons observées au quartier Latin et sur les Champs-Élysées, la majorité était composée de gens de vingt-cinq à trente ans, avec, çà et là, quelques intellectuels plus âgés.

Et dans la contenance grave et silencieuse, dans l'air compassé de tous, on lisait la même attente d'une gratification de haut vol, comme dans les queues pour les expositions au Grand Palais ; avec, en plus, une note de rancœur sourdement entretenue et, presque, de revendication syndicale. Qu'attendait-on de l'auteur, en échange des vingt-huit francs du billet ?

Depuis *A bout de souffle* (1960), le franco-suisse Godard vend à tous ces gens une seule et même chose : le désespoir – post-juvénile, justement – avec justifications politiques incluses et incitation à s'en prendre à ce « monde de merde » qui nous entoure. Le « philosophe » Sartre, avec un apparat dialectique supérieur, vendait d'ailleurs la même salade et avait le même public. Mais pour une analyse moins dialectique mieux vaut Valéry qui, dès 1902, établit l'origine du phénomène, et en fixa l'apparition entre vingt-cinq et trente ans :

L'âge, expliquait-il, *où l'on est désespéré de n'être ni riche ni célèbre ; le véritable âge ingrat, parce qu'il ne sait que méconnaître le passé et insulter l'avenir.*

Voici donc la *Carmen* de Godard, ni riche ni célèbre, mais caissière de supermarché, et donc en proie au naturel désespoir de son âge, qui participe à un sanglant hold-up dans une banque. Ce hold-up, bien entendu, pour ne pas tomber dans le « cinéma commercial » tant abhorré, ne se déroule pas de façon réaliste, mais comme une espèce de ballet comique : avec, en plus, l'avantage de faire rire de la gendarmerie, de la banque, et plus drôle encore, des clients étendus raides morts sur le sol. Ah, ah.

Et voilà, d'autre part, le jeune brigadier Joseph qui en luttant avec Carmen pour s'emparer d'une mitraillette, en tombe amoureux (de Carmen) et s'enfuit en voiture avec elle. Cette fuite, à son tour, n'est pas banalement ou commercialement *accompagnée* par les musiques de chambre de Beethoven annoncées dans le générique, mais, et c'est là une trouvaille importante, elle *alterne* avec des prises de vue du Quatuor Prat pendant les répétitions.

Et les trouvailles importantes se suivent. Lors d'un arrêt des deux fugitifs dans une station-service, voici la séquence de l'héroïne-qui-doit-de-toute-urgence-uriner comme il est désormais d'usage dans le cinéma même le plus courant ; mais, voici également Joseph qui rachète comiquement ce lieu commun en obligeant la jeune fille à se servir de façon grotesque d'un urinoir pour homme. L'action est entièrement mimée, aussi les motivations du jeune homme n'apparaissent-elles pas très clairement ; mais quand même, quelle richesse de signification, quels messages de rébellion, de libération une telle séquence ne recèle-t-elle pas ! Et quel contrepoint sarcastique, anticommercial, aux tendres *coucheries* (debout) qui suivront !

Mais l'ex-gendarme, bien qu'il aille sur la trentaine n'est pas un vrai desperado, il a des craintes, des résipiscences, et il s'imagine l'arrestation et la scène du procès, avec le procureur qui tonne : « Tu as trahi la société ! » Mais cette même scène, fréquente dans des films de mauvais aloi, est élevée au rang de cinéma d'art grâce à une réplique bouleversante du défenseur imaginaire (une violoniste du Quatuor Prat) qui répond, sous les applaudissements des spectateurs : « La société ? Oui, la *Société générale !* »

Les hésitations de Joseph n'échappent d'ailleurs pas à Carmen qui profite d'une proposition amoureuse de sa part pour mettre les points sur les « i » : « As-tu le derrière propre ? » lui demande-t-elle à brûle-pourpoint. Et devant son balbutiement incertain : « La merde, l'admoneste-elle avec sévérité, n'est pas en nous ! La merde, c'est le monde ! »

C'est dans ce fort contexte que s'insèrent les répliques décisives du metteur en scène, qui figure dans le film en tant qu'oncle de Carmen et cinéaste célèbre, mais obscurci par le *Weltschmerz* et enfermé volontairement dans un asile psychiatrique pour bien montrer à son public que l'âge, la célébrité, la richesse éventuelle, n'ont rien ôté à son désespoir de base.

Réplique existentielle (à sa nièce qui est venue lui rendre visite) : « Dans la vie, il ne faut pas ouvrir les yeux, mais les fermer ! » *Réplique anale* (à l'infirmière qui veut lui mettre le thermomètre) : « Et si c'était moi qui vous mettais un doigt dans le derrière ? Vous croyez que ma température augmenterait ? (« Peut-être » réplique l'autre, sibylline). *Réplique chinoise* : « Le président Mao était un grand cuisinier ! Il a donné à manger à toute la Chine. »

Cette dernière réplique est adressée au serveur d'un restaurant, après que Carmen a persuadé son oncle de sortir de l'asile pour tourner un film à Nice. Avec l'argent du hold-up, la bande a en effet pensé y organiser l'enlèvement d'un milliardaire et de sa fille ; et l'enlèvement, astucieusement, devra se faire pendant le tournage du film devant le Grand Hôtel où est descendu le richard. Les gens croiront qu'il s'agit d'une fiction cinématographique (commerciale) ! Mais l'action est déjouée par la gendarmerie à cause de Joseph, qui, trompé entretemps par Carmen, tire sur elle avant d'être arrêté. Sublime final si jamais il en fut : « Comment cela s'appelle-t-il (demande la mourante au gendarme qui la surveille, dans la clarté de l'aube) quand *le jour se lève* et que tout est perdu ? » Et le gendarme, ému, portant deux doigts à son képi : « Cela s'appelle l'aurore, mademoiselle. »

Quelle richesse de significations ici aussi, outre la

magistrale allusion à cette autre aube tragique ! Car l'enlèvement manqué du milliardaire et de la fille (avec l'éventuelle et on ne peut plus drôle coupure de l'oreille de cette dernière) pouvait laisser un goût amer au moins à une partie du public. Alors que Carmen, elle, – nous suggère profondément Godard – elle l'a au moins tenté, cet enlèvement ; et son rachat (son rachat de la « merde »), elle l'obtient donc de toute façon, que son aurore soit celle de Nietzsche, ou, au contraire (avec ces désespérés, on ne sait jamais) qu'il s'agisse de l'assomption chrétienne au ciel. Cette morale a peut-être échappé en France (à en juger par les critiques négatives, qui vont de *L'Humanité* au *Monde,* et au *Parisien Libéré*) ; mais les juges de Venise ont démontré qu'ils l'ont très bien comprise. Chez nous, on avait bien besoin d'un Lion d'Or d'encouragement aux enlèvements.

N.B. : Dans le film, comme dans tous ceux de l'auteur, se détachent trois ou quatre « belles photographies » (un ciel nuageux avec un avion, un carrefour avec phares d'auto, une marine très vaporeuse à la Turner) destinées à ravir le public, moins sophistiqué. Mais elles sont enfilées dans le métrage sans aucun lien formel ou de contenu avec le reste : comme – il faut l'avouer avec tristesse – ces images promotionnelles glissées à l'intention des ménagères et des enfants dans l'emballage de certains produits de notre société de consommation.

PASSION

C'est encore l'histoire du metteur en scène génial, révolutionnaire, iconoclaste, qui veut faire un film sans toutefois s'abaisser à « raconter une histoire » ; et du misérable producteur bourgeois, qui, lui, veut absolument une histoire ; en définitive, le film ne se fera pas et tout le monde rentrera chez soi.

Les objections à ce type d'histoire, à part le fait qu'elle nous casse les pieds depuis des années, sont de deux ordres. Primo, vu qu'il s'agit de toute façon d'une histoire, on ne comprend pas pourquoi le pointilleux metteur en scène ne refuse pas de la raconter. Et secondo, on ne comprend pas davantage, pour la même raison, pourquoi le producteur refuse de l'accepter.

En réalité, personne ne refuse rien, sinon le film ne se serait pas fait. Il s'agit seulement d'une fiction qui permet au metteur en scène de se glorifier – directement ou par acteur interposé – comme le vrai et sublime protagoniste de l'histoire, comme le héros titanique, le surhomme nietzschéen, par-delà le Bien et le Mal, en lutte contre les puissances de la Médiocrité représentées par le « système ».

Dans cette bouleversante *Passion* (de 1982, mais qui, chez nous, est arrivée avec retard), Zarathoustra-Godard se présente sur le plateau en la personne de Jerzy, un grand metteur en scène polonais temporairement à l'étranger mais pas dissident, car supérieur à la dissidence même. Et le voilà qui tonne, comme Mussolini du haut de son balcon : « Au cinéma, il n'y a pas de loi ! C'est pour cela que les gens l'aiment ! »

Cette phrase, à l'allure fièrement démagogique, est typique de son auteur et bien sûr dépourvue de tout sens. C'est un simple fouillis de mots, comme : « L'important ce n'est pas le billet, mais le tram ! » Ou Bien : « Les hommes ont besoin de chaussures, pas de chapeau ! » Et, du reste, le grand homme lui-même se contredit, un instant après, quand il s'énerve contre l'opérateur car la lumière d'une certaine scène « ne va pas ». « Ça ne va nulle part, se fâche-t-il, et ça ne vient de nulle part ! » (Il y a donc une loi, au cinéma, qui veut que la lumière vienne de quelque part et aille quelque part. Mais, alors, les gens ne l'aimeront plus ?)

Entre-temps, nous nous apercevons que la scène qu'il faut éclairer est *La Ronde de Nuit* de Rembrandt, reconstituée avec des acteurs en costume ; et nous pouvons vérifier qu'elle produit le même effet que *La Madone à la chaise* de Raphaël, reconstituée en canevas, sur les étalages devant le Palais Pitti. Une note de désacralisation ? Non, le metteur en scène tremble vraiment, il se triture la cervelle pour adapter le « moyen cinématographique » à la sublimité du tableau, tandis qu'il s'apprête à répéter l'opération avec des œuvres de Goya, Ingres, Poussin, Delacroix.

Mais, à « ces tableaux vivants », forcément un peu statiques, s'opposent dialectiquement les visites dans une fabrique de brosses (ou de quoi que ce soit d'autre car ce point n'est pas très clair) voisine. Et ici, toujours dialectiquement, à la corruption patronale s'oppose la pureté d'une syndicaliste-enfant, Isabelle, sorte de Jeanne d'Arc vierge et balbutiante, que le grand Jerzy-Godard cherche à éduquer et à élever jusqu'à lui.

– Quel jour sommes-nous, aujourd'hui ? lui demande-t-il brusquement à un certain moment.

– Le v... v... vingt et un, hasarde-t-elle.

– Non, c'est le vingt-deux !

– Mais, pour q... q... quelle raison me l'as-tu demandé, alors ?

– Mais enfin ! s'impatiente-t-il, pourquoi devrait-il toujours y avoir une raison ?

Déçu par un tel manque de finesse, et persécuté par le producteur qui veut une histoire « valable », notre Zarathoustra courroucé cherche une inspiration auprès de l'actrice Schygulla, qu'il surprend en combinaison. Mais elle ne le satisfait pas non plus. Il fait alors jeter une esclave, nue, les jambes écartées, dans la piscine destinée au *Bain turc* d'Ingres, et en prenant (peut-être involontairement) la pose du *Penseur* de Rodin il commence à regarder ses parties honteuses.

– Que fais-tu ? lui demande une figurante de passage.

– Je regarde la blessure, répond le noble voyeur.

Après quoi, il retourne voir la syndicaliste et pond ces deux profondes sentences érotico-politiques : a) Le travail a les mêmes gestes que l'amour : pas forcément la même intensité, mais les mêmes gestes ; b) Il faut aimer l'engagement ou s'engager à aimer.

Elle admet franchement ne pas saisir.

– M... mais peut-être, ajoute-t-elle, n'est-ce pas si important que ça de comprendre. Peut-être suffit-il de p... prendre.

Le surhomme approuve, la fixe, charismatique, et lui demande si elle est vraiment vierge.

– P... peut-être, admet la pauvrette, embarrassée.

Coupure. Gros plan des deux sur un lit pliant.

– Alors par-derrière, dit-il.

– Ou... oui, b..., bien sûr, par-derrière, dit-elle, I... il ne doit pas rester de trace.

« Un film, écrit Moravia dans un article paru dans *L'Espresso,* obscur et étincelant... Et, par en dessous, nous percevons ce qu'on pourrait appeler l'actualité en acte : de la Pologne à la question ouvrière, de la difficulté de faire du cinéma à la difficulté d'aimer.

Nous, nous avons plutôt perçu, et en aucune façon par *en dessous*, ce qu'on pourrait appeler une démence infantiloïde : de la mégalomanie la plus frénétique à l'imaginaire porno le plus sordide.

IV

SPECTACLE ÉNIGMATIQUE

Bof

Alain Resnais, un des pontes du cinéma français, a toujours fait ce genre de films où, à la sortie, le mari dit : « Peut-être bien, mais moi je n'y ai compris que couic. » Et la femme répond : « Eh bien moi, ça m'a vraiment plu. » Et le mari : « Alors explique-moi pourquoi. » Et la femme : « De toute façon toi, si on ne se tire pas dessus du début à la fin, ça ne t'amuse pas. »

Des films « difficiles », en somme, allusivement conceptuels, où, en plus, le fil traditionnel de la narration est continuellement interrompu de façon à composer devant le spectateur une espèce de puzzle, ici un morceau, là un rappel, une répétition, un gribouillis, une légère variante, une image onirique, une inconvenance brutale ; tout ceci, à un certain moment, retrouvera rigoureusement sa place, ces comptes ambigus finiront par être bons, mais c'est un type de suspens qui exige une certaine attention, un tantinet d'application, et l'on comprend pourquoi la grande majorité du public, habituée à utiliser le cinéma comme distraction, réagit en bâillant ou en grommelant lorsqu'elle suit (ou ne suit pas) ces énigmes intellectuelles en dents de scie.

Personnellement, nous avions aimé, parfois même adoré, tous les films de Resnais que nous avions vus auparavant. Nous trouvions que ses froides constructions étaient stylistiquement admirables, ses labyrinthes géniaux, et ses jeux spatio-temporels stimulants. L'« idée » qui se cachait derrière (celle que les maris obtus ne « comprennent » pas) pouvait être plus ou moins ambitieuse, alambiquée, confuse, bien banale, mais c'était la *façon* dont elle était démontée et remontée qui nous fascinait (nous et les épouses perspicaces de la salle). En septembre, avec un parti-pris favorable, tout prêts à applaudir vivement, nous nous installâmes donc dans *Campo San Polo* à Venise où l'on projetait en plein air le film *L'Amour à mort,* pour un public d'environ mille épouses et mille maris.

D'effroyables râles d'agonie, dans une villa rustique de la campagne française, la nuit. Élisabeth, horrifiée, assiste impuissante à la mort par infarctus de son amant Simon. Elle appelle le vieux médecin du coin, un homme de confiance, qui ne peut que constater le décès et s'en aller. Peu après, tandis que la jeune fille se trouve à l'étage inférieur, brisée par la douleur, elle entend des pas, et voit deux pieds, tout ce qu'il y a de fermes, descendre les marches ; ce sont les pieds de Simon, qui n'était pas mort (ou qui est ressuscité ?). Noir de vingt secondes.

Le lendemain, elle rend visite au paternel médecin. Mais comment est-ce possible, docteur ? – Ça arrive, ça arrive, mon enfant. Pour moi, il était mort, mais tout le monde peut se tromper. Noir de vingt secondes. Simon, bien sûr, n'est plus le même : vague, absent, pensif. Tu ne m'aimes plus ? Mais non, mais non, c'est seulement que là-bas, de l'autre côté... Noir de vingt secondes.

Ah, *voilà,* pense le spectateur confiant : à présent, il va commencer à se rappeler ce qu'il a vu « là-bas », il va nous le raconter, Resnais va nous le montrer habilement, de cette obscurité récurrente vont émerger ombres, images, silhouettes et Dieu sait quoi.

Au contraire, il laisse de plus en plus de place à deux voisins, un couple de pasteurs protestants (la femme, Fanny Ardant, a été la maîtresse de Simon dans le passé) et voici que démarre une discussion racinienne à quatre qui se prolonge pendant la moitié du film, interrompue seulement par ces noirs inexplicables. Pupilles et mâchoires plongées dans le *pathos,* à la limite du spasme, tons solennels, inspirés, mots importants, profonds qui tournent autour du désir morbide de l'ex-défunt de retourner « là-bas ». Mais qu'y avait-il de si beau, mon amour ? Question ingénue : certaines choses sont par définition ineffables.

Un second infarctus satisfait enfin le nostalgique ; mais les discussions élevées reprennent à trois, cette fois sur le thème suivant : l'au-delà existe, Simon y est allé, et moi, Élisabeth, qui l'aime plus que moi-même, je veux le rejoindre ; il ne me reste donc plus qu'à m'ôter la vie. Le syllogisme ne plaît pas au *ménage* huguenot qui, d'un noir à l'autre, fait tout ce qu'il peut pour dissuader la jeune romantique de son geste insane. Rien à faire : Élisabeth se dirige vers le suicide et vers la porte n° 6 de l'aéroport Charles de Gaulle : noir définitif.

A la sortie, dans la nuit vénitienne, un des mille maris

émettait, en ricanant, l'hypothèse que les noirs avaient été prévus pour les coupures publicitaires de Berlusconi. Un autre observait que, si son intention avait été de faire un film qui soit entre ciel et terre, Resnais avait réussi à la lettre. Un troisième confessait que l'index et le majeur de ses deux mains s'étaient engourdis à force de conjurer le mauvais sort.

Les mille épouses se dispersaient en silence la tête basse.

Et nous aussi.

ACHEVÉ D'IMPRIMER
LE 7 OCTOBRE 1989
SUR LES PRESSES DE
L'IMPRIMERIE HÉRISSEY
À ÉVREUX (EURE)